Poste restante

WOJSŁAW
BRYDAK

Poste restante

DOM WYDAWNICZY REBIS

Redaktor
Katarzyna Raźniewska

Projekt i opracowanie graficzne okładki
Urszula Gireń

Fotografie na okładce
© Claude Jacoby/Ullstein Bild/Getty Images Poland
© Alenavlad/Shutterstock
© Galyna Puzyrna/123RF

Zrealizowano przy pomocy finansowej Województwa Pomorskiego

WOJEWÓDZTWO POMORSKIE

Wydanie I
Poznań 2018

ISBN 978-83-8062-410-8

9 788380 624108

Dom Wydawniczy REBIS Sp. z o.o.
ul. Żmigrodzka 41/49, 60-171 Poznań
tel. 61-867-47-08, 61-867-81-40; fax 61-867-37-74
e-mail: rebis@rebis.com.pl
www.rebis.com.pl
DTP: *Akapit*, Poznań, 61-879-38-88

1

Pamięć?

Proszę.

Oto babka pluje na podłogę i rozciera plwocinę podeszwą czarnego trzewika sznurowanego za kostką. Widzę w tym nie tylko niechlujstwo. Babka podłogę lekceważy. Podłogi może nie być. Nie w takich chatach ludzie mieszkali, komunikuje babka pluciem, a szli do nieba. Z drugiej strony, co sobotę ktoś tę podłogę szoruje ryżową szczotką, nie żałuje ciepłej wody z mydlinami, potem ściera do czysta i prawie do sucha; sama babka już nie, robi to któraś z córek lub synowych, czasami padnie na wnuka. Bo babka podłogę docenia, wie, że teraz domy są z podłogami, lecz bez przesady, niech się komuś nie wydaje, że niby babce zależy.

To demonstracja adresowana do dziadka. Przede wszystkim do niego, bo dziadek dba o rzeczy niekonieczne, o kant na spodniach, kapelusz, łańcuszek od zegarka, dziadek nie chlipie głośno rosołu, co to, to nie, czyta książki, chociaż już oczy nie te, wciąż Kaczkowskiego, Łozińskiego, Bałuckiego. Różni się pod tym względem od Stacha, swego ciotecznego, który w oborze przy krowach zbudował sobie maleńki kantorek; pochłania tam książki Biblioteki Polsko-Indyjskiej, grożące pobożnemu czytelnikowi potępieniem. Stacha coś takiego pociąga. Dziadka nie.

Można zająć się teraz zapachami: dziadek sam klei papierosy, nosi przy sobie mieszankę, gilzy, maszynkę; marynarki i kamizelki dziadka zioną tytoniem, są nim przesiąknięte na amen.

Można też zająć się socjologią, bo rodzicami i dziadka, i babki byli wprawdzie chłopi, lecz w podrzeszowskim Staromieściu inaczej patrzono na rodzinę dziadkową, inaczej na babczyną.

Można rzucić się na opisy, na szeroki babczyny policzek z paskudną brodawką czy na dbałość dziadka, by się jakoś upodobnić do Daszyńskiego.

Można tak, można siak, można jeszcze inaczej, ale przypomnienie, ciąg obrazów i różnych namysłów – ten cały łańcuszek dociekań – zaczyna się od babczynego plucia.

2

Mama rozpoczynała dzień płaczem.

Nie od razu.

Umyta, ubrana, uczesana, sadowiła się przy stole w pokoju. Na złożonym w ośmioro obrusie okrywającym zaledwie spłachetek rozległego blatu czekały kubek z kawą zbożową, talerz z pokrojoną bułką, maselniczka, słoik z dżemem i cukiernica, nóż i łyżeczka, a obok książka obłożona w szary papier, na której grzbiecie widniały numer wypisany niebieskim atramentem i fioletowa pieczątka wypożyczalni. Z wysoka spod lampy patronował temu lep na muchy. Ze ściany uroczyście świadkowała kopia *Madonny z Dzieciątkiem* Rafaela. Z dalszej ściany zalotnie strzygła okiem młoda kobieta, z której nieomal spada szlafroczek, zaszkicowana pastelami przez Jaxę.

Mama sięgała najpierw po książkę i otwierała na zakładce. Ten skrawek stołu – ze skromniutką zastawą, kubkiem, nożem czy talerzem (nierzadko wyszczerbionym) i książką wspartą na cukiernicy – wydawał się jakąś nieudolną kopią ołtarza, jak z dziecięcej zabawy. Lep na muchy i dwa obrazy grały rolę barokowej dekoracji. Brakowało tylko świec i kadzidła.

Najpierw mama wpatrywała się w kubek i talerz. Wrogo. Zamiast sięgnąć po nóż czy bułkę, tkwiła w bezruchu. Pauza przeciągała się i obracała w dziwność. Potem w zagadkę. Wreszcie wydatny maminy brzuch zaczynał drgać, po chwili trząsł się jak przed napadem śmiechu. W ślad za brzuchem trzęsły się bezgłośnie głowa, szyja i piersi. Potem pełne usta mamy rozciągały się i wykrzywiały. Za moment – wciąż w ciszy – po twarzy ciekły już łzy.

Miały którędy.

Bruzd na maminych policzkach nie brakowało.

Wraz ze łzami wzbierało ciche kwilenie. Mamę zdumiewał ten odgłos, płoszył, zawstydzał. Kwilenie narastało, ale mama sięgała już do rękawa po chusteczkę. Strumyki na policzkach obsychały.

Krztusząc się, pociągając nosem, sięgała po nóż. Jakby nie było wyjścia.

Je się.

Dlaczego?

Bo się je. Tak już jest. Ludzie jedzą. Czy wiedzą, po co, czy nie – jedzą.

Jedzenie to zgoda na to, co otacza.

A kiedy zgody brak?

Pierwszym sięgnięciem po bułkę kapitulowała. Wszystko zostaje po staremu. Żadnej odmiany. Cudu. Żadnych widoków. Smarowanie, słodzenie, mieszanie, jak zawsze. To jeszcze podsycało płacz. Jemy, żeby żyć. A jeśli tego nie chcemy? Pachnie lipowy miód, pachnie kawa, i co z tego? Czy w życiu chodzi o zapachy?

Czasami mamę przyprawiały o płacz dopiero pierwsze kęsy. Rosły w ustach, dławiły, żucie po chwili ustawało, z gardła dobiegał odgłos przypominający cichutki psi skowyt, z kącika ust ciekło pasemko śliny, z nosa śluz. Potem rozlegał się niegłośny szloch. Ale żadnych pocieszań. Zrośnięte brwi nakazywały dystans.

Za parę minut było po wszystkim.

Kiedy mama otarła resztki łez, wysiąkała nos i westchnęła, zaczynało się właściwe śniadanie. Czytała przy jedzeniu. I oto po paru minutach maminy brzuch znowu zaczynał się trząść, w ślad za nim szyja, głowa, piersi – lecz już z innego powodu. Inaczej lśniły oczy, spomiędzy zrośniętych brwi ulatniała się groźba, mama zaczynała się głośno śmiać. Była u siebie. Oto kawa, ranek, książkowe historie sprzed wojny i pierwszej wojny, spisane przez autorów ciekawe sytuacje, o których podobieństwie do życia i głębszym znaczeniu mogła w Krakowie rozprawiać z przyjaciółkami, Ludką, Stefą czy Ziutą; oto ożywał świat, któremu zawdzięczała kiedyś olśnienia i ziemie obiecane.

W takiej chwili mamie nie przeszkadzało, że ktoś patrzy, ja, Marcysia, furman Ignac czy ojciec albo przypadkowi goście, zwykle sąsiedzi: pan Tolo z panią Romą i wyżłem Lotem, mleczarniany kierowca Mietek ze swoją Baśką, nie przeszkadzał nawet błogosławiony Jan z Dukli, którego kamienna postać za oknem zezowała ku mamie znad ogrodzenia.

Po porannym napadzie płaczu stawała się niedosiężna. Przenosiła się w inny wymiar jak monarchini, na której połóg, a nawet miłość mogą sobie patrzeć pomniejsi. Niechże się gapią. Teraz zdawało się, że śmiejąca się mama wraz ze spłachetkiem stołu nakrytym złożonym w ośmioro obrusem, z talerzem, okruchami bułki, kawą zbożową, cukiernicą, wyszczerbionym nakryciem, obrazami na ścianie i lepem na muchy odrywa się od zakurzonego wnętrza i odfruwa – świetlista, nienaruszalna, pod niewidzialnym kloszem. Nie zdziwiłbym się, gdyby w którymś z okazałych kontrreformacyjnych kościołów Rzeszowa w tym właśnie momencie mama, natchniona, objawiła się na sklepieniu w wieńcu barokowych chmur.

Ojciec miał trzydzieści dwa lata, kiedy poszedł na wojnę. Wrócił po paru tygodniach. Wrześniowa kampania Armii „Kraków" nie trwała długo.

Wrócił i zorientował się, że świat już nie jest ten sam. Mieszczański ład Krakowa, ku któremu ojciec zdążał niespiesznie a konsekwentnie – a w którym mógłby się zagnieździć raczej jako aspirant i w którym małżeństwo z mamą, owszem, uchodziło, ale nie otwierało żadnych drzwi; w którym mógł liczyć na zadomowienie dopiero w drugim, a nawet trzecim pokoleniu – otóż ten powabny ład mieszczański, wyposażony zdaniem ojca w pożądane potencjały, nagle stracił moc i blask.

Stracił zdolność stanowienia reguł.

Kanony ładu okazały się bezzębne, egzekutorzy bezsilni. Uświęcone miary zwietrzały w mgnieniu oka. Wydały się znienacka zbiorem nie praw, lecz gestów. Procedury przypisane ładowi tej społeczności, czy to wynoszenia, czy odtrącania, ceremonie namaszczania lub ekskomunikowania, można było nagle zbyć wzruszeniem ramion, ba, wyśmiać. Jeżeli ojca wabiły smokingi albo koronki, na których stała porcelana, bądź wabił indeks wydziału filozofii UJ, to po tych kilku tygodniach wojny znów sobie uświadomił, że na zakrwawionej koronce przede wszystkim widać krew, a nie wzór i robotę, że w przestrzelonym smokingu ważniejsza jest osmalona dziura niż metka krawca, natomiast w porcelanowej filiżance, niechby nawet saskiej, mało się liczą porcelanowość i saskość, jeśli do filiżanki nie ma co wlać.

Wszyscy czterej pradziadkowie ojca byli chłopami.

Z dwóch dziadków ojca chłopem był tylko jeden.

Ten drugi już handlował wędrownie winem. Jeździł na ówczesne Górne Węgry aż za Koszyce (zwane z węgierska Kassa, a z wiedeńska Kaschau), skąd do Gór Tokajskich (Tokaji-hegység) blisko jak splunąć; przyczyną owej odmiany losów ojcowego dziadka okazał się – nie od razu – udział w zwariowanej wyprawie do powstania Kossutha.

Ojciec ojca nie był chłopem. Wpierw murarz, po trosze sztukator, nawet rzeźbiarz, potem maszynista kolejowy, ożeniony z chłopską córką doczekał się ośmiorga dzieci, z których każde zdało maturę, a parę zaszło wyżej.

Osnową rodzinnej legendy ojca stał się ów dziadek wożący wino. Jego wyprawy wypadało uznać za awans. W drodze powrotnej zza Koszyc przez Preszów (po węgiersku Eperjes, a po cygańsku Perieszys) zamroczony maślaczem chrapał w najlepsze na wozie już od Tyczyna, ufny w topograficzne kompetencje koni. Zasypianie umilała mu myśl, że tam, dokąd zdąża – we wsi Staromieście pod Rzeszowem – jego sąsiedzi pod wieczór padają ze zmęczenia na polu czy w obejściu, trzeźwi jak zwierzęta.

Natchniony przez mamę skrawek stołu z obrusem, kawą, cukiernicą i książką wzbijał się w rzeczywistość, o której niewiele już wiadomo. Przedwojenny Kraków – od Panieńskich Skał, Tyńca po Krzemionki i Podgórze, po Olszę i Grzegórzki – przypominał w maminych napomknieniach niekończące się słoneczne lato, przy czym w zimie też było lato, a letnie słońce świeciło nawet nocą. Słoneczna była Wisła z galarami, piaskarzami i wydobywanym z płycizn piaskiem, z bocznokołowcami płynącymi do Tyńca, a nawet Sandomierza, i z klubem wioślarskim na Zwierzyńcu, gdzie mama ścigała się na ósemce. Słoneczne były ścieżki w Lasku Wolskim. Słoneczni żebracy pod norbertankami. Przed barem Na Stawach słoneczni furmani urżnięci porterówką padali twarzą w kałuże słonecznego końskiego moczu, przy dobiegającym z knajpy słonecznym akompaniamencie harmonii. Nad Rudawą słonecznie spacerowały parami zadbane dziewczynki, a kołtun na głowach dziewczynek zaniedbanych (oczywiście nielicznych) śpiesznie strzygły słoneczne siostry felicjanki, by zaraz potem uczyć te dzieci szycia, etykiety, gotowania oraz stenografii. Na wsi „na wycugu" słonecznie dogorywali starzy ludzie. Nawet w trumnach błąkała się po twarzach nieboszczyków czekających na pochówek jakaś słoneczność, przy czym należałoby jeszcze dowieść, że w Krakowie przed wojną ludzie umierali. W mamy przeświadczeniu nie było to takie pewne. A kiedy w letnią niedzielę jechała do Lasku Wolskiego nowiuteńką damką – prawdziwy peugeot, wolnobieżka – przy wejściu do zoo witał mamę radosny wrzask ary, z najprawdziwszym zwierzynieckim akcentem:

– Id-ze, id-ze, pieroński klarnecie!

Przed Bożym Ciałem paradowały po mieście młodziutkie komunikantki w białych sukienkach, przygotowane do procesji wokół któregoś z niezliczonych krakowskich kościołów; na wypadek odpytywania – a zwłaszcza żeby nie mieć grzechu – powtarzały katechizmowe aksjomaty:

– Jest jeden Bóg, który stworzył niebo i ziemię. Jest sędzią sprawiedliwym, który za dobre uczynki nagradza, a za złe karze.

Przedwojenny Kraków – słoneczny i sprawiedliwy.

Owszem, w konkretnych opowieściach mama napomykała a to o babci, że tak się roztyła, bo raz na zawsze poprzestawiał jej w głowie głód. A to o zmarnowanych oczach wuja Wita, który po nocach – przy świecy – uczył się na prawnika. Było też o szubrawym mężu cioci Agaty, niejakim Bukowskim, który zostawił tę Agatę z małym dzieckiem dla jakiejś siksy (później długo nie pożył, a męczył się, drań, przed śmiercią cały miesiąc jak potępieniec). Było nawet o krowach na Błoniach, a trzeba wiedzieć, że mama panicznie krów się bała.

Więc owszem, krakowskie przedwojnie miało blaski i cienie, lecz nawet jego cienie wygrzewały się w słońcu jak sierpniowy sad. Idylli przyglądały się pogodnie góry, z bliska te niższe, z oddali czasem te wysokie, odległe o parędziesiąt kilometrów, przy dobrej pogodzie widywane z Salwatora czy Wawelu.

Los wygnał mamę z raju.

Cóż w tym dziwnego, że przed wojną mój ojciec zamyślał o zasileniu krakowskiego mieszczaństwa? Czemu nie? Po maturze skończył znaną szkołę mleczarską w Rzeszowie, potem pociągnął do Krakowa, gdzie zwierzchnicy z ruchu spółdzielczego nie mieli nic przeciw temu, że zapisze się na dalsze studia. Choćby i filozoficzne. Ożenił się z sekretarką wziętej kancelarii adwokackiej, wynajął mieszkanie niemal w centrum, dorobił garniturów z rapaportu, eleganckich wizytówek, modnych mebli, a nawet rządowych obligacji, co może odbiło się na uniwersyteckim zgłębianiu filozofii, niemniej polepszyło kontakty i perspektywy zawodowe. Bez ryzyka można było przewidzieć, że po parunastu latach ojciec wrośnie w krakowskie zacności, wpisze się w nie jak do klubu, chociażby jako kandydat. To nie był krąg beznadziejnie zaklęty.

Niestety, wrześniowy upadek Armii „Kraków" unicestwił różne rachuby, także te. Elegancka wizytówka ojca nadal była elegancka, owszem, przedwojenne obligacje państwowe wciąż prezentowały się godnie w ojcowskim sekretarzyku. Ale czy coś z tego wynikało? Ważny był ausweis. Liczyć należało na siebie. Do tego zima za pasem.

To te ostatnie nauki zwyciężyły.

* * *

Po wojnie ojciec nadal dbał, żeby jesienią w piwnicy znalazły się dwa metry ziemniaków (najlepiej sokołów lub amerykanów), pół metra mąki kupowanej na wsi, ćwierć metra cukru, rzecz jasna węgiel (wtedy ważony już w tonach), żeby na półkach leżały zimowe jabłka, żeby też – szczęśliwym trafem – w zaprzyjaźnionym chlewie chrumkała świnia. Liczne przeprowadzki – podczas okupacji i po niej – uczyły takich starań. Ojciec do tego stopnia wdrożył się w okupacyjne zaradności, że przez wiele lat po wojnie sporządzał domowe mydło w blachach do pieczenia serników, a do obrzędu produkcyjnego zapraszał chętnie wuja Janka, maminego brata, ukochanego szwagra. Mydło jak mydło, mydliło się. Za to pracochłonną sesję z zasady wieńczył niebagatelny kac. Wliczany w trudy produkcji.

Na wieść, ba, cień wieści o politycznych niepokojach ojciec niezwłocznie organizował cukier. Na wszelki wypadek dbał o stan lamp naftowych, bańki paliwa, zapas szklanych kloszy „Hortensja", o świece i zapałki. W pogotowiu czekały spirytusowy palnik i denaturat, i nawet szmaty na onuce, jak twierdził ojciec – bardziej praktyczne od skarpet, gdyby już przyszło co do czego.

W lokalach siadał plecami do ściany. Niewykluczone, że wiedział też, którędy do tylnego wyjścia, a pory spotkań przestrzegał co do minuty. Wpierw był to nawyk, potem już tylko fason. Nie on jeden hołdował takim rytuałom. Oplatał je ten sam refren: „gdyby przyszło co do czego".

Tymczasem przedwojenne wizytówki żółkły. W skrytkach za lustrami maminej toaletki płowiał atrament na wpisach do przedwojennych książeczek oszczędnościowych. Tylko państwowe obligacje drukowane na lepszym papierze zachowywały kolor, przez co jeszcze bardziej tchnęły egzotyką, podobnie jak wciąż trzymane czasopisma i książki, pełne rozważań o bliskim zakupie przez Polskę kolonii, a w szczególności Madagaskaru.

Dwupokojowe mieszkanie w Rzeszowie zajmowało pół wysokiego parteru. Piętrowy dom należał do mleczarni. Lokatorami drugiego mieszkania na parterze byli mleczarniany inżynier pan Tolo, jego żona i wyżeł Lot. Pięterko przypadło kulejącemu buchalterowi Błażejczykowi i mleczarnianej laborantce, małżeństwu z dwójką drobiazgu.

Po parceli uganiało jeszcze troje malców z sąsiedniego baraku.

Do mieszkalnej części tego baraku trafili mleczarniany kierowca Mietek i jego Baśka, raz po raz przy nadziei. Część niemieszkalna również była zamieszkana; za grubszą ścianą działową barak zamieniał się w dość przestronny chlew, w którym podwórkowa wspólnota zgodnie hodowała świnie. Na strychu nad Mietkiem pan Tolo skonstruował gołębnik. W cieplejszej porze roku siedział na taborecie nieopodal wylotu i paląc papierosa za papierosem, czekał na powrót ptaków z konkursowego lotu. Przy opartym o ścianę sfatygowanym bałtyku wartował chłopiec; ów kurier po przylocie ptaka wsiadał na rozpadający się rower i mknął z zegarem kontrolnym do kierownictwa lotu. Chłopak liczył na honorarium w papierosach, niestety, pan Tolo wciąż rozliczał się z nim w czekoladzie.

Za barakiem, w topornej konstrukcji z betonu, krat i rur, wegetowały nutrie.

Na tej sporej parceli ogrodzonej siatką rozpościerały się też za wewnętrznym płotem dwie działki uprawne, obsadzane to ziemniakami, to kapustą.

Na uboczu tętnił życiem od siódmej do trzeciej mleczarniany warsztat samochodowy.

Bramy strzegła kapliczka z posążkiem błogosławionego Jana z Dukli. Z drutów elektrycznych nad kapliczką zwisał potargany latawiec.

To tutaj rok przed nadejściem „odwilży" 1956 roku porąbałem i spaliłem drewniane skrzynie, moje rówieśnice. Kazał się z nimi rozprawić ojciec, jak dowódca wyprawy, który poleca zniszczyć zbyteczne już czółna.

Po trzynastu latach od wyruszenia z Krakowa i kilkunastu przeprowadzkach uznał, że dobił z powrotem do brzegu.

Ojciec stronił od patosu, brzydził się egzaltacją bądź pompą, wprawdzie kochał muzykę, ale opery, a zwłaszcza operetki nie poważał, więc to nie był jakiś wystudiowany pomysł: uroczyste porąbanie skrzyń jako ceremonia, która symbolicznie zamyka etap życia. Co to, to nie. Może jeszcze przy zaproszonych gościach, ze skrzypkiem, harmonistą i księdzem dla parady?

Poszło inaczej, spontanicznie.

U schyłku wakacji, w pogodne niedzielne popołudnie – po dłuższej wycieczce i późnym obiedzie, kiedy zamiast beztroskiego letniego *carpe diem* przychodzą, wraz ze wcześniejszym zmierzchem, myśli o planach, o zimie, o przyszłości – uroda chwili coś podpowiedziała ojcu. Mrugnął na mnie i powiedział:

– Idziemy do piwnicy.

Mama stężała. Podejrzewała, że ojciec znowu mnie wciąga w operacje grożące szybkim stoczeniem się syna. Piwnicę kojarzyła przede wszystkim z robionym przez ojca rok w rok domowym winem.

Było w okolicy dość znane, cieszyło się poważaniem rodziny, przyjaciół oraz sąsiadów, nie raz i nie dziesięć doczekało się cennego w Rzeszowie komplementu „takiemu można mówić wy". Mnie zaś od kilku lat przypadała rola pomocnika przy wyciskaniu moszczu, wygniataniu miazgi (wino z derenia czy głogu potrafi zadziwić), zlewaniu i filtrowaniu. Bywałem też posyłany, żeby ulać półsłodkiego do kryształowego dzbanka, jeśli piło się w domu, bądź do czegokolwiek, blaszanej bańki, butelki po mleku czy gąsiorka, jeśli miało być podarunkiem na drogę.

Mama patrzyła inaczej. Czy to mało, że zdeklarowanym alkoholikiem jest już ojciec, jak uważała? Co prawda pijany bywał rzadko, w porywach raz na dwa, trzy miesiące, przy czym energetyzował się radośnie, najchętniej poza domem, omijając w ten sposób mamine obiekcje, leki, lęki i dewocyjne skrupuły. Co i tak wystarczało mamie, żeby dopatrzeć się w ojcu wykolejeńca.

W obszernej piwnicy było dość jasno. Na wprost pod okienkiem leżał zwał węgla, obok kłody drewna. Przy ścianie po lewej drzemały na półkach rzędy słoi, weków wystawiających czerwony gumowy języczek spod wieczka i stalowej klamry: kompoty i konfitury, obok jabłka na zimę, niżej przegroda z desek czekała na kartofle. Po prawej w ciemnozielonych sześćdziesięciolitrowych dymionach fermentowało i dojrzewało wino. Przez okienko wpadała smuga niskiego, przedjesiennego słońca, wirował w niej kurz, może drobiny węglowego miału, może próchna. Na środku królował pień z wbitą siekierą.

Po prawej w kącie piętrzyły się te puste skrzynie, wrzucone jedna w drugą, po raz pierwszy od lat opróżnione do cna; poobijane, zmęczone, ogłupiałe po spełnieniu zadań; otępiałe jak koń, który zrobił swoje i liczy na chwilę wytchnienia.

– Właściwie nie są już potrzebne – powiedział ojciec. – To na co czekać? Tylko pamiętaj, zawsze rozstawiaj nogi, bo rąbniesz niechcący siekierą w goleń.

Takich ostrzeżeń nasłuchałem się do syta. To do mnie, i od dawna, należało domowe wywijanie siekierą. Ofiarami padały na co dzień kłody rozdrabniane na rozpałkę; rzadziej kura, czasami indyk.

Ojciec pomógł wytaszczyć pierwszą skrzynię, ale dobrać się do niej nie było łatwo, pieniek na nic się nie zdał. Trzeba było umiejętnie mierzyć obuchem w narożniki, miażdżyć szkielet, wzmocnienia, wyłamywać gwoździe, potem deski. Ojciec ulał sobie wina i z zaciekawieniem przyglądał się kaźni, ja zaś poczułem na czole pierwszy pot.

Wtedy stało się coś nieoczekiwanego.

Stare deski druzgotane obuchem, rozszczepiane, oswobodzone z gwoździ, z własnego sąsiedztwa, uwolniły jakiś tajemniczy zapach tkwiący w nich od kilkunastu lat, kiedy te skrzynie ktoś zbijał, z biegiem czasu może uszlachetniony; ba, coś więcej niż zapach, cały bukiet; wonie zachwycały i niepokoiły, z jednej strony trudno je było do czegoś przypisać, a z drugiej – wydawały się odkryciem utajonej dotąd rzeczywistości. Z ukrytych w drewnie żywic pamiętających przedwojnie uwolniły się zapachy zarazem nieznane a bliskie.

Pochłonięci rąbaniem, oszołomieni woniami, nawet nie zauważyliśmy, kiedy do piwnicy weszła mama.

Bez słowa zatrzymała się przy drzwiach. Poczuła to co my: zachowany w drewnie aromat, zastygły w żywicach. W zakurzonej piwnicy niewolnej od pajęczyn, teraz wyróżnionych w strużce zachodzącego słońca, obok plam pleśni na cegłach, pyłu węglowego wżartego w nigdy niemalowany sufit, unosił się zapach słonecznego Krakowa ze słonecznych lat mamy, zapach wiosennego podmuchu spod Tyńca, zapach krachli sprzedawanej podczas rozradowanego wielkanocnego Emaus, zapach rzeki i pokostu z wioślarskiej ósemki, zapach ziół ze spacerów do Sikornika, mięty znad Rudawy, wykrochmalonych dziewczęcych sukienek, aromat kawy i kremówek z kawiarni w Rynku; magii nabrał nawet odór piwa z baru Na Stawach zmieszany z wonią końskiego moczu. Mamy brzuch i piersi zaczęły się trząść, wargi drżeć, usta wygięły się w podkówkę. Nie rozpłakała się. Nie odezwała. Wpatrywała się w pobojowisko koło pniaka. Potem wyszła.

Niewiele zostało do końca. Pogruchotałem skrzynie, z desek narąbałem stos podpałki i wreszcie wybraliśmy się z ojcem na górę. Spodziewaliśmy się łez i wymówek, może odgrodzenia książką na skrawku stołu.

Ale nie.

Mamy nie było. W kuchni, w obu pokojach, na podwórzu.

Nigdzie.

3

Wytęskniony Kraków nie wszystko tłumaczył.

Tuż po wojnie zaczęło się od poronień. Przyczyną pierwszego był wypadek mleczarnianej ciężarówki; bedford z demobilu zepchnięty z drogi przez kolumnę wojskową przewrócił się, a mama jechała na pace. Bywa. Ale przy drugim, nie tyle nawet poronieniu, co przedwczesnym porodzie, już bez drogowych katastrof, wyszła na jaw niespodzianka: nieodpowiednia kombinacja cząstek krwi. Padły uczone słowa o *morbus haemolyticus*, o antygenie *Rh*, o małpach, od których wywiedziono ten skrót, o konflikcie serologicznym, wreszcie, że w tym małżeństwie lepiej się już niczego nie spodziewać po kolejnych ciążach.

Udar przyszedł w rok później.

Skończył się niczym, jeśli pominąć trzy miesiące bełkotania. Potem mama mówiła już normalnie, chociaż lewy kącik ust nigdy nie wrócił na miejsce i nie unosił się w uśmiechu.

Udar powtórzył się po roku. W kinie Rialto w Katowicach, gdzie grano *Mściwego jastrzębia*, wojenny kawałek amerykański, mama zwymiotowała i straciła przytomność; z sali, w której przerwano w końcu projekcję, zabrała ją karetka. Do domu mama wróciła dopiero po trzech tygodniach.

Ten udar zostawił jeszcze mniej śladów niż poprzedni. Z wyjątkiem tego, że mama zaczęła się bać. Podobno w takiej sytuacji niektórzy chłoną czas chwila po chwili, umieją lęk zamienić w zachwyt życiem, w ekstazę. Mama nie zaliczała się do tego szczęsnego grona.

Od czasów pierwszokomunijnych powtarzała ufnie i z respektem „Jest jeden Bóg, który stworzył niebo i ziemię. Jest sędzią sprawiedliwym, który za dobre uczynki nagradza, a za złe karze". I teraz nie miała pojęcia, o co Bogu chodzi. Ludzi nie krzywdziła, żyła w zgodzie z katechizmem i sakramentami. Nagrody nie zaznawała. Wręcz przeciwnie. Coś szwankowało.

Lekarze wytropili u mamy znaczne nadciśnienie; w ślad za tym poszły w ruch probówki, strzykawki, diety, nawet sanatoryjne wanny i wodne bicze, a wszystko podszyte cichą niewiarą medyków, przekonaniem, że nieszczęścia i tak nie da się odepchnąć na dobre. Po pewnym czasie mamine ciśnienie podskakiwało na sam widok białego kitla.

Za radą siostry, szwagierek i przyjaciółek odwiedzała znachorów. Ci kazali się zdawać przede wszystkim na Miłosierdzie Boskie i Opatrzność, które w ich ustach wydawały się suwerennymi bytami, innymi niż sam Bóg, dość obojętny na mamine nieszczęścia. Polecali natomiast świętych – zwłaszcza św. Ritę i św. Kamila de Lellis – a także cudowny obraz z Kalwarii Zebrzydowskiej oraz, po sąsiedzku, lipową figurę Matki Boskiej od bernardynów w Rzeszowie. Od paru wieków rzeźba przywracała czasem słuch niektórym głuchym, czasem wzrok niektórym ślepcom, czasem niektórym łajdakom sumienie; na ogół dawno temu. Tak czy inaczej, krynic wyrozumienia dopatrywano się raczej w tej drewnianej rzeźbie niż w patetycznych obrazach Najwyższego, spowitego w chmury, prześcieradło i obfity zarost.

Znachorzy uchodzili za posiadaczy wiedzy sekretnej, dla wybranych, i jakoś mądrzejszej niż medycyna uniwersytecka wykładana bez skrępowania byle profanom. W końcu przesławny znachor z Leopoldowa był księdzem, a uzdrowiciel Krasnożon zza Jarosławia, przewiercając wzrokiem słoik moczu, sprawiał wrażenie maga, ale nie heretyka. Wydawało się, że znachorzy mają kontakt z jakąś drugą stroną, licho wie czego, wszystko jedno, pal sześć – ale jeśli jest wierzch, to musi być podszewka. Proste? Zapisywali pijawki, w robocie były dziurawiec, głóg, jemioła, ruta, miód. Niekiedy pouczali, jak te zioła zbierać, przed pełnią księżyca, po pełni, na nowiu, z poranną rosą, z pianiem koguta albo po burzy, po przeżegnaniu, jak suszyć, nad ogniem czy w szopie, miesiąc czy też dwa lata. I wyglądało na to, że ich recepty nie są najgłupsze, bo kolejny udar nie nadchodził, a maminemu ciśnieniu – skądinąd regularnie dławionemu szwajcarskim bellergalem – znudziły się skoki.

Żeby przeniknąć nieprzeniknioną przyszłość i chociaż trochę pojąć niepojęte wyroki boskie, mama – zgodnie ze starym zwyczajem krakowskim – odwiedzała co pewien czas wróżkę. Ciotunia Irunia, chuda jak patyk daleka krewna, uchodziła za znakomitość w stawianiu kabały. Znała też niezliczone historie podszyte cudami, zwłaszcza o duchach. Podczas przedłużanego w nieskończoność tasowania kart opowiadała, jak w umarłego wstąpił bies i oto umarły wyskakuje z łoża śmierci wprost na rozpaloną blachę kuchenną, żeby się ogrzać, przywrócić ciepło tchnieniu i krwi, wrzeszczy przy tym wniebogłosy, dom wypełnia się swądem przypalanego ciała, wyjący pies rzuca się do okna, tłucze szybę i ucieka; Irunia zapewniała, że takie wskoczenie biesa w zwłoki źle się kończy dla zmarłego, skądinąd poczciwiny, który teraz w najlepszym razie zarobi parę wieków czyśćca. Trzeba się pilnować, Zły jest zły i nie śpi. Albo opowiadała, jak z kłębu mgły nad łąką wynurza się dziewica i dzieci idące do szkoły sprowadza do parowu; potem te dzieci – które całe poczerniałe znajdowano zaplątane w głogi – już nigdy nie doszły do siebie, nie otrzeźwiały, by w końcu trafić z żebraczą czapką pod kościół. Dopiero po takich wstępnych opowieściach kabała ciotuni Iruni naprawdę robiła wrażenie. Co będzie? Wiadomość z dalekiej podróży, list, który wszystko odmieni, tu choroba, tam radość, nieznajomy brunet; przecież widać gołym okiem: tu walet winny, obok dzwonkowa siódemka i krajcowy as.

Z kolei śląska wróżka Mitzi, Niemka o śnieżnobiałych włosach zaczesanych starannie jak na manekinie, kalecząca polszczyznę i jakimś cudem nieprzesiedlona za Odrę, przyjmowała klientki na tle biblioteki, w której grzbiety solidnie oprawionych tomów ozdobione były srebrnymi i złotymi napisami *Das Reich der Dämonen*, *Kötü Ruh* czy *Lichtbringer.*

W końcu jednak czy to kabała ciotuni Iruni, czy przepowiednie Mitzi chętnie wróżącej z ręki – co tu gadać, podtrzymujące na duchu – po kilku dniach traciły wigor, moc ośmielania wyobraźni, rozmywały się, świat baśni i cudów odpływał, a mamę po staremu czekała wizyta u pielęgniarki z ciśnieniomierzem i następna recepta na bellergal.

Na nowy udar czekała pięć lat. Znowu zaatakował oględnie. Po nim powłóczyła trochę prawą nogą. Trudniejsze stały się ulubione spacery.

Na tym nie koniec. Nadszedł następny udar i jeszcze następny, coraz trudniej było się doliczyć. Los oszczędzał mamie nieodwołalnej i ostatecznej katastrofy, w zamian obdarzając katastrofą na raty. Nie wiadomo, jaką grały w tym rolę sojusznicze siły medycyny, znachorów i wróżek. Na razie każdy udar był knock downem, który jeszcze pozwala wstać i przyjąć postawę. Ale w interpretacji uwzględniającej wymiar nadprzyrodzony trudno było uwierzyć, że oto mama doznaje od Boga szczególnej łaski i wyróżnienia. Wręcz przeciwnie. Wyglądało na to, że Wszechmogący bawi się mamą w najlepsze, jak kot myszą.

Mama z coraz większym lękiem pilnowała teraz praktyk religijnych: nie tylko msza co niedzielę, ale i komunia w pierwszy piątek, czasem nieszpory, zawsze nabożeństwo majowe. Nie na wiele to się zdało, bo możliwości na tym polu nie mają granic, a przez to bardzo łatwo o poczucie winy. O swoje upominają się zaraz praktyki niewypraktykowane. Jest przecież nie tylko różaniec, ale i różańcowa koronka, różańcowa rodzina, różańcowe tajemnice i ich zmiana, nie tylko szkaplerz, ale i szkaplerzna modlitwa, szkaplerzne ślubowanie, szkaplerzne obietnice, szkaplerzny różaniec, do tego nowenny, posty, nabożeństwa czerwcowe, październikowe, liturgia godzin, nie mówiąc już o tercjarstwie. Z drugiej strony, mijało się to wszystko z pytaniem o uczynki, dobre i złe, za które Bóg nagradza lub karze. Mama nie zaczytywała się Pismem Świętym (mało pobożny ojciec znał je dużo lepiej) i pewnie nigdy by nie dostrzegła sensu w hazardowej żyłce Boga, który w najlepsze zakłada się z diabłem. I o co? O lojalność Hioba, na którego Bóg zsyła jedno nieszczęście za drugim tylko dlatego, że Hiob jest porządnym i pobożnym gościem. Mama patrzyła na co innego. W kościołach, owszem, roi się od wizerunków miłosiernego Chrystusa, ale obok, na innych wizerunkach, występuje nieprzenikniony Bóg Ojciec, ten zaś na miłosiernego nie wygląda. Jest wreszcie nieodgadniony Duch Święty, przedstawiany w postaci gołębicy, zgoda, istoty lotnej i powabnej, obdarzonej wszakże ptasim mózgiem.

Naprawdę, coś tu szwankowało.

Z Krakowem mama pożegnała się wkrótce po moim przyjściu na świat. Trzynastolecie wędrówek zaczęło się za okupacji.

Nie była to ucieczka, lecz wyrzucenie z kamienicy, która wpadła Niemcom w oko. Już czwarty rok tkwili w Krakowie, dawno się umościli w stolicy ówczesnego Generalnego Gubernatorstwa, a wciąż im było mało.

Ruszył więc w drogę dobytek, pieczołowicie komponowany z myślą o wniknięciu w krakowskie mieszczaństwo. Porcelanowe i kryształowe kruchości spoczęły na miękkich wiórach w drewnianej skrzyni, obrazy starannie owinięto w szary papier, cały zaś pakiet w płachtę brezentu. Pospolitą zastawę otulały okupacyjne gadzinówki, podobnie garnki i sztućce, po innych skrzyniach upchano buty, bieliznę, książki. Z wędrówką musiał się też zmierzyć zestaw mebli, których politura i fornir dostawały gęsiej skórki, w przeczuciu twardych łapsk tragarzy, wnoszenia i znoszenia po ciasnych schodach, rozładunków na deszczu i śniegu.

Wywleczona za próg mieszkania, rzucona na pakę ciężarówki czy konny platon sterta skrzyń, kufrów, mebli i tobołów wydawała się czystym nieszczęściem: klęską i rozkładem. Meble oderwane od zaprzyjaźnionych pajęczyn, książki wysiedlone z należnych im półek, ociemniałe lampy, kieliszki, które zapominały bukietu wina, wnoszone, wynoszone, odwijane, zawijane przemierzyły wpierw trochę dróg podbeskidzkich, z Krakowa do Łososiny, potem do Jordanowa, Poronina, wreszcie w ostatnich miesiącach wojny – ku radości mamy – znów do Krakowa, ale na krótko, by potem poznać stary mleczarniany budynek w Katowicach, później nowe mieszkanie na Bogucicach, trafić pod trzy adresy zakopiańskie, wreszcie do nowego bloku w Rzeszowie (ze schronem przeciwatomowym pod dziedzińcem), a na koniec, by znaleźć się w piętrowym domu w sąsiedztwie mleczarni, w którym ojciec kazał porąbać skrzynie.

Mama lokowała ziemię obiecaną w przeszłości. Ojciec w przyszłości. Inaczej mówiąc, mama była konserwatystką, natomiast ojciec szanował postęp.

Przypisany do zawodu, widział w tych przeprowadzkach to awans, to degradację, ale w sumie przygodę. Nie raniły go koczownicze niedole. Okupacyjna odyseja po beskidzkich wsiach i miasteczkach – kiedy Niemcy histerycznie pilnowali żywności, a niedobór kalorii przewidzianych dla walczącego Herrenvolku mógł zaprowadzić Untermenscha pod ścianę – zakończyła się szczęśliwym powrotem do Krakowa; niestety krótkotrwałym, bo w kilkanaście miesięcy po wojnie ojciec doczekał się kuszącej propozycji: pilnowania spółdzielczego skupu mleka na Śląsku, na dużą skalę. Ale w kilka lat później spółdzielcy podpadli władzom państwa jako element problematyczny i niegodny pełnego zaufania, dzięki czemu ojciec – po ostrzegawczym epizodzie w ciupie – wylądował karnie w małej mleczarni w Zakopanem. Akurat zesłania pod Tatry nie odczuł dotkliwie, ale trudno, to nie był sukces. Kiedy w połowie lat pięćdziesiątych dziennikarze zaczęli przebąkiwać o „odwilży", a władze znów dopatrzyły się w spółdzielniach zalet (ludzi nie zachwyciła żywność na kartki), ojciec – któremu już się znudziło być raz na wozie, raz pod wozem – wykorzystał jeszcze jedną okazję i wrócił po latach do rodzinnego Rzeszowa, na stanowisko podobne do śląskiego. Rąbaniem skrzyń oznajmił światu, że jeśli chodzi o niego, przygód i postępu już starczy. Owszem, aromat przedwojennych żywic, uszlachetniony przez lata, a wydobywający się z desek roztrzaskiwanych w piwnicy, przyprawiał o zawrót głowy, lecz drogowskazem nie był. A po chwili wywietrzał.

W ciągu tych kilkunastu lat, kiedy jedna przeprowadzka goniła drugą, mama nieraz narażała ojca na śmieszność. W Katowicach żądała krat w drzwiach i oknach, bo zdaniem mamy poza Krakowem rozpościera się dzika kraina, w której wszystko się może zdarzyć, szczególnie kiedy ktoś mieszka na parterze. W Rzeszowie chętnie zasłaniała w dzień okna; sprawiała wrażenie, że wobec obcych czuje się naga, wstydzi nieforemnego już ciała, które coraz mniej miało wspólnego z figurą młodej wioślarki z krakowskiego Zwierzyńca.

O przestrach i opór przyprawiali ją goście, obcy w przestrzeni jej wstydu, jakoś tam znośnego w odosobnieniu, ale nie przy świadkach. Dla ojca ów przestrach i opór były niepojęte, niechcący wymierzone w ojcowskie upodobanie do gwarnych spotkań, biesiad i żartów, poznawania ludzi. A doszły jeszcze napady przerażenia. Mama ni stąd, ni zowąd wpadała w panikę, to w kinie, w ciemności kryjącej tłum, a tłumu zawsze się bała, to w fotoplastykonie, przekonana, że metalowa osłona okularu razi ją prądem, to u fryzjerki, pewna, że od żelazka do trwałej zapłoną jej krucze włosy. Napadem trwogi mogło się skończyć spotkanie z dorożkarskim koniem; gorzej, bo u żony mleczarza szczególnie śmieszył paniczny lęk przed krowami. Lekarze nie byli zgodni, czy chodzi o nerwicę czy hipochondrię, depresję czy fobię, bądź też nie chodzi o nic.

Niestety, próby oddzielenia przekonań od przywidzeń, wrażeń od faktów, a jednych i drugich od prawdy często zawodzą. Na tych zagadkach potykają się nawet asy uniwersyteckich katedr. Tak czy inaczej, każdy atak paniki owocował u mamy skokiem ciśnienia, ten z kolei groził następnym udarem, groźba udaru powodowała wzmożenie lęku, skutkującego rzecz jasna skokiem ciśnienia.

I tak dalej.

4

Dom jaśniał do późnej nocy jak fara w pasterkę. W pokoju siedzieli ojciec i stryj, siedziały ciotki, wszyscy skonani po godzinach poszukiwań od parków po kościoły, od poczekalni dworcowej po szpital i komisariat. Nawet Marcysia nie poszła do domu; czekała w kuchni. Dramatycznych podejrzeń nie brakowało, od kolejnego wylewu począwszy, skończywszy na potrąceniu przez auto, a nawet – strach pomyśleć – jakimś zaćmieniu samobójczym. Jedynie ojciec martwił się inaczej. Dla niego najbardziej dramatyczne było inne podejrzenie, że to żaden wypadek. A co? No właśnie. Nie wiadomo.

Czuwanie nie poszło na marne.

Nad ranem, koło trzeciej, znienacka zachrobotał klucz. Niepotrzebnie, bo nikt tej nocy nie zamykał drzwi.

Mama oświadczyła od progu:

– Nie martwcie się. Jakoś nikt mnie nie chciał zabić.

Przywitała skinieniem ciotki i stryja; mnie i ojcu poświęciła krótkie spojrzenie, jeszcze krótsze Marcysi, a potem powłócząc nogą, ruszyła do drugiego, mniejszego pokoju. Ani się zająknęła, skąd przychodzi.

Zanim ktokolwiek zdążył chrząknąć, mama niezgrabnie obróciła się i postawiła kropkę nad „i".

– Nawet do tego się nie nadaję – rzuciła i zamknęła drzwi.

Po chwili zastukała do niej Marcysia. Niosła z kuchni parujący kubek.

– Ziółka – powiedziała. – Trzeba wypić, bo się na płuca rzuci.

W drzwiach pojawiła się szpara, w szparze głowa. Mama nie miała ochoty na ziółka. Spytała napastliwie:

– Czy Marcysia kiedyś odpocznie?

Dotknięta Marcysia odpaliła:

– Kto nie pracuje, ten nie je.

Od tej pory mama zaczęła znikać. Kryła się, chowała, zapodziewała. Kamień w wodę.

Co parę miesięcy przepadała to na pół dnia, to na dłużej, do późnej nocy. Ojciec zagrzewał do poszukiwań siostry, brata, przyjaciół, sąsiadów. Trudzili się na darmo. W tych czasach Rzeszów był już sporym miastem.

Rzekomo ktoś ją widział w autobusie: wysiadła na końcowym przystanku, pod lasami, już na wsi. Innym razem rzekomo zawędrowała na odległe od miasta wzniesienie Patryja. Ktoś dałby sobie rękę uciąć, że wychodziła z kina Apollo z ostatniego seansu *Cudu w Mediolanie.* Albo wędrowała nad starymi rozlewiskami Wisłoka. Rzekomo. I jeszcze raz rzekomo. Rodzinne pogonie nie zdały się na nic.

Może ruszała tropem starego powiedzenia „gdzie oczy poniosą"? Bo poniosą może ku odmianie? Jakiej? Obojętnie. Skoro trudno wytrzymać to, co jest, musi być jakieś inaczej, prawda? Jeżeli nie liczyć na zmianę, to na co? Może po zmierzchu wychyną zza drzew dobre duchy? Może olśnienie zapewni Matka Boska z przydrożnej kapliczki? A może sam Vittorio de Sica z ekranu kina Apollo? Może znad rozlewiska zakrzyczą mamuny, boginki, zaczai się strzygoń? A może w mroku na rozstaju pokiwają z gęstych zarośli palcem inni, może na tym polsko-ruskim pograniczu wystąpi gościnnie podstępny Król Elfów z jego wabiącymi królewnami, o których łamaną polszczyzną opowiadała Mitzi – i wreszcie ze wszystkim będzie koniec?

Jeżeli nawet mama zmarzła czy zmokła, wracała starannie ubrana, bez zaniedbań, nieładu, bez zwracania na siebie uwagi. Na nogach zamszowe korkowe półsłupki, jedwabne pończochy z prościuteńkim szwem, do tego wyprasowana sukienka, czasem prochowiec (pewnego razu, zimą, były to pelisa i kapce), przedwojenna torebka z krokodylowej skóry z maleńkim łebkiem młodego gada w zapince, wciąż niebezpiecznym, bo wyszczerzone zęby kłuły nie na żarty; batikowana jedwabna chustka na głowie, na ręce parasol. Rozlewiska Wisłoka rozlewiskami, ale w takim stroju mama mogła bez obaw iść do kawiarni albo na niedzielną mszę. I właśnie taką ktoś widział rzekomo za miastem, podwożoną drabiniastym wozem.

Wracała nieoczekiwanie. Zgrzytał klucz. Pytania puszczała mimo uszu.

„Jakoś nikt mnie nie chciał zabić".

Ojciec rozgryzał to zdanie. O co chodzi? Że mama szuka nieszczęścia? Wzruszał ramionami. Nie pasowały do niej zabawy spokrewnione z rosyjską ruletką. Mowa bez słów brzmi bardziej dobitnie, dotkliwie, ale co mama mówi? Że czuje się zawadą? Powinna zniknąć?

Nie dusił w sobie wątpliwości, ale z rodzinnych rozmów niewiele wynikało. Stryj Tomek, brat ojca, niezłomny prenumerator „National Geographic" oraz „Fisch und Fang", stanowczo doradzał pomijać sprawę. A wtedy przejdzie. Rozejdzie się po kościach. Nie rozdrapywać. Nie dorzucać do pieca. Tomek studiował w Krakowie i wie, że rozstanie z tym miastem może zaboleć. Jednak nie przesadzajmy. Fanaberiami łatwo się zatruć. Wniosek? Nieważne, jak do tego podejść, byle prosto. I wyskoczyć, dla równowagi, gdzieś w górę Sanu.

Natomiast zdaniem ciotki Heli, siostry ojca – od przedwojnia nauczycielki i szkolnej kuratorki – stryj jak zwykle patrzy na wszystko cynicznie, bo w gruncie rzeczy interesują go tylko wędka, ryby, jeszcze kacze piórko u kapelusza i ta o wiele za częsta wieczorna biesiada, po której walają się po całym domu ości. Na myśl o woderach upstrzonych rybią łuską, od progu witających przybysza w stryjowskim przedpokoju, ciotce robi się niedobrze. Nie lepszym miglancem jest jego brat, czyli mój ojciec, bo na jego miejscu Hela dawno by znalazła w Warszawie odpowiedniego specjalistę. Mama jest osobą delikatną, nie bardzo do niej pasuje pierwszy lepszy rzeszowski konował. Ale ojciec – zamiast spojrzeć prawdzie w oczy – wysyła mamę do rejonowego lekarza w ubezpieczalni, raz na rok do sanatorium w Kudowie, a medycyna kroczy naprzód w siedmiomilowych butach, dużo większych niż stryjowskie wodery. Prawda jest taka, że ojciec woli gwarzyć z chłopami w wiejskiej zlewni, i to nie nad kubkiem mleka, zamiast nadążać za postępem, chociażby z myślą o własnej żonie.

Tylko ciotunia Irunia, nieco dalsza krewna, a ściślej powinowata, podsunęła gotowe rozwiązanie. Był to zestaw modlitw pięknie wykaligrafowany na papierze kancelaryjnym oraz przypisana do tych modlitw dieta, inna w każdej kwadrze księżyca i w każdym z księżycowych miesięcy, obowiązkowo przeplatana postem. Część diety ciotunia wywróżyła z kart, część przepisała z dziewiętnastowiecznych kalendarzy, nie zdradziła natomiast, skąd pochodzą modlitwy.

Niczego nie doradzała tylko ciotka Niusia, młodsza siostra ojca. Od zawsze głosiła, że mama na ojca nie zasługuje. Teraz jej było na wierzchu. Ktoś taki jak mama nie mieści się, zdaniem ciotki Niusi, w rodzinie pełnokrwistej i witalnej. Ciężary z tego tytułu muszą spaść – i spadły – na mężczyznę w każdym calu, czyli ojca, który wpierw nie miał ani oczu, ani rozumu, a teraz nie ma charakteru, bo właśnie tacy są mężczyźni. Ciotka, wówczas już stara panna, zazwyczaj na tym kończyła, jeśli nie liczyć dodawanych na bis mglistych metafor, w których coś było o bluszczu bądź o rybim zimnie, nie wiadomo na jakiej podstawie, jeśli nie liczyć polegiwania ciotki z mamą w tym samym łóżku na waleta, to znaczy z głowami po przeciwległych stronach, co się zdarzyło parę razy przy nadmiarze gości, kiedy zabrakło legowisk.

Po swojemu toczyły się mamine znikania, po swojemu życie. Ale wszystkie powtarzalności – chodzenie ojca do pracy, moje szkoły, jedna i druga, codzienne gotowania, zmagania z piecami, wieczory przy radiu – były podminowane; pod stonowanym kilimem codzienności czaiła się niecodzienność, jak niedźwiedź nieprzewidywalna, gotowa znienacka wyszczerzyć kły i ukąsić, pacnąć pazurami.

Maminy skrawek stołu nakryty złożonym obrusem, z kawą, książką i cukiernicą wyglądał co rano szacownie, bo cukiernica była srebrna, obrus haftowany, a książka gruba. Mama czytywała wyłącznie powieści. Rollanda i Mauriaca. Cronina, Dreisera i Sinclaira. Obu Zweigów, Heinricha Manna, Wassermanna i Remarque'a. Dobraczyńskiego i Kossak-Szczucką. W wypożyczalni chętnie pytała o autorów katolickich. Zatem nic niepokojącego, zgoda; ale co mama wyczytuje z tych książek? Nawet to mogło rodzić domysły.

Ojciec marzył o jakiejś wskazówce. Ani ściśle medycznej, ani naukowej, a na pewno niepodszytej rodzinnymi uprzedzeniami; także niezamazanej nowennami, różańcami i cudownymi obrazami. Szukał czegoś, co przetrze mu oczy, w sam raz na chłopski rozum. Gdyby zapytać, co przez to rozumie, palnąłby zapewne:

– Niech mi ktoś wytłumaczy po ludzku. Jak pastuch krowie.

Przekonanie, że oto trafił na właściwą sposobność, dopadło ojca wiosną, w demokratycznym salonie Rzeszowa.

Nieopodal fabryki lotniczej na południowym krańcu miasta widywano na stadionie Stali i dwanaście tysięcy dusz. Tu wypadało się pokazać, co dotyczyło nauczycieli i sztubaków, inżynierów skropionych przemysławką i murarzy zionących czystą, palestry i jej wypuszczonych z mamra klientów, chłopaków zainteresowanych sportem i dziewczyn zainteresowanych tymi chłopakami, ponadto księgowych, furmanów, magazynierów, żołnierzy, tajniaków, piaskarzy, nielicznych już doliniarzy i tak dalej. W Rzeszowie kibicowało się w zasadzie Resovii, ta jednak cienko przędła na wylocie z trzeciej ligi. Stali zaś, ho-ho, marzyła się ekstraklasa. Chcąc nie chcąc, na Stal chodzili wszyscy.

Kiedy w maju przyjechali na mecz najgroźniejsi rywale miejscowych, mianowicie mielczanie, ojciec grzecznie ulokował się na ławce, rozkładając na niej przyniesiony w tym celu katowicki „Sport", przeczytany wcześniej. Uważnie przyglądał się piłkarzom. W przeciwieństwie do większości publiki rzadko zrywał się z miejsca i rzadko krzyczał. Przed wojną, tuż po maturze, sam był wcale popularnym zawodnikiem okręgowej ligi i teraz, siedząc na trybunie, nie gorączkował się z byle powodu.

Dwa rzędy niżej, wciśnięty między masywnych sąsiadów, cherlawy kibic bezustannie machał rękami, wygrażał pięścią zawodnikom tracącym piłkę, miął bez litości własny kaszkiet, który zrywał w gniewie z przedwcześnie wyłysiałej głowy.

W końcu zirytował siedzącego tuż za nim pięćdziesięciolatka w nowiuteńkim prochowcu.

– Te, twój ojciec był szklarzem? – huknął pięćdziesięciolatek, co oznaczało, że kibic podrywający się z ławki nie jest, niestety, przezroczysty.

Głos, który przekazał tę subtelną uwagę, wydał się ojcu znajomy; może dlatego ojciec postanowił się wmieszać:

– Siadaj, synek. Daj chłopcom zacząć, niech się rozegrają.

O dziwo, spokój ojca ostudził nerwusa, byłego świńskiego blondyna, jeśli sądzić z poszlak na łysinie; natomiast zdumiony pięćdziesięciolatek obejrzał się i krzyknął radośnie:

– Grzesiek!

– Gabryś! – odkrzyknął ojciec.

Pięćdziesięciolatek wstał i zaśpiewał na całe gardło:

Loboga, chłopoki, czyście mie nie poznali
Żeście mi sztajera nie zagrali.

Ojciec roześmiał się i podjął:

Jo se chłopok spod Rzeszowa
Ojciec umarł, matka wdowa.

Tryumfalnie zamknęli zwrotkę:

Loboga, chłopoki, czyście mie nie poznali?

Rozbawieni sąsiedzi z ławek zaczęli śpiewakom bić brawo. Ostatnie trzy wersy powtórzyli chórem. Łysy z niższej ławki znów zerwał kaszkiet z głowy, wydawało się, że ze złości rzuci go na ziemię i podepcze. Ojciec i pięćdziesięciolatek podziękowali gestami za brawa i dali znać, że kończą występ. W końcu Stal grała mecz, po skrzydle gnał z piłką Kazek Krzyszczuk i z trybun mknęły za nim okrzyki:

– Ciąg, ciulu, ciąg!

Jakiś zawistnik zapewniał, że podczas takiego rajdu Krzyszczuk rozbije sobie głowę o słupek, bo leci na oślep, gna, a nie patrzy, ale Kazek pięknie podjechał pod chorągiewkę i zacentrował. Niestety na środku nie było nikogo, bo Pilarski się zagapił. Okrzyk rozjuszonego skrzydłowego dobiegł aż na trybuny:

– Rusz się, kurwa, nie śpij!

– No właśnie! – wrzasnął były świński blondyn z niższej ławki. – Stoi i czeka jak chuj na weselu!

W rewanżu mielczanie wjechali na połowę Stali. Rysiek Skiba wybiegł do przodu, żeby wystawić mieleckiego napastnika na spalony, może się spóźnił, może nie, ale sędzia odgwizdał offside, a ojcu mecz nagle wydał się dziwactwem. Czy dorośli mężczyźni nie mają nic lepszego do roboty przez półtorej godziny? Cała ta wrzawa, ten tłum, który podnieca się głupotami, jak spalony w wykonaniu cymbała z Mielca! Byle nie myśleć poważnie, nie zająć się serio sobą, nie patrzeć prawdzie w oczy, bo prawda boli; byle nie wnikać, gdzie sens w tym wszystkim?

Domowe zagadki wzięły górę nad radosną zabawą. W chwili niewiary w piłkę nożną i bieganie po boisku – zadziwiającej u byłego piłkarza – ojciec poczuł nagle napływ ufności, jakby spadły mu z oczu łuski, i to na odgłos gwizdka, którym sędzia ogłasza spalonego… Ojciec znienacka uznał, że właśnie Gabryś – szkolny kolega, spotkany tu przypadkiem, teraz ordynator śląskiej kliniki – będzie osobą, której można się zwierzyć i od której otrzyma latarenkę rozjaśniającą mrok.

Może brakowało tu logiki, ale nie brakowało wiary. Ojciec usilnie wypatrywał znaku od losu. Szczerze brzydził się zabobonem, ale co powiedzieć o szczęśliwym przypadku? Spotyka na meczu szkolnego kolegę, który zawadził o rodzinne miasto, zapewne ogrzany ciepłem paru głębszych. Los najwyraźniej podsunął ojcu mentora.

Zagadnąć Gabrysia we właściwym momencie nie było łatwo; szybki, ciekawy mecz, zawzięci piłkarze, spora stawka. Na stadionowych ławkach ciasnawo, Gabryś siedział niżej, nie obok. Nadzieję stwarzała przerwa.

W przerwie ojciec wziął kolegę pod ramię i pociągnął na deptak na koronie trybuny. Po wyściskaniu Gabrysia przymierzył się do zwierzeń. Dręczyło go niemało, nie tylko mamine znikanie, ale – szerzej – jej lgnięcie do nieszczęść i – jeszcze szerzej – wykluwanie się chorób z charakteru czy też, na odwrót, charakteru z chorób. A to był tylko początek wątpliwości. Do rozstrzygnięcia pozostawał jeszcze problem odróżniania normalności od nienormalności, o ile w odniesieniu do ludzi w ogóle wchodzi w grę normalność; tymczasem przerwa w meczu to tylko kwadrans. Tak czy inaczej ojciec zaczął się zwierzać, tymczasem Gabryś zaopatrzył się w nabite na patyk lody pingwin (ojciec ani pisnął, że gardzi tym wyrobem, niegodnym porządnej wytwórni), odwinął firmowy pergamin i już zabierał się do lizania, kiedy wydający resztę lodziarz w białej płóciennej marynarce, z drewnianą skrzynką na brzuchu podtrzymywaną skórzanym paskiem przerzuconym przez kark, wykrzyknął:

– Panie doktorze! Panie doktorze!

Gabryś nadział się na wdzięcznego pacjenta. Niemłody lodziarz, wysoki, chudy i podniszczony, przeplatał wiązankę komplementów słowami „mistrz” i „ratowanie życia” oraz ofertą dodatkowego loda pingwin gratis. Jego kuracja ograniczyła się wprawdzie do renesansu potencji – trzeba tu dodać, że Gabryś był urologiem – ale tym większą żarliwością przesiąknięte były okrzyki.

Niestety, laudację zakłócił ów łysy z dołu, były blondyn, nie tylko skory do krytykowania piłkarzy, lecz i doktorów; zażądał loda i zaprotestował przeciw komplementowaniu szarlatanów, którzy przed trzema laty, na położnictwie, zamordowali mu siostrę. W tym momencie pojawiła się przy lodziarzu postawna brunetka, kawał czterdziestolatki wystylizowanej na lat trzydzieści, i zapytała Gabrysia, czy ją sobie przypomina.

W tym zamieszaniu Gabryś nie zlekceważył ojca i rzucił mimochodem:

– To prostsze niż się zdaje. Nie masz pojęcia, co robi z kobietą klimakterium. Tu żartów nie ma.

Wystylizowana na trzydziestolatkę czterdziestolatka wzięła to niestety do siebie. Wysyczała:

– Nie wiem jak tobie, ale mnie do klimakterium jeszcze daleko.

Były świński blondyn cmoknął z uznaniem, zbaraniały Gabryś z wrażenia upuścił na beton loda pingwin, lodziarz oburzony głębią ludzkiego chamstwa podał mu następnego, tymczasem głowy kibiców zwróciły się nagle na południe. Nisko nad stadion nadlatywał dwupłatowy Po-2 z przypiętą do ogona biało-niebieską klubową wstęgą. Napis zagrzewał „Stal do pierwszej ligi". Rozległy się brawa, samolot zbombardował płytę tuzinem piłek, trampkarze szybko pozbierali ten prezent od wytwórni lotniczej, tymczasem z szatni wybiegli piłkarze. Nastał zamęt, zajmowano miejsca, a były świński blondyn, nałogowy malkontent, zauważył, że na boisku grają przeciw sobie dwie Stale i nie wiadomo, o którą chodzi samolotowi. Potem sędzia zagwizdał i zaczęła się druga połowa.

Ledwie rozpoczęta rozmowa zamarła, bo już w pierwszych minutach obrońca Stali Mielec na dwanaście metrów przed polem karnym podciął pędzącego Zbyszka Gnidę ze Stali Rzeszów, też obrońcę, który jak nikt potrafił pognać po skrzydle aż pod drugą bramkę.

– No nie – oburzył się urolog – tak nie można; szubrawiec, skurwysyn jeden. Założę się, że Ukrainiec. – Wetknął do ust dwa palce i przenikliwie gwizdnął. W ślad za nim poszli sąsiedzi. W chwilę później gwizdał cały sektor.

Tym razem ojciec nie wytrzymał, złożył dłonie w trąbkę i zawołał na cały głos:

– Ludwik!

Urolog podchwycił:

– Ludwik! Ludwik!

Do żądania dołączyli inni kibice.

Były świński blondyn z niższej ławki zauważył:

– Najpierw powieście mu w okienku ćwiartkę. Wtedy trafi.

– Siadaj! – skarcił go urolog, a nie widząc po stronie łysego dobrej woli, ponowił pytanie: – Te, twój ojciec był szklarzem?

– A był – odpalił w końcu łysy. – Szklił dupy takim jak ty.

– Żebym ja ci zaraz nie przeszklił czego innego… – pogroził urolog.

Ojciec parsknął.

Wspierany pokrzykiwaniem z trybun, piłkę zaczął ustawiać Ludwik Poświat ze Stali Rzeszów. Wrzawa przycichła. Gabryś przypomniał sobie o zmartwieniach ojca.

– Mówisz, że to ją dopada raz na dwa miesiące?

– I tak, i siak – odrzekł ojciec.

– Ja bym na razie poczekał – poradził urolog. – Może przejdzie?

Mielczanie ubrani na biało ustawili mur. Sędzia cofnął graczy o półtora metra, potem obrócił się i odbiegł, żeby ogarnąć wzrokiem całość. Gracze z muru natychmiast podsunęli się o pół metra, sędzia udał, że nie widzi, rzucił jeszcze okiem na piłkę, na bramkarza i wreszcie gwizdnął. Niewielki Poświat niby to podszedł do piłki, niby podbiegł, trącił ją jakoś dziwnie, jakby trochę bokiem, trochę podbiciem, tak że pofrunęła tuż nad murem, ale zaraz potem, po krzywej, spadła w lewy dolny róg bramki, jakby wiatr zdmuchnął ją z wcześniej obranego toru.

Gabryś zerwał się na równe nogi i wrzasnął razem z całym stadionem:

– Jeeeest!!

Potem pocieszył ojca:

– Nie martw się. Na ogół za młodu ludzie są na prawdziwe życie za młodzi, a kiedy już dorosną, często im odbija. Z różnych powodów. Tak to jest. – Z podziwem pokręcił głową. – Ależ ten sukinkot strzela! – Wsunął rękę do kieszeni, wyciągnął klucze, chusteczkę do nosa, grzebyk, papierek po czekoladce Danusia, wreszcie odetchnął na widok brązowego zadrukowanego kartonika z kolejowej kasy. – Może przyjedziesz kiedyś do Zabrza? Prześpisz się u mnie. Trzeba się wreszcie nagadać. No nic, muszę się zbierać, bo mi pociąg ucieknie. W razie czego dzwoń. A swoją drogą taki Poświat... Nawet w Górniku by się przydał...

Pożegnali się sekwencją z przedwojennych sztubackich czasów:

– Cześć!

– Czołem!

– Społem!

– Niebawem!

Więcej ojciec nie wycisnął.

Tyle dobrego, że mecz wygrała Stal Rzeszów. Trzy do dwóch.

Kiedy Gabryś przeciskał się między ławkami do wyjścia, chyba szczerze żałując, bo w drugiej połowie mecz nabrał rumieńców, ojciec znów przeżył odmianę. Mielczanie przymierzyli się do wybijania kornera, przy chorągiewce stanął jakiś junior i ojciec chyba dostrzegł w tym juniorze siebie z pamiętnego przedwojennego sezonu, kiedy to sam doczekał się na Resovii braw, wrzasków i gwizdów, a także tego niepowtarzalnego okrzyku trybun „jeeeest". Teraz, słysząc ten gwizdek, ojciec z powrotem dopatrzył się sensu w gonieniu po boisku, znowu zachciało mu się wbiec na trawę i przeżyć piłkarskie zachwyty, czasem zmieszane ze zdumieniem: więc jednak ta piłka wpada? Jeśli to nie ma sensu, to co ma sens? Poczuł to jak wybudzenie, powrót do rzeczywistości; nagle odpłynęły nadzieje wiązane z niedawnym spotkaniem, jak majaki po porannym przetarciu oczu. Czego oczekiwał? Spełnienia jakiejś mrzonki? Wystarczy spojrzeć chłodnym okiem. Świat jest raz taki, raz inny, czasem w takt sędziowskiego gwizdania…

Łuski raz są na oczach, raz spadają. Tylko kiedy naprawdę są, a kiedy ich nie ma?

* * *

Wieczorem przysiadł się do mamy.

Kolacje niewiele różniły się od śniadań. Skrawek stołu, złożony obrus, wieczorem bywało, że szerszy, wciąż książka oparta o cukiernicę, czytana mniej uważnie, jeżeli grała aga, duma domu. O tej porze nietrudno było o transmisję symfoniczną czy recital.

Ojciec doczytywał woluminy, których nie zdążył zgłębić przed wojną. Encyklopedyczne kawałki Trzaski, Everta i Michalskiego, te ich geografie, historie, biblioteki wiedzy nabierały dodatkowego wymiaru, jako głos świata rzekomo zamierzchłego, który wcale taki zamierzchły nie był; wbrew oficjalnym zaprzeczeniom istniały tu dalsze ciągi, ba, nabrały rozpędu, napierały z oddali, a człowiek rozumny winien je rozpoznawać.

Na stole gościł dzbanek z ojcowskim winem, przed mamą pękaty kubek herbaty słodzonej sokiem. Czytanie wspomagała przyśrubowana do stołu lampa kreślarska, Bóg wie skąd wzięta. Odbite od papieru światło rozjaśniało od dołu twarze. Ujęci w ramę półmroku, rodzice nad lekturami wyglądali jak na scenie, bardziej – czy można tak powiedzieć? – dobitni.

Ojciec długo przymierzał się do pierwszego zdania. Wciąż drążył tamto: „Jakoś nikt mnie nie chciał zabić”.

– Tak ci tu źle, Tośka? – zaczął.

Mama ani drgnęła. Tyle tylko, że jej spojrzenie przestało biec za linijkami. Co ojciec uznał za dobry znak, jak na początek.

– Czasu się nie odwróci – mówił. – Nie da rady płynąć pod ten prąd.

Mama przymknęła oczy.

Klimatu dodawała aga; po recitalu i audycji sportowej na antenę trafiły *Śnieżynki* w wykonaniu jedynej chyba legalnej radzieckiej kapeli jazzowej, pamiętającej jeszcze lata dwudzieste. Ojciec przyciszył radio.

– Przecież bywało gorzej. A tu da się żyć. – Na chwilę zamilkł. – Tak ci tu źle, Tosia? – Znów zamilkł. – Ludziom często się zdaje, że żyją tylko na niby, bo to prawdziwe życie jest gdzie indziej, kiedy indziej, jest inne. Szamocą się – ciągnął. – A ono zawsze jest prawdziwe. Kiedy się kończy, widać, że było tylko to jedno – westchnął. – Najlepiej je polubić. Przecież tu da się żyć.

Czekał, aż mama coś odpowie, ale na próżno. Wstał i wyłączył agę, głośnik zamilkł, a wraz z nim olśniewający fortepian Aleksandra Naumowicza „Boba" Cfasmana, radzieckiego giganta swinga.

– Każdy ma jakiś los, Tosia, lepszy, gorszy; nadzwyczajny albo na odwrót. Każdy ma przydział szczęść i nieszczęść. Tylko że one są rozdane jak w domu wariatów. Jak pijana kucharka: jednemu naleje po brzegi, innemu tyle co nic, jednemu wygarnie z dna, drugiemu byle z wierzchu. Jak się nad tym wszystkim zastanowić, to lepiej się nie zastanawiać.

– Jak w domu wariatów? – spytała mama.

– Na świecie nic do siebie nie pasuje. Z tym się rodzimy. – Ojciec przerwał na chwilę. – Jest jak jest, Tosia, i nikt ci nie powie, co dalej. Można płakać, można się śmiać, ale można brać życie bez gadania. Drugiego życia nie będzie.

Mamie zaczęły drżeć wargi, jak to mamie, potem cała zaczęła się trząść. Nie rozpłakała się. Sięgnęła przez stół i nakryła dłońmi ręce ojca. Jak nie ona.

Trwało to chwilę.

Później wyprostowała się, uniosła dłonie, zamknęła książkę i powiedziała:

– No to idziemy spać.

Nazajutrz obudziły nas chrobot, stukot i hałasy wiadra.

Była piąta rano. W kuchni mama zmywała podłogę.

Zagniewana, starannie szorowała ryżową szczotką kąty.

Miała na sobie tylko bieliznę, podwiniętą halkę, na to fartuch. Widok był odpychający, a mama – bardzo możliwe – rozmyślnie wystroiła się w ten sposób. Szorowała na kolanach; zdołała je już ubrudzić, na skórze już się odgniotły słoje i gwoździe podłogowej deski. Z rozmachem plaskała mokrą szmatą, hałaśliwie przestawiała wiadro, a przesuwała się na klęczkach, wsparta jedną ręką na kuchennym taborecie.

Ojciec stał w drzwiach i patrzył. Bez słowa, widocznie ugryzł się w język. Gdyby kpił lub wybuchnął, zapewniłby mamie męczeńską satysfakcję, czego nie chciał. Więc żadnych awantur, żadnej krytyki.

Mama wyrzuciła z siebie:

– Kto nie pracuje, ten nie je.

Zrezygnowany ojciec wrócił do pokoju. O zaśnięciu nie było co marzyć, więc włączył agę, tym razem nastrojoną na zagłuszane pasmo Głosu Ameryki, licząc chyba, że zagłuszanie stacji zagłuszy przy okazji odgłosy maminej furii.

Nie pomogło.

Mama, która nie zamierzała przerwać porannego szorowania, postanowiła też wyszorować łazienkę z ubikacją, nie wyłączając rozklejonej drewnianej deski klozetowej. Zdaniem mamy, które wyrażała teraz bez ogródek, w tym pomieszczeniu dopuszcza się rażących zaniedbań Marcysia, nieświadoma, że w każdej niewydezynfekowanej wannie i na każdej niewydezynfekowanej desce można się zarazić syfilisem. Mało to gości ojciec sprasza do domu? Tuzinami! W tym te żony koleżków. A czy one nie wyglądają przypadkiem na kurwy? Nigdy się nie zainteresował, czym to grozi? Wygrażała też malowaniem, myciem okien i innymi przedsięwzięciami, które sprawią, że – dobrze, proszę bardzo – nawet w Rzeszowie będziemy mieszkać jak ludzie. Ojciec nie potrzebuje żony, zapewniła, tylko służącej. I będzie ją miał. Będzie zadowolony. A mama udowodni, że jest warta utrzymywania.

Mamine przemowy, odgłosy szorowania, suwania wiadra, stołu i stołków dobiegały zza drzwi przez dobry kwadrans i nie cichły. Po półgodzinie dobiegały dalej, jakby mama szorowała od nowa to, co wyszorowane.

Potem ucichły.

Ojciec usłyszał niewyraźne wołanie:

– Grzesiek, Grzesiek!

Mama, w zachlapanej bieliźnie, leżała na mokrej podłodze obok szmat i wiadra.

Nie mogła się podnieść.

5

Na tę wrześniową, pogodną i wietrzną sobotę cieszyło się całe podwórze, może z wyjątkiem niedoinformowanej świni.

Niefrasobliwa, wylegiwała się w chlewie za mieszkaniem mleczarnianego kierowcy Mietka. Może liczyła na popołudniową rozrywkę, jaką bywały wizyty dzieci, chętnie zaglądających i skorych do pogawędki, a czasem nawet do drapania między ślepiami, za uchem, do pogłaskania po ryju. Na pewno zaś liczyła na rychłą porcję parzonych ziemniaków z pomyjami, które to danie cieszyło się świnim uznaniem.

W chlewie jak w chlewie, było ciemnawo. Trudno powiedzieć, czy świnia – zresztą nie bezimienna, dzieci nazwały ją Munia – dostrzegała w dziecięcym zainteresowaniu akcencik obłudy, a w ich czułościach gorączkę. Trudno powiedzieć, czy Muni coś mówiły błyszczące oczy tych dzieci, szybszy oddech, leciutkie odurzenie. W ostatnich dniach były wręcz zastanawiające, ale Munia cierpiała na brak skali porównawczej. Przez niemal całe życie jadała z tego samego koryta, co bardzo ogranicza, chociaż Muni – jak to świni – wrodzonej inteligencji nie brakowało.

Zazwyczaj do chlewu zaglądały nie tylko dzieci, nie tylko Marcysia czy Mietkowa Baśka z wiadrem karmy. Zaglądał też ojciec, zaglądał Mietek, zaglądał inżynier Tolo, słowem współwłaściciele zwierzaka. Munia chętnie okazywała, że lubi spotkania urozmaicające chlewną samotność, napierała na deski, chrumkała pełna zachęt, ale nie dlatego cieszyła się życzliwym zainteresowaniem. Mężczyźni doglądali, jak Munia rośnie.

Różnili się w ocenie. Bardziej nowocześnie nastawiony ojciec uważał, że tuczenie Muni nie powinno trwać za długo, bo świnia wpierw rośnie szybko, potem wolniej, a ów późny przyrost to głównie słonina. Natomiast Mietek i inżynier Tolo nic nie mieli przeciwko słoninie. Uważali też, że większą chlubę przynosi chlew ze świnią dwustukilową niż stukilową. Trzeba więc było kompromisu, by ustalić, na czym polega najwłaściwsza proporcja świnich składników w ogóle oraz jak to się konkretnie odnosi do Muni.

Oczywiście, Munia nie miała pojęcia, że jest słoniną, schabem, podgardlem oraz ingrediencjami kiszki. Kolidowało to z naturalnym poczuciem integralności zwierzaka i jego wyraźnie doświadczaną tożsamością. Munia nie umiała o tym rozprawiać, nie mogła wystąpić w egzystencjalnej debacie, czym jest „ja", czym „jaźń"; na przykład nie znała niemieckiego i nie mogła zabrać głosu na temat *Dasein* ani *das Sein*, ale i tak wiedziała swoje. Niestety, sytuacji Muni nikt nie rozpatrywał w kategoriach wysokich, jedynie w spożywczych.

Na wiadome sobotnie popołudnie zamówiono masarza. Sercem wydarzeń miała być nasza kuchnia, w której już od piątku wciąż pojawiali się jacyś ludzie. Ktoś przyniósł w częściach okazałą machinę do zmielenia Muni, ktoś kaszę na kiszki. W sobotę Marcysia naszykowała z pomocą sąsiadów liczne miednice i szafliki, w których miały wylądować Munine wnętrzności. Zjawiła się ze wsi daleka kuzynka ojca mówiąca tylko gwarą, na zapas zawstydzona, która wyłożyła na stół przywieziony aż z Zaczernia kawał cielęciny do kiełbas i natychmiast przepadła, jakby wtopiła się w ścianę. W wielkim garze do gotowania bielizny parował wrzątek, nieodzowny przy usuwaniu szczeci. Wysoki trzepak na podwórzu zdobiły dwie pętle z grubego sznura i jakoś ten pospolity trzepak opatrzony pętlami uwznioślił się, upodobnił do wiadomej szubienicy z obrazu Bruegla. Obok na ziemi wylądowała miednica na krew. W końcu do kuchni wkroczył masarz; przykręcił do stołu machinę mielącą, opatrzył korbą z tyłu, lejkiem do nadziewania kiełbas z przodu, by potem rozłożyć obok noże, tasaki i szpikulce.

Wkrótce stawił się ojciec, potem paru sąsiadów, do komitywy został dopuszczony furman Ignac, na stole zaś między miskami, nożami i machiną do mięsa wyrosła zalakowana butelka czystej, którą ojciec sprawnie odbił dwoma uderzeniami, nasadą dłoni w denko, a potem do sporych kieliszków nalał pierwszą kolejkę. Ceremonii przyglądała się stojąca w otwartych drzwiach Marcysia. Mimo namawiania nie wzięła kieliszka do ręki. Aniela Salawa nie pochwaliłaby czystej. Może nalewkę. Na domiar złego, po pierwszym kieliszku ojciec natychmiast zarządził wypicie na drugą nogę.

Podwórzem zawładnęły podekscytowane dzieci, a Lot, dobrze ułożony wyżeł sąsiada, tym razem nie posłuchał nawoływań i ani myślał wracać do domu. Nie dawał się nabrać. Zanosiło się na imprezę, która psu nie trafia się co dzień.

Mama siedziała w pokoju przy stole. Podwieczorek przypominał śniadanie: kawa, cukiernica, książka. Czasem herbatnik, czasem ciasto domowe. W kącie na niewysokim stoliku grała cicho aga. Mama nie brała udziału w przygotowaniach. W krakowskim domu o jakich takich ambicjach nie urządzano świniobić. Owszem, kupowało się wiejskie kiełbasy czy szynki, zwłaszcza przed Wielkanocą, często za pośrednictwem stróża albo furmana, czasem z zaufanego gospodarstwa, ale procedura ich powstawania nie budziła ciekawości. Broń Boże. Najwyżej omawiano wyższość wyrobów, powiedzmy, spod Węgrzec nad wyrobami spod Borzęcina lub odwrotnie, ale w towarzystwie nie uchodziło za wątek godny uwagi przemienienie kwiczącej świni w milczące podgardle.

Mama na pozór utonęła w lekturze, tym razem było to *Sedno sprawy* Greene'a. Kiedy do domu zawitał masarz, nie oderwała się od podszytych egzotyką a ocienionych samobójstwem losów majora Scobiego i jego pobożnej żony. Wciąż tkwiła z nimi w Afryce, kiedy do kuchni trafili sąsiedzi z ojcem. Dopiero odbijanie butelki sprawiło, że przestała czytać i – nie zamykając książki – zamieniła się w słuch. Tymczasem po tej drugiej kolejce do kuchni wpadła jeszcze Hela, starsza siostra ojca, i zameldował się stryj Tomek, na których cześć ojciec zarządził kolejkę karną, za winy spóźnialskich. Radosnym pokrzykiwaniom nie było końca. Stojąca na kuchennym stole butelka – rozświetlona promieniami popołudniowego słońca ocieplającymi zielonkawe szkło, wygodnie uplasowana między mielącą machiną, miskami i nożami, przyozdobiona czerwonym lakiem i czerwoną etykietą, w otoczeniu wianuszka kieliszków – nie wyglądała na twierdzę nie do zdobycia. Żadną miarą. Nic dziwnego, że kiełkowała już myśl o nowej kolejce, powiedzmy, za tych, co na morzu.

Stojąca w otwartych drzwiach Marcysia odwróciła się i zauważyła, że mamie zaczynają się trząść usta, potem nogi, wreszcie brzuch, piersi, jak przed porannym wybuchem płaczu. Nachyliła głowę, w nieodłącznej granatowej, przepoconej chustce w grochy, podeszła o krok, kołysząc niepranymi od wieków spódnicami, bardziej przejęta mamą niż tym, co się dzieje w kuchni.

Mama dopatrzyła się w tym natręctwa.

– Co się Marcysia gapi? Że co? – fuknęła.

– Ja nic nie mówię – odparła Marcysia.

Teraz mama podniosła głos:

– Marcysia nic nie mówi, ale się gapi! I za co? Za co?

W kuchni nagle zrobiło się cicho.

Odezwała się Marcysia.

– Kawy doleję – zaproponowała. – Gorącej.

Przez otwarte okna i zewnętrzne drzwi kuchni, też otwarte na dwór, dobiegł mocniejszy szum liści. A potem w ten szum wmieszał się przeraźliwy kwik. Kierowca Mietek i mieszkaniec piętra, buchalter Błażejczyk, który zgłosił się na ochotnika, zaczęli wywlekać z chlewu Munię za uszy.

Głos mamy jeszcze przybrał na sile:

– Kawy? Co mi z kawy?

Za Marcysią stanął w kuchennych drzwiach furman Ignac.

– Jak kawy nie, to Marcysia doleje mleka – popisał się dobrą wolą.

– No – potwierdziła Marcysia.

Kwiczenie już górowało nad szumem liści. Pojawił się w nim nowy, bolesny ton.

– Dolać? – spytała Marcysia.

W odpowiedzi mama huknęła kubkiem o podłogę. Chlusnęły resztki. W ślad za kubkiem pofrunął talerz. Potem cukiernica. Pod lampą zatańczył lep na muchy. Zdawało się, że nawet potargany latawiec na drutach nad kapliczką ożył i zakołysał się od tego uderzenia.

Kawa zbryzgała ścianę, parę kropli wylądowało na szkle osłaniającym reprodukcję *Madonny z Dzieciątkiem*, parę innych urozmaiciło pastel Jaxy.

W kuchni wszyscy zamarli.

– Nasermater! – wyszeptał furman Ignac i założył czapkę na głowę.

Najpierw napawał się osobliwością chwili. Potem rzucił się do skorup, demonstrując wobec nich szacunek, jakby chodziło o wazę grecką, ale powstrzymała go Marcysia.

– Wezmę szmatę – powiedziała.

Mama chyba nie dosłyszała.

– Zetrę na mokro. Najpierw zmiotę.

Głos Marcysi brzmiał, jakby próbowała uspokoić kogoś mierzącego w nią z pistoletu.

Tymczasem mama wstała. O podłogę stuknęło oparcie przewracającego się krzesła. Kołysząc się z boku na bok, mama nie bez trudu ruszyła do kuchni. Powolność dodawała temu przejściu majestatu. W ciszy chrzęścił pod nogami rozsypany cukier. Z wrażenia Ignac znów ściągnął czapkę.

Nikt mamy nie powstrzymywał, kiedy z łoskotem wrzucała do szaflika tasaki, szpikulce, miski i dając sobie radę z nadspodziewanie dużym ciężarem, wytaszczyła ten szaflik na ganek przed wejściem do kuchni, a tam oparła o parapet na balustradzie.

Zahipnotyzowani stryj i ciotka wpatrywali się w mamę, ojciec ani drgnął, a mama jak ciężarowiec zbierający się do drugiej fazy podrzutu, zaczerpnęła powietrza raz, potem znowu, wreszcie zebrała siły i nagle wyrzuciła daleko przed siebie szaflik załadowany masarskimi narzędziami. Zdumiała patrzących. Okropny łoskot sprawił, że Mietek i księgowy Błażejczyk przystanęli, wciąż trzymając Munię za ogon i uszy. Tymczasem w ślad za szpikulcami i tasakami pofrunęło z pół tuzina świeżo naostrzonych noży.

– Nasermater! – z podziwem powtórzył furman Ignac.

Zdyszana i spocona mama teraz zadziwiająco szybko pokuśtykała do kuchni i dobrała się do przygotowanych zapasów. Wkrótce po tej samej trajektorii co szaflik pomknęły porcje kaszy, czarki z pieprzem, solą, majerankiem, kolendrą, saletrą i rozsypały się pośrodku podwórka na piasku. Na koniec na piasku wylądowała cenna cielęcina z Zaczernia, przeznaczona do zmieszania ze zmielonymi kawałkami Muni.

Wyżeł Lot, zaskoczony nowym bukietem zapachów, porzucił asystowanie wleczonej świni, przestał ujadać, niechcący wdepnął w miednicę przeznaczoną na krew, wystraszył się hałasu, zaskomlał i usiadł. Scenie przyglądali się zachwyceni mechanicy z mleczarnianego warsztatu samochodowego, odwalający po południu fuchę. Mama krzyczała zaś z ganku do całej widowni:

– No, gapcie się! Dalej, możecie się napatrzyć!

Kierowca Mietek i buchalter Błażejczyk osłupieli, z czego skorzystała zdesperowana Munia. Jednym szarpnięciem wyrwała się im z rąk i z kwikiem pomknęła w stronę warzywnika. Kury, grzebiące na poletku przed warzywnikiem, poderwały się z gdakaniem, dzięki czemu Lot ocknął się i wiedziony myśliwskim instynktem, zamiast zająć się cielęciną, runął na stadko, a hodująca te kury Baśka, żona kierowcy Mietka, rozdarła się na panią inżynierową Romę, że ta pozwala sobie na beztroskie wypuszczanie psów. Symfoniczną fakturę uzupełniły wrzaski dzieci, wpierw zaganianych do domu, teraz znów mykających po podwórku.

Pod warsztatem głośno rechotali mechanicy, a mama wykrzykiwała:

– Napatrzcie się, napatrzcie!

Wymową sceny nie przejmowała się tylko Munia, która staranowała furtkę do warzywnika i w najlepsze hasała wśród dorastających główek kapusty, uwolniona, szczęśliwa, nieświadoma kruchości życia, znów przekonana, że jej osobiście nie dotyczą żadne przeciwności losu.

Do kuchni wkroczyła spóźniona ciotunia Irunia. Jakimś cudem wiadomości już się rozeszły. Głośno spytała:

– Co tu się dzieje?

Tymczasem przez nikogo niewstrzymywana mama – trzeba przyznać, że jej furia wzbudzała respekt – mocowała się właśnie z machiną do kiełbas, solidnie przykręconą do stołu. Zanosiło się na to, że oderwie ją razem z blatem.

Mama dyszała, drżały jej usta, była mokra od potu. Ciotka Hela podeszła do niej; odezwała się spokojnie, stanowczo, niegłośno:

– Tosia...

– Ty też się możesz pogapić! Pewnie! Proszę bardzo! – krzyczała dalej mama.

A furman Ignac, który wsunął się z powrotem do domu, postanowił po swojemu wpłynąć na sytuację; podkradł się do cicho grającego radia i podkręcił potencjometr. Właśnie nadawano z krakowskiej rozgłośni „Rewię piosenek" i teraz mamy okrzyki zagłuszała Lucienne Boyer śpiewająca *Parlez-moi d'amour*, a Ignac z dumą obrócił się na pięcie i poprawił czapkę na spoconej łysinie.

Machina przykręcona do blatu nie ustępowała; mamine barki dygotały, oczy płonęły, usta ułożyły się w podkowę. Hela nie ustępowała, ale nie podnosiła głosu.

– Nie możesz się denerwować. Masz nadciśnienie.

Mama strząsnęła z ramienia rękę ciotki. Uniosła machinę do mięsa razem z blatem, huknęła stołem o podłogę, machina jakimś cudem odczepiła się od blatu i wpadła w mamine ręce. Za moment mama niczym dyskobolka wyrzuciła ją z ganku z półobrotu i otarła czoło. Spadające żelastwo zaczepiło o pustą miednicę na krew, przez podwórko znów przetoczył się łoskot; trzymany teraz krótko Lot szalał, przekonany, że frunie aport; furman Ignac już pędził po cenne narzędzie, przerażony kataklizmem. A mama postała chwilę nad pobojowiskiem, ciężko dysząc, i wyszła. W pokoju minęła bez słowa radio – *Vous répétiez ces mots suprêmes* – przeszła do drzwi do sypialni, odwróciła się i z ręką na klamce poczęstowała widownię pożegnalnym tekstem:

– Nażryjcie się. Uchlejcie. Dla was tylko to ważne, co od pasa w dół! – I trzasnęła drzwiami.

– Nasermater – szepnął po raz trzeci furman Ignac, trzymając za korbę machinę do mielenia mięsa.

Ojciec wyłączył radio.

Ciotki zadzwoniły po lekarza.

Z kuchennej podłogi, nad którą uwijali się Marcysia i furman Ignac, szybko zniknęły kryształki cukru, soli, ziarna pieprzu, drobiny ziół, szklane i fajansowe skorupy.

Wcześniej Marcysia z Ignacem dźwignęli stół, a mistrz masarski zabrał się do lustrowania zaatakowanej machiny. Oglądał po kolei korpus, ślimaka, noże, sito, rączkę; pochylony nad częściami przypominał pana, który troskliwie bada ukochanego psa, wracającego ze skomleniem z podwórkowej bójki, zagląda w uszy, odwija fafle, odsłania zęby, delikatnie maca łapę, nos. Okazało się, że bezcenny sprzęt do mielenia Muni jednak przetrwał natarcie, i całe szczęście, bo zapasowe części były na wagę złota. Masarz poskręcał urządzenie i włożył do skrzynki, gdzie trafiły też pozbierane z podwórka, a potem gorliwie domyte noże, szpikulce i osełka; w osobnej przegródce znalazł się ceratowy fartuch. Masarz wcisnął obok zapomnianą niedopitą półlitrówkę, wreszcie włożył na głowę kaszkiet, by mieć co uchylić z godnością na pożegnanie. Było jasne, że świniobicie trzeba odroczyć, a prace kiełbaśnicze wykona się kiedy indziej i bez wątpienia w innej kuchni.

Dzieci, teraz dziwnie powściągliwe, zwabiły hasającą po warzywniku Munię do chlewu. Chyba były zadowolone. Owszem, przepadło obiecujące widowisko, aż strach, jakie ciekawe. Owszem, przepadła okazja do przechwalania się po sąsiedzkich podwórkach, że się widziało zarzynanie świni. A z drugiej strony, serca jednak radował widok sytej przygód, rozanielonej Muni, która po staremu chrumka w kojcu.

W zapadającym półmroku rozpłynęli się jak duchy masarz, Marcysia i furman Ignac. Mechanicy samochodowi już wcześniej przebrali się, zamknęli warsztat i poszli do domu. Baśka, żona mleczarnianego kierowcy, zastukała z pytaniem, czy czegoś nie trzeba. Z tym samym zgłosił się pan Tolo, który wcześniej dopadł Lota i wbrew dramatycznym protestom wyżła zawlókł go do domu.

Porywy wiatru cichły. Na drutach nad kapliczką błogosławionego Jana z Dukli zwiotczał potargany latawiec.

Na koniec zajechała na podwórko karetka.

6

Pod koniec świniobiciowej awantury Irunia palnęła:

– I nie zaszkodzi, jeśli po drodze wstąpisz do kościoła. – „Po drodze", bo burza jeszcze się nie przetoczyła, ja zaś miałem przenocować u stryja.

Posłusznie wyszedłem z domu, przy bramie pokazałem język błogosławionemu Janowi z Dukli, który w kapliczce na kamiennym słupie sposobił się do chłodnej nocy, a po kwadransie, już w śródmieściu, wstąpiłem na pocztę.

Telefonistka w okienku międzymiastowej pracowała do późna. W wolnych chwilach obsługiwała poste restante. Wolałem, żeby poczta od Dominiki nie ocierała się o dom.

Myślami tkwiłem gdzie indziej. Zbliżały się studia. Wszystko było możliwe.

Dominika kusiła znad morza.

Spodoba ci się, zobaczysz, pisała. *Kiedy po Sopocie czy Gdyni łazi Murzyn, nikt się tu za nim nie ogląda. Murzyn to Murzyn. Nie to, co w Rzeszowie.*

Miała twarz Buddy, oprawną w ciemne włosy do pasa. Kąciki pełnych ust co chwilę unosiły się w uśmiechu, na przekór kącikom powiek, ciężkim, opadającym na przenikliwe bladoniebieskie oczy. Twarz Dominiki mówiła na powitanie każdemu „zamieniam się w słuch", jakby rozmówca przynosił Dominice w prezencie swą historię; teraz wystarczy przewiązać ją wstążką i wręczyć, a Dominika, już po rozpakowaniu, doceni niepowtarzalność wątków, blask epizodów, prawdę wynurzeń, wreszcie z całości – pozornie strzępiatej – wydobędzie fascynującą opowieść, której morał zadziwi samego autora.

Reagowała skrajnie. Co dnia dzieliła świat na to, co „fantastyczne" i co „okropne", na „cudowne" i na „dno", na „bombę" albo „koszmar". Reszta nie zasługiwała na uwagę.

Starsza ode mnie o dwa lata, chwalebnie zakończyła edukację muzyczną w Rzeszowie, lecz wyjechała studiować co innego. W odmianie maczał palce jej ojciec, fachman z Podpromia, południowego zakątka miasta. Lutnik, instrumentarz, stroiciel, w razie czego organmistrz, wszystkiego po trosze, który w swych dzieciach widział lokatę na starość.

Jeżeli chodzi o córkę, wolał zainwestować w handel morski niż w grę na fortepianie. Jako instrumentarz dość się napatrzył na gwiazdy zgasłe, na gwiazdy nigdy nierozbłysłe, a o rozbłysłe też się otarł. Wprawdzie szkoła handlu morskiego, która w Sopocie wysoko dzierżyła kaganek oświaty, nie oczarowała Dominiki, za to znajdowała się bardzo daleko od Podpromia. To akurat Dominice odpowiadało. Coś za coś.

Pasjonowały ją opowieści o ludziach.

Kraina kotów, pisała o Sopocie na eleganckiej papeterii Kwadryga. *Starsza kobieta z garnkiem makaronu obchodzi podwórka pod skarpą, która dzieli miasto na górę i dół. Na oko teściowa antychrysta. Krzywe patyki zamiast nóg, ale na koturnach. Na grzbiecie jakaś kapa, chyba z burdelu, podszyta byłym futrem. Pysk wymalowany, uróżowany, wypaćkany tuszem, no koszmar. Rozkłada po podwórkach ten makaron, a jeszcze ma twaróg, w słoiku nawet garmaż, nosi to w torbie ze skaju – i jest szczęśliwa. Widać, że ta okropna gęba promienieje, bo o nogi-patyki ociera się całe podwórkowe plemię, miauczy, łasi się, gada, mruczy, a ona jak natchniona. Na widok tej jej karminowej szminki muchy padają w locie, od różu na policzkach można się zrzygać, a koty nic; koty ją kochają. Czasem obchodzi podwórka dwa razy dziennie i nęka wszystkich: „pani da kotkom pić", „pan da kotkom mleka". A skąd ma na ten makaron? Na ser i garmaż? W ogródku za knajpą na rogu Bieruta i Kubacza normalnie robi minetę pijakom. Brudasy, zarzygańcy, śmierdzą, a jak jeszcze pomyślisz, co oni tam sobie wywlekają z tych rozporków, kiedy to podejrzałam, no, szkoda mówić… I ta baba im obciąga. Stąd ma na koci makaron, ser i garmaż. Madonna kotów.*

Niesamowite.

W Rzeszowie spędzaliśmy z Dominiką więcej czasu, niż wymagała szkoła muzyczna, co pochlebiało mi nie tylko ze względu na te dwa lata różnicy. Dominika – średniego wzrostu, o przyciężkiej sylwetce, ale uderzająco zwinna, obdarzona altem przyozdobionym ciepłymi pomrukami – uważała się za dziewczynę ładną i ponętną, chociaż z tą dużą twarzą i niekoniecznie szczupłymi nogami miała prawo w to zwątpić. Ale nie zwątpiła. Każdy próg przekraczała pewnie, z radością aktorki wstępującej na czerwony dywan, i to ostatecznie czyniło ją ładną i ponętną. Tak to jest.

Planowanie wspólnej szczęśliwej przyszłości – częsty nałóg w tym wieku – nie przychodziło nam do głowy. Oboje byliśmy zajęci czym innym: nieustannym polowaniem na niezwykłość chwili, dostrzeganą – sądziliśmy – tylko przez wybranych, wtajemniczonych, różniących się od ślepej reszty. Widziałem, że Dominika mnie tego uczy, możliwe jednak, że i ona – wzajemnie – wypatrywała u mnie potwierdzeń i upewnień. Fajności, fantastyczności, cudowności często szukała na oślep, intuicyjnie, jak utalentowana hazardzistka. W każdym razie do głowy nam nie przyszło przysięgać sobie wyłączność po kres czasu i tak dalej. Co to, to nie. Frajdę czerpaliśmy z przeistaczania powszedniości w święto, zwykłości w przygodę; może nawet pisaną przez duże „P".

Licho wie kiedy wkręciła się do ekipy filmowej przy studenckim kabarecie.

Mieliśmy aferę na planie, pisała. *Zdjęcia w plenerze, w obsadzie anioł.*

Wędruje przez ściernisko, biała kiecka, skrzydła, kredowy makijaż. Taka metafora: Matka Ziemia, a po niej łazi ten anioł. Sztuczność zamierzona, a jeszcze mają być pierrot, arlekin, żadnych realizmów i w ogóle film na poziomie. Jak włoski.

Jurek to kręci z bardzo daleka, ze wzgórka, hen-hen, taką długą rurą, bo chodzi mu o perspektywę. O głębię. Między

Jurkową kamerą i tym ścierniskiem wije się w kadrze wąska droga. Anioła gra Alina, oczy w słup, buzia w ciup, ręce do paciorka, nie tyle idzie, co nadpływa, skrzydła wiewają, pierwsza klasa, Jurek to kręci, od razu widać, że bomba! Aż nagle, trzeba trafu, na tę zapomnianą drogę wjeżdża jakiś cholerny lublin. Ledwie pełznie. Czemu? Bo szofer się gapi na ściernisko. Do tego zwalnia, trąbi, raz, drugi, trzeci, i w końcu co? Przystaje. Jurek zaczyna machać, żeby nie zasłaniał, żeby odjechał. Alina nic, bo niby co facetowi do anioła? Gościu jednak nie widzi, nie słyszy, najpierw trąbi, a potem? Normalnie wyłazi z szoferki, łapa pod zderzak, za korbę i na pole! Na anioła! Na szkaradę! Zatłuc! Zaraz widać, że dusza człowiek, pobożny, taki, co wie, że cuda są w kościele, pradawne, w ewangeliach, lecz w życiu cudów nie ma. Ani aniołów. W życiu trzeba na chama. I odmieńcowi nie popuści. Bo to może nie anioł, a Zły albo pedał. No to wywija korbą jak jakiś juhas, kurczę, nadsamiec. To Jurek w krzyk i za nim, z tym telefoto. My za Jurkiem. Jedni w kostiumach, inni bez, wrzask, sprint po ściernisku, gna cała procesja, a ściernisko to nie trotuar, wierz mi. W sumie szkoda, że Jurek tego nie kręcił, ale nie mógł, bo właśnie szarżował. Zasłonił Alinę, miał ten teleobiektyw, na czole okulary, na szyi światłomierz i w końcu szofer się połapał. Skojarzył, bystrzak jeden. Jasne! Mowa! Kino! Anioł w kinie to co innego. Jak w kinie, to w porządku. A przy okazji: czy kolegom nie przyda się statysta? Słyszał, że statystom płacą właściwie za nic. Cośmy się strachu najedli, to nasze. Cud, że Alina nie wylądowała w szpitalu.

Fantastico.

* * *

Pewnego razu, jeszcze w Rzeszowie, Dominika zaprosiła mnie do siebie pod dziwacznym pretekstem. Rzekomo chciała oddać ołówek, który podobno jej kiedyś pożyczyłem. Po twarzy Dominiki błąkał się kpiarski uśmiech, pomruku w głosie było jakoś więcej. I okazało się, że zaprasza pod nieobecność ojca, który wyjechał na parę dni za Leżajsk stroić organy. Mówiąc krótko, nazajutrz wychodziłem od Dominiki mądrzejszy, niż wszedłem, i zachwycony sobą. Ale o co chodziło z tym ołówkiem, wciąż nie wiedziałem.

Spotkań było więcej, właściwie jedno za drugim. Do czasu. Dominika demolowała jak buldożer wszelkie długoterminowe przymiarki. Na co byłem przygotowany. Owszem, szukała fascynacji, wypatrywała niecodzienności, napawała się nimi, ale zawsze niepewna. Jakby wciąż pytała „czy to jest to?".

Trochę już rozumiałem.

Po jej wyjeździe z Rzeszowa wciąż była tą przyjaciółką, której domniemana pochwała uskrzydla, a przygana rani. Zdawało mi się, że moje zauroczenie wciąż traktuje serio. Może jakimś cudem jednak jest obopólne? Mimo wszystko? Myśl przyprawiała mnie o szczęsny dreszczyk, chociaż wiedziałem, że ta dziewczyna o twarzy Buddy tonie w tajemnicach i żyje po swojemu, jak chce.

Nieważne.

Listy z Wybrzeża podpowiadały, co warto, czego nie, kiedy bomba, kiedy niewypał. Bywały kompasem, czy nadchodziły częściej, czy z rzadka. A dla Dominiki? Czy były kładką, której nie chce spalić? Lustrem, które schlebia? Znakiem na jakiejś skali; zieloną kropką, czerwoną linią?

Co za osiedle!, pisała o Redłowie. *Niby te domy kubek*

w kubek, identyczne, ten sam projekt razy sto, ale co za klimaty wewnątrz! Za tymi drzwiami kawałek Afryki, za innymi Australii, tu włazisz po schodach i oto Alaska, ówdzie chiński mur; co chcesz, Patagonia, Liban, Grecja. Przedmioty, rośliny, rzeźby. Żywa małpa. Papugi.

Chodzę tu na angielski do miss Scofield. Miss, bo rozwiedziona. Mówią, że rodzina best of the best, dom w Edynburgu, posiadłość na wsi, te rzeczy. Wyszła za polskiego oficera podczas wojny, a po czterdziestym piątym bez mrugnięcia pojechała za nim do Polski, bo go naszło na powrót. Oczywiście do Gdyni, jak to marynarza. Morze, nasze morze, wiatr od morza, w razie czego z honorem lec i tak dalej. Wrócił i nawet wiele się nie przesiedział. Od paru lat znowu pływa. A z nią jest tak, że od młodości ma pociąg do gorzały. Pełna poruta dla rodziny. Niby trzymali ją krótko, ale wybawieniem okazał się dopiero ten pan Maciek, teraz kapitan. Ślub – i urwała się swoim starym, swoim ciotkom, wujkom, stryjenkom i babciom. Z kolei ci jej starzy, te ciotki i wujowie, byli po cichu zachwyceni, bo pijusa mają z głowy. Klasyk.

W Polsce od razu nauczyła się na pamięć wszystkich adresów, a to były sklepy ze strażacką, z wyborową, żytniówką, luksusową pszeniczną, ratafią, orzechówką, soplicą, śliwowicą, winiakiem luksusowym i klubowym, jałowcówką, jarzębiakiem, żubrówką, calvadosem złota jesień, żołądkową gorzką, cherry brandy i honey cherry brandy, likierem kawowym, a potem, kiedy facet się już wnerwił, wniósł o rozwód i przykręcił kurek, to szybko przełożyła wajchę na wodę brzozową. W sumie wyprocesowała od kapitana dom. On od niej prawa do dziecka. Potem już się nie stawiał. Moja miss do Szkocji nie chce, bo tam ją wezmą za twarz, jeszcze zamkną na odwyk, a tu różnie. Ostatnio śpiewała nawet z kapelą jazzową. Żywa Szkotka na estradzie, zawsze coś. W sumie niezłe recenzje. A w najgorszym razie zarobi tymi lekcjami, chociażby na denaturat. Zapytasz „how are you?", to odpowie „I'm well" nawet wywożona do Bacutilu. Skóra na mordzie jak na jajach słonia, ten typ cery.

Zawzięłam się. Niech ona sobie chleje. Z wielką godnością potrafi żłopać nawet ruski odekołon, tymczasem ja wpruwam na pamięć całe strony Somerseta Maughama. Miss pada przed nim plackiem. Niewykluczone, że Maugham to wszystko, co pamięta z czasów trzeźwości. Podobno najlepiej się sprawdza wpruwanie na pamięć prozy. A mnie zależy coraz bardziej. Bez języków ani rusz. Nigdzie dalej.

Wczoraj byłam na balecie, Ravel i Bartók, bo tu rzadko idzie stęchlizna typu Moniuszko, Żeleński, Paderewski. Częściej Szymanowski, Debussy albo Prokofiew, ale i jakiś Françaix, czy z naszych nowych Baird; tego słuchają. Sam się przekonasz.

Tu jest klimat. Szkoda mówić.

Tym razem listu nie było. Telefonistka wróciła od przegródek z poste restante z pustymi rękami. Nic strasznego.

Dla Dominiki świat się nie kończył na tak zachwalanym Sopocie, na Gdańsku czy na Gdyni. Przyciągały ją miejsca niezatrute mitomanią, niezamglone urojeniami, niezabazgrane wyświechtanymi rytuałami, rutynami; przyciągały ją miejsca jej zdaniem „prawdziwe". Za rzeczywistość upragnioną najlepszej próby Dominika uważała tę, którą łatwo obrócić w dobrą opowieść. To znaczy nadającą się do filmu. W najgorszym razie do prozy. Tylko tam, jej zdaniem, warto tkwić.

To fakt, że tam gdzie się jarzą reflektory, łatwiej wcisnąć się na plan i łatwiej upić możliwościami. Nawet poczynając od klapserki. Pod tym względem trzy miasta znad zatoki biły Rzeszów na głowę. Lecz tylko tyle. Kropka. Więc nie zdziwiłbym się, gdyby następny list od Dominiki nadszedł dopiero na wiosnę z jakiegoś Amsterdamu, Pretorii, a może i z Nowego Jorku.

OK.

W mieszkanku stryja wysłuchiwałem żalów stryjenki na panoszenie się Ukraińców. Zapewniała, że pod zmienionymi nazwiskami obsiedli wszelkie możliwe urzędy i posady, od sklepów po ministerstwa, wciąż z nożem za cholewą, chociaż przed wojną dostawali od Polaków wszystko, co im się zamarzy.

– A ten obiecany ukraiński uniwersytet we Lwowie, ciociu?

– Co ty tam opowiadasz, dziecko... Co ty w ogóle wiesz? Przecież mogli studiować na naszym Uniwersytecie Jana Kazimierza. Rusinów przyjmowano. Mało tego, mogli studiować po polsku! Rozumiesz, po polsku! No to na co im były jakieś ukraińskie uniwersytety?

Stryjenka troskliwie rozłożyła pościel na kanapie, nadal demaskując podstępnych niewdzięczników zza Sanu, nawet kiedy mościłem się do snu i po kolei przechodziłem w pamięci cygańskie frazy *Triany*.

Długi steinway. Reflektory. Skrząca się pod nimi klawiatura, jej odbicie w lśniącej jak lustro czarnej klapie, a po prawej ciemna sala z tysiącem wyczekujących par oczu i uszu; siadam przy tej klawiaturze, skupiony, ale i z myślą „teraz wam pokażę". Takt po takcie grałem w myśli wstęp, tę powtórzoną dwakroć zapowiedź, że oto odbędą się hiszpańskie czary-tańce-iluminacje, nastąpi coś niesłychanego, bo jak tu przewidzieć urodę tematu *Triany*, wprowadzanego tak późno, wpierw opowiedzianego przewrotnie, dyskretnie, prościutko dla niepoznaki, zanim przemieni się w istny wodospad dźwięków, godny dwóch fortepianów naraz, esencja słońca, jakiego nigdy nie widziano w Rzeszowie, powódź bram i wież, twarzy i strojów jak z fotoplastykonu. Wciąż grałem ten wstęp, bo cóż to za piękna chwila rozpoczynać *Trianę*, niech trwa, niech się powtórzy, niech nadejdzie na nowo, więc przyszło mi do głowy cofnąć się, wydłużyć rozbieg i fraza po frazie zagrać wcześniejszą w tym cyklu *Rondeñę*, pełen nadziei, że po tych obu kawałkach nasłuchująca ciemność eksploduje, a wtedy, raz kozie śmierć, zagram na bis *Navarrę*, tak jak pamiętam, ze słuchu, tę *Navarrę*, o której nawet nie śmiałem marzyć za dnia. Na sali było cicho jak makiem zasiał, nikt nie chrząknął, nie zakaszlał, było to wszystko takie piękne, że znowu grałem od początku wstęp do *Triany*, żeby zaczarowaną chwilę przedłużyć, i nikt nie protestował, ja zaś miałem w głowie i ciąg dalszy, i wcześniejszy, i *Rondeñę*, i *Trianę*, i *Navarrę*, właściwie grałem je wszystkie naraz, wkrótce do muzyki wmieszały się nie wiadomo skąd twarze Dominiki, nieproszone słowa *Aniele Boży* – i zanim stryj wrócił, już spałem.

7

Mówiąc „nie zaszkodzi, jeśli po drodze wstąpisz do kościoła", Irunia ubolewała nie tylko nad moim wątłym przejawianiem wiary.

Przede wszystkim obwiniała mego ojca.

Niesłusznie. Ojcowska gorliwość religijna, owszem, pozostawiała wiele do życzenia. Mówiąc wprost, był niedowiarkiem pierwszej wody. To czasem się zdarza w niezachwianie katolickiej rodzinie. Ojciec jednak niczego nie zakazywał. Nawet nie odradzał.

W zakopiańskiej podstawówce modliłem się często, najchętniej w drodze do szkoły. Tatary dzielił od Wilcznika kawał drogi. W samotnym marszu z domu na Równię Krupową – gdzie dołączali koledzy – nie marnowałem czasu. Odrabiałem modlitewne obowiązki, zaległe pacierze, różańce i nowenny; na tej trasie mogłem się nawet wymodlić na zapas. W modłach nie przeważały zaś proste prośby o udany popis muzyczny czy – z Bożą pomocą – ukrycie przed rodzicami jakiegoś szydła w worku. Przeciwnie, stać mnie było na ogólne wielbienie Bożego świata, zwłaszcza przy ładnej pogodzie.

Czym innym były kościoły.

Odpychała już sama nazwa. Kościół kojarzy się z kośćmi, przy czym chodzi o grobowość, rozkład, szkielety, żadne tam kości dla psa czy na krupnik. A nagminna bliskość cmentarza? Ze szkieletami w tych dołach? Pod posadzką w samym kościele? A podobieństwo kościół–kostucha? Kościoły bywają piękniejsze i brzydsze, okazałe lub poślednie, wnętrza zapierają dech lub żałośliwie ściskają serce, rzadko bywają jednak przytulne. Zionie z nich chłód bez względu na stan ogrzewania, porę roku czy ilość bukietów pod figurami. Odstręcza zapaszek więdnących roślin przyprawiony resztką kadzidła. Mrozi martwota rzeźb o kamiennych czy drewnianych twarzach, nieludzkich przez zastygłość zwielokrotnioną w setkach i tysiącach podobizn. Uniesienia malujące się na tych twarzach przypominają sklerotyczny entuzjazm przekwitłego piosenkarza. Kamienne oczy wybrańców w stanie iluminacji każą czasem myśleć o wizjach, lecz częściej o chorobie Basedowa.

Do tego moralny szantaż, bo widok Chrystusa przybitego ciesielskimi ćwiekami do prymitywnej konstrukcji, skrwawionego i umęczonego, ma budzić współczucie. I zazwyczaj budzi. A wtedy ów rozdzierający wizerunek szepce przybyszowi do ucha: „skoro cię to obeszło, to musisz przyznać, że prawdą też jest cała reszta, trudno i darmo". Cóż na to można odrzec? „Męka męką, żadna przyjemność; naprawdę mi przykro", ale nic więcej. Mimo to szept wizerunku i ta niema odpowiedź pozostaną na siebie głuche. Jedno drugiego nie przekona. I w sumie zgrzyt.

Wrażenia jak wrażenia, niemniej nie stworzył ich mój ojciec. Ale pobożna ciotunia Irunia, która wierzyła w upiory, południce, strzygi, w utopce, widma i wąpierze, w wiły, kłobuki i dziwożony – w to akurat wierzyć nie chciała.

Inna aura towarzyszyła zakopiańskiemu katechecie.

Jego wywody budziły żywy entuzjazm klasy. Mniej więcej w połowie lekcji, wyłożywszy już z grubsza temat, staruszek sięgał po ogromną tekturową tubę i wyciągał kolorowe wydruki wielkości tablicy. Dzięki temu mogliśmy zobaczyć, jak Abraham wznosi nóż nad Izaakiem, a Jakub zmaga się z aniołem, jak Mojżesz pada przed krzewem gorejącym, Dawid wywija procą, Salomon każe zaś rozpłatać niemowlę.

Podobnie ilustrowany był Nowy Testament. Młodziutki Chrystus zapędza w kozi róg świątynnych mędrków. Tłum pożywia się bezlikiem ryb i chlebów. Chrystus wskrzesza córkę Jaira. W pieczarze zmartwychwstaje owinięty już chustą Łazarz. Zwiastowanie, chrzest, wieczernik, budząca grozę droga na Golgotę; katecheta rozwijał arkusze kredowego papieru w czasach, w których kolorowy film bywał rzadkością, o telewizji nie słyszano, a w roli poznawczego medium sprawdzał się fotoplastykon. Trudno, żeby smarkaczy – których hipnotyzowało nawet objazdowe kino oświatowe z filmem o tarle cierników – nie zachwycały te uroczyste, dekoracyjne, barwne sceny, dobitne jak *Pochodnie Nerona*, których reprodukcja też trafiła do tuby.

Jeszcze ważniejszy niż barwne wydruki był zapał katechety. Drobny, ruchliwy staruszek w znoszonej sutannie przejmował się każdą sceną, jakby ją widział na własne oczy. Z talentem dopowiadał wątki nieprzedstawione na obrazie, wtajemniczał, wyłuszczał, naświetlał, jakby chodziło o niezapomniany epizod z jego własnego życia. Klasa chłonęła te przemowy i po pewnym czasie dalekie Morze Czerwone, Egipt z faraonami i Nilem, rzeka Jordan, jezioro Genezaret, góra Synaj, pustynia, miasto Jerozolima, a nawet królestwo Kanaan stawały się swojskie. Niepospolitość nazw, cudowność wydarzeń, bogactwo motywów, a przede wszystkim płomienny wywód księdza sprawiały, że do niczyjej głowy nie zakradały się zbędne pytania.

Odmalowane w licznych księgach Pisma krwawe wybryki Boga i ludzi (w tej mierze obie strony wzajemnie dowodziły swego obrazu i podobieństwa), rzezie, zdrady i kataklizmy rzadko trafiały do tuby, a jeśli nawet, to dzięki werwie księdza katechety wydawały się mniej groźne niż zjazd z Gubałówki.

Ale po lekcjach, kiedy już przeciąłem Równię Krupową i z powrotem maszerowałem samotnie na Tatary, zaczynały mnie doganiać pytania.

Jak to jest, na przykład, że dobry Bóg najpierw stworzył był po ojcowsku ludzi na swój obraz i podobieństwo, a potem w przypływie niezadowolenia ich potopił? A sobie nie miał nic do zarzucenia? Albo że tacy Żydzi, jak Abraham, Jakub, Mojżesz czy Dawid, Salomon albo Eliasz, to ludzie Boga, ale ich potomkowie – wciąż wyznający tę samą starą wiarę – to już bezduszna gawiedź, gorsza od samego Piłata? Starczyło spytać paru kolegów z Kościeliska, co sądzą o tym robactwie...

Jak to jest, na przykład, że milionom ludzi pisana jest

wieczna otchłań tylko dlatego, że zbiegiem okoliczności nie mieli okazji dowiedzieć się o prawdziwym Bogu? Chociażby od naszego katechety? Jeżeli Bóg mógł rozmnożyć chleb i ryby, to pewnie mógł też rozmnożyć fajnych katechetów. Ale nie zechciał. Mógł chronić misjonarzy przed stosem, kamienowaniem, gotowaniem w oleju, przed łamaniem kołem i szpikowaniem strzałami z łuku. Wolał jednak sam się dowartościować, czyniąc z cudzej męki fundament własnej chwały. I co? Furę ludzi pochłonie wiekuista otchłań tylko dlatego, że urodzili się w niewłaściwym miejscu i czasie, a Bóg się nie przyłożył? I Bogu w gruncie rzeczy to wisi?

Jak to jest, bo przecież ci niewierni – wzajemnie – mają nas, wiernych, za ciemną masę, skazaną w swej pysze na wiekuisty bolesny upadek? Na pewno się mylą? Co do jednego tacy głupi? Arabowie, Hindusi, Japończycy albo Murzyni upierają się – jak my – że prawdziwy jest tylko ich bóg, czy nawet bogowie. Skąd pewność, że akurat katecheta ma rację? Bo wyczytał w Piśmie Świętym? Ależ oni mają pod dostatkiem swoich pism świętych...

W którąś niedzielę mama oderwała mnie od radia i wypchnęła na wieczorną mszę w chwili, w której Kanada prowadziła z ZSRR w hokeja dwa do zera. Odcięty od głośnika gorąco modliłem się w zakopiańskim kościele pod wezwaniem Najświętszej Rodziny o zwycięstwo braci Warwicków, zresztą protestantów z Saskatchewan, i rzeczywiście, ten mecz o mistrzostwo świata wygrali z Ruskimi pięć do zera. Czyżbym wyprosił? Możliwe. Lecz nawet wtedy zakradła się wątpliwość. Czemu to Bóg akurat wysłuchał głosu smarkacza z prowincjonalnego miasteczka w pobocznym kraiku? Modlili się różni. I najważniejsze: czy Boga interesuje hokej na lodzie?

Wątpliwostki przekładały się na życie.

W zakopiańskiej szkole należało przed lekcją religii wyprosić z klasy Maksia, ewangelika, słowem, wyznawcę kociej wiary. Maksio wyprosiłby się sam, bez ponaglania, ale na wszelki wypadek warto było przypomnieć koledze, że nie ma prawa zatruwać lekcji religii swoim ewangelickim oddechem ani tym bardziej oglądać legendarnych kolorowych plansz. Dobroduszny katecheta nie raz przestrzegał, żeby wobec Maksia zachowywać się przyzwoicie. Zatem wypraszanego, czerwonego jak burak chłopaka ktoś może tylko pacnął w glacę. Może raz czy drugi pod krzyżem (sąsiadującym na ścianie z portretami Bieruta, Cyrankiewicza i Rokossowskiego) siłą nasadzono Maksiowi czapkę na głowę. Może ktoś wrzasnął „Żydu jeden" lub „kocia wiara za dolara". Ale pięścią Maksiowi nikt nie przyłożył. Co to, to nie. Szanowano przestrogę katechety.

Jeśli się zastanowić, było tak: nasza wiara jest dobra, w przeciwieństwie do kociej. Jednak pacanie w glacę Maksia, w sumie fajnego kolegi, który daje odpisywać, dzieli się bułką i nieźle jeździ na nartach, to przecież świństwo. Maksia pacało się w glacę nie po to, żeby się nawrócił. Pacało się, bo pod ręką było uzasadnienie: nasza wiara jest lepsza od kociej, jest prawdziwa. Słowem, pacało się Maksia dla wywyższenia. Może wiary, może nas.

* * *

Około pierwszej komunii na dobre nabrał mocy problem grzechu. Przed komunią obowiązuje spowiedź. Trzeba zatem znać katalog grzechów, przynajmniej z grubsza. Okazywał się sążnisty i niedomknięty. Należało zaś bezgrzesznie przebrnąć okres od spowiedzi do komunii, kiedy najmniejszy błąd zagraża świętokradztwem.

Tymczasem – na przykład – dwójka szkrabów wracających po lekcjach do domu dokucza trzeciemu. Tarmoszą słabszego, temu pęka pasek od tornistra; pada deszcz, w błoto sypią się zeszyty i książki, kataklizm, w domu czeka awantura. Biedak wykrzykuje:

– Niech was diabeł obesra!

– No to masz grzech! – radośnie i niewinnie zapewniają napastnicy. Tarmoszą dalej, bo może następny okrzyk okaże się grzechem jeszcze cięższym.

I oto przed tarmoszonym chłopakiem – nad zerwanym paskiem, nad zeszytami i książkami powalanymi mokrą ziemią – wyrasta problem wielki jak góra. Czy przed jutrzejszą komunią musi spowiadać się na nowo? Niby tak. Ale z czego? No bo kto zaczął? Kto komu wytytłał zeszyty? W końcu każdemu się wyrwie. W poszkodowanym wzbiera gniew, tymczasem napastnicy – z pobożnymi minami – nie omieszkali już naskarżyć starszym. Co teraz?

Ciotka Irunia zbywała takie wątpliwości. Dziecinada. Zrozumiesz, jak dorośniesz. Niestety, dorastałem – i nic. Pytania ani drgnęły. Może nie dorastałem? A przecież przechodziłem z klasy do klasy.

Jeżeli chodzi o Irunię, to pochłaniały ją raczej moce upiorów, potencjał jasnowidzów, pochłaniały ją powinowactwa świętych i zwykłych zjaw, granice przeróżnych światów nadprzyrodzonych, wojny demonów ze światłem, co przy okazji miało służyć doskonalszemu wróżeniu z kart. A ojciec? Chociaż nie wierzył w obcowanie duchów, zjaw, demonów, świętych, upiorów, aniołów i ludzi, oczywiste dla Iruni, to ani myślał sprzeciwiać się mojemu chodzeniu na religię. Czy ma mnie spotkać los odmieńca pacanego w glacę? Owszem, przy okazji mógłbym ćwiczyć się w bójkach, ale ojciec – mimo chłopskich oraz sportowych akapitów życiorysu – umiarkowanie cenił pięść. Raczej stawiał na dydaktyczny wigor rzeczywistości. Było w tym, zdaje się, trochę nauk z wojny.

W domu na półce stało przedwojenne Pismo Święte, dziwnie zadrukowanych pięć tomów. Strona po stronie tekst oryginalny zapełniał najwyżej ćwierć przestrzeni od góry, przeważnie mniej. Resztę zajmowały objaśnienia i przypisy złożone drobną czcionką. Czytało się fatalnie.

– Nigdy nie widziałem takiej książki – oznajmiłem kiedyś ojcu. – Co to za cudowanie?

Tym razem ojciec dał się sprowokować.

– Bo to Biblia katolicka – wyjaśnił. – A katolikom czytać Pisma Świętego nie wolno.

– Co takiego?

– Bo Pismo Święte jest na indeksie.

– Biblia?

– Przecież mówię.

– No nie... – Podejrzewałem, że ojciec wodzi mnie za nos. – Serio?

– Prawie. Na indeksie jest Biblia bez komentarza. Chcesz,

to ci załatwię gdzieś protestancką. Dużo lepiej się czyta. Ale potem trzeba się spowiadać.

– Protestancką to mogę pożyczyć od Maksia.

– No właśnie.

W gęstej tkaninie wydarzeń i postaci Bóg prezentował się jak tajniak. Sprawdzał wszystko, najmniejszy okruch. Pilnował każdego kroku. Podsłuchiwał. Podglądał. Rozgryzał myśli. A obrażał się o byle co.

Dorośli zapewniali, że święte księgi od niepamiętnych czasów pomagają odróżniać dobro od zła. Że służą w tej mierze za różę wiatrów, wasserwagę i radar. Zapewne. O ile czytelnik zdoła ze świętych opowieści wydłubać ułomki tej róży wiatrów, wasserwagi czy radaru, a potem jakoś poskładać, po swojemu. Ale co sklei? Bo święte opowieści na pewno nie są podręcznikiem.

W myśl starych historii należało bezwarunkowo podporządkować się Bogu. To na początek. Natomiast jakiekolwiek wsparcie zależało już od humorów Boga, który stworzył był ludzi na swój obraz i podobieństwo, ale jakoś Mu się ci ludzie rzadko kiedy podobali. A wtedy – egocentryk i choleryk czystej wody – umiał się wnerwić. Życzliwością darzył tylko wybrane plemię. Zabijać zabraniał, aczkolwiek sam był zagorzałym entuzjastą uśmiercania. Na przeciwników plemienia zsyłał a to zarazę, a to kataklizm, w najlepszym razie tylko klęskę w bitwie, w której padały trupem całe armie, a krocie wyrzynano potem. Wybijał niemowlęta, a dorosłych traktował deszczem ognistym i chemią, topił, raził prądem. Pomysłów miewał pod dostatkiem. A od czasu do czasu umiał też dopiec swoim. Wtedy hojnie dosypywał do pieca przeciwnikom, na złość, tą samą dłonią, którą próbował swoich trzymać za twarz. Co Wszechmocnemu nie zawsze się udawało.

Aczkolwiek stare opowieści skłaniały do namysłu nad dobrem i złem, to często zbijały z tropu. Objaśniały wszystko, zatem niewiele. Ni to wtajemniczały, ni mąciły. Słynną tubę księdza katechety zapełniały malownicze sceny ze świętych ksiąg. Lecz jeśli komuś zależało na konkretnej radzie, rozstrzygnięciu wóz albo przewóz, na decyzji tak lub siak, Pismo mogło przyprawić o zamęt. To już lepiej było zasięgnąć języka u ciotuni Iruni, wprawnie tasującej kabałowe karty i z zadziwiającą pewnością siebie referującej przyszłość.

W kościele na mszy mężczyźni pojawiali się w garniturach; przed podniesieniem rozkładali na posadzce chusteczki do nosa, by na nich ostrożnie przyklęknąć jednym kolanem, nie bezczeszcząc zaprasowanych w kant nogawek. Żądne odmiany kobiety zaliczały różne kościoły, jak górscy wędrowcy nowe szczyty i szlaki. Tu wabił kaznodzieja, tam polichromia, gdzie indziej nieformalny konkurs damskich kostiumów i kapeluszy; tu obraz Świętego Erazma niósł ulgę chorym na żołądek, ówdzie drewniany Święty Wit koił rozstroje nerwowe. A w siedemnastowiecznym kościele klasztornym w Rzeszowie gwarantowane były superklimaty, pod trzystuletnią cudowną figurą z gruszy, przy akompaniamencie organów. Tu szczypta wyobraźni pozwalała przenieść się nagle w czysty barok.

Wypytywałem ojca o takie szczególiki. Czym są w istocie? Odpowiadał filozoficznie, że ludzie, jak to ludzie, są ludźmi. I zręcznie powodował, że zamiast w mistykę wgłębialiśmy się w widoki miejscowych piłkarzy na wejście do pierwszej ligi.

Czy można kupić od Boga używany samochód?

Mama wierzyła, że można.

Nie miała prawa jazdy. Nie obchodziły jej lewarki, pedały, klakson ani kierownica. Ale powiedzonko znała. Jest jeden Bóg, sędzia sprawiedliwy, który za dobre uczynki nagradza, a za złe karze. Gwarancję zaś stanowi Boska wszechmoc. Jeżeli kupować używany samochód, to właśnie od Niego. Mama była pewna, że Bóg i rzetelność to jedno.

Pobożność uważała za rodzaj umowy. Kiedy wiedziała, że sama jej przestrzega, że umie sprostać warunkom, wówczas naprawdę smakował mamie spacer nad Rudawą, wówczas na zawodach do głębi przenikała ją radość, rosnąca z każdym pociągnięciem wiosła. Dopiero wówczas paradowała szczęśliwa z przyjaciółkami po Plantach, uśmiechnięta, zalotna, w nowej sukience, dopiero wówczas głośno nuciła operetkowe arie na wycieczce do Tyńca swoim nowiutkim peugeotem.

Nie oczekiwała doraźnych wyroków boskich, sprawiedliwości pisanej na kolanie. Skądże. Sprawiedliwość musi mieć szeroki horyzont, a co dopiero sprawiedliwość na wysokościach. Trzeba konkretnych zdarzeń, żeby się jej domagać. Trzeba dramatu, żeby się jej dopatrzeć. Trzeba rozdroża, gdzie jedna droga wiedzie ku światłu, a druga w mrok. Wyroki boskie są niezbadane, boska sprawiedliwość przejawia się po kawałku, bywa ukryta, zaszyfrowana, czytana w dziesięcioleciach. Chociaż – rzecz jasna – każdego dnia pod wieczór przyjemnie zrobić bilans, który powie o nas coś dobrego. Co? Cokolwiek. Zapamiętanie dziesięciu nowych słówek niemieckich. Podrzucenie babci jarzyn i mięsa na kilka obiadów, tak sobie, żeby było. Zachwyt podczas zachodu słońca wraz z modlitewnym podziękowaniem za piękny widok. W zamian Bóg ześle świetliste sny.

Tonęliśmy w religii.

Każde po swojemu.

Dla mamy religia była gruntem pod nogami, pewnością i porządkiem, fundamentalną umową o życie. Dla ojca imponującym zbiorem znaków zapytania. Ale to ojciec wydawał się człowiekiem zrównoważonym, mama zaś osobą o obnażonych nerwach.

Byli oboje jak duet klawesynu z akordeonem.

Z jednej strony instrument przesiąknięty niuansami – delikatny, obyty z kontrapunktem, zapachem pudru z peruk, wyrażający radość kurantem i almandą, a smutek sarabandą – przedmiot podobno cenny, więc pobrzękuje w kącie, na wszelki wypadek ostrożnie omijany. A kto mu partneruje? Porykujący weteran zabaw wiejskich i podmiejskich, świadek niezliczonych pijatyk i bijatyk, zdrad, wesel i styp, z gruba ciosany, przezywany cyją albo kaloryferem – mimo to powszechnie kochany.

A głębiej? Klawesyn mimowiednie słyszy w porykiwaniach akordeonu potencjał organów, tyle że niezrealizowany, wykrywa tę organową powagę i misję, bo za taką masą dźwięku coś jeszcze musi być, jest na pewno, to oczywiste. Natomiast akordeon może by i lekceważył wydelikacone brzękadło, lecz w cichym brzęczeniu klawesynu też się kryje obietnica. Klawesyn, nie do wiary, przypomina cymbały, instrument podobnie druciany, nietęgi, chorowity, który wszakże potrafi czasem rozkręcić publikę do utraty tchu i rozumu, jeżeli pałeczkami wywija utalentowany Cygan.

8

Odór kolei – wszechobecnej sadzy, iskrzącego żelaza, rdzy, mieszaniny żrącego węglowego dymu i pary wzbijającej się z lokomotyw – spowijał na równi perony i parowozownię, halę remontową i wielkie pompy, zsypy do napełniania tendrów, nastawnię, uwijające się drezyny, obrotnicę, dziesiątki zwrotnic, dźwigi, kładki nad torami, semafory, słowem całą stację; wżerał się też w gotowe do drogi składy osobowe, w których wnętrzach czyhały jeszcze dławiąca woń papierosów palonych tu od dziesięcioleci, nieusuwalna nuta chlorowo-klozetowa, akcent karbidu z konduktorskiej lampy oraz tchnienie pyłochłonu, którym przecierano oplute obficie podłogi.

Wagony trzeciej klasy, wciąż wierne dawnej galicyjskiej kolei imienia Karola Ludwika, pamiętały czasy Austro-Węgier. Drewniane stopnie biegły na zewnątrz po jednej i drugiej stronie przez całą długość. Po tych stopniach wsiadało się do przedziału wprost z peronu. W środku nie było korytarzy. Bokiem takiego wagonu był bezlik drzwi.

* * *

W dziesięć dni po niedoszłym świniobiciu odprowadzałem mamę na stację.

Do przedziału wdrapała się z trudem. Brązowa politurowana ciupażka – zadziwiająco krucha, chociaż stylizowana na broń karpackich rozbójników, rzeźbiona w dziewięćsił i szarotki – nie pomagała we wspinaczce. Ale podpieranie się ciupażką, w istocie pamiątką z sanatorium, zdaniem mamy wyglądało lepiej niż podpieranie się laską.

Pięćdziesięciopięcioletnia, niewysoka, niegdyś drobna, teraz tęga, mama miała na sobie beżową sukienkę w delikatny czarny wzór skopiowany z plastra miodu. Na szyi zawiązała modną wówczas tiulową apaszkę mieniącą się błękitnie, szmaragdowo, oliwkowo. W czarnych włosach przetykanych siwizną tkwiły szylkretowe grzebyki. Na palcu błyszczała złota obrączka. Prochowiec zawisł na haczyku pod półką, na półce wylądował beżowy kapelusz.

Podręczną torbę, w której chowała dokumenty, chusteczkę, portmonetkę, lekarstwa – a także nieodzowne w galicyjskiej podróży jajka na twardo – mama miała przy sobie. Na dużej półce nad kapeluszem położyłem walizkę. Nie była ciężka.

Ważniejszy od walizki i torby był jednak czarny sześcian. Stał na podłodze, a mama nie spuszczała go z oczu. Sztywny kuferek z zamkiem z nierdzewnej stali, wzmocniony ćwiekami, na wszelki wypadek spięty jeszcze pasem, rozniecał domysły, jakby krył Świętego Graala, zawartość Arki Przymierza lub meteoryt siejący zaziemskie iskry.

W rzeczywistości robiony na zamówienie kuferek krył przedwojenną biurową maszynę do pisania marki Underwood. Mama umiała ją sama rozebrać, oczyścić i złożyć, a to trudniejsze niż, na przykład, rozebrać, oczyścić i złożyć jakiegoś winchestera, czym chętnie się chlubią niektórzy mężczyźni.

Underwood to underwood.

Mama z dumą patrzy na kuferek.

Jedzie do Krakowa.

Ubrana jak na spacer po Plantach. Zbrojna w szczegółowy plan, w zdolność przewidywania i w pamięć. Stęskniona za słonecznym miastem, słonecznym światem i słonecznymi ludźmi. Za słonecznymi dniami i nocami. Pełna nadziei.

Założy słoneczną kancelarię w słonecznym starym stylu. Będzie przepisywać dokumenty na solidnej przedwojennej maszynie. Będzie rejestrować spotkania, uczyć młode sekretarki kaligrafii, archiwizacji na fiszkach, a przede wszystkim uczyć zapominanej sztuki stenografowania, w której bywała mistrzynią. Wszyscy pomogą.

Słonecznie zmierza pod prąd czasu.

Stacja – lokalny wulkan – niestrudzenie dymi i grzmi, nie daje o sobie zapomnieć. Parowozowe kominy huczą według niepojętego porządku. Dniem i nocą wagony staczają się z łoskotem z górki rozrządowej pod dyktando manewrowych z gwizdkami. Rojno w lampiarni, bo wajchowi roznoszą naftowe lampy do semaforów i zwrotnic. Kolej nie ufa elektryczności. Już głośno o locie w kosmos, ale jeśli tutaj zabraknie prądu, to co? Między zaporami i rozjazdami snuje się jak duch toromistrz z chorągiewką i trąbką. Z nastawni podobnych do mostków kapitańskich – zbrojnych w reflektor, telefony bez tarcz i telegraf wypluwający co chwilę wąską wstążkę papieru – biegną do semaforów i tarcz świergocące druty. W osobowych wagonach jarzą się przedpotopowe gazowe lampy. Trąbki, syreny, dzwonki, gwizdki, świergot pędni drutowych to nieprzystępna, oschła mowa świata równoległego, który suwerennie góruje nad codziennością. Jest inny. Tory – bez względu na traktaty, granice i straże graniczne, bez względu na gotowe do strzału karabiny – jednak biegną z tego skromnego miasta do Triestu, Neapolu czy Marsylii. Do Aten i Konstantynopola. Do Hawru i Bremy. Za dnia dzieci na polach przyjaźnie machają rękami pasażerom przejeżdżającego pociągu. Pozdrawiają istoty z innego wymiaru. Smrodek przedziału ma coś wspólnego z metafizyką.

Wyrzucenie psom na podwórko pierwszorzędnej cielęciny sprawiło, że mama poczuła w sobie nieprzeczuwane wcześniej moce. Rzucała tą cielęciną przeciwko wszystkim. W ślad za mięsem pofrunęła obfitość przypraw, a potem masywna aparatura masarska. Na koniec trzeba wspomnieć o uratowaniu Muni przed publiczną egzekucją na środku podwórka, na którą już cieszyła się publiczność i podniecony pies.

Munia miała się przeistoczyć w kiełbasę, której można mówić „wy". Tymczasem nic z tego. Guzik. Podwórko długo pachniało liściem laurowym, majerankiem i zielem angielskim.

Mamę wpierw zaskoczyła własna zdolność dobitnego ogłoszenia, że „nie". Potem sprzeciw jej zasmakował. Mimo galicyjskiej ogłady w Rzeszowie nikt nie znał wówczas słowa „asertywność", może jakiś psychiatra.

W karetce przybył z odsieczą doktor Mikosz. Rzednące jasne włosy potulnie lgnęły do czaszki, rozdzielone nieskazitelnym przedziałkiem. Doktor nawet do szpitala wkładał starannie wyprasowaną koszulę i garnitur z przedwojennego rapaportu. W jedwabnym krawacie połyskiwała spinka, w mankietach kolejne. Półbuty lśniły, jakby nad ich blaskiem pocił się ordynans, przechowany jakimś cudem z austriackich czasów.

Chociaż doktor miał niewiele ponad półtora metra, mama patrzyła na niego z uznaniem. Jakiś mężczyzna w tej dziurze. Mimo wszystko. Na pierwszy rzut oka wygląda niepokaźnie, fakt, lecz zaraz widać, że to lokalna sława interny, wsparta tysiącem pacjentów wyleczonych, tysiącem pochowanych oraz tysiącem tych, którzy tkwią w rozkroku między jednym a drugim wymiarem.

Sytuacja nie przypominała zwykłej wizyty.

W sporym pokoju było ciasno, bo obok mamy czekały na lekarską diagnozę trzy ciotki, stryj i ojciec. Za tymczasowy gabinet lekarski mógł posłużyć pokój sąsiedni, podobnych rozmiarów, acz zastawiony bechsteinem. Ale zebrani – może z wyjątkiem ojca – pragnęli sceny zbiorowej. Zdania o maminej chorobie były mocno podzielone.

Na rytualny porządek składało się badanie ciśnienia i osłuchanie; być może potem, już w przyszpitalnym gabinecie, dodatkowo EKG. Teraz mama siedziała przy swojej ćwiartce stołu, wyprostowana i nawet uśmiechnięta. Doktor już otwierał lekarską walizeczkę, już sięgał po ciśnieniomierz, kiedy mama zamknęła egzemplarz *Sedna sprawy*, odłożyła książkę i gestem uprzejmej pani domu wskazała krzesło naprzeciw siebie. Najwyraźniej nie zamierzała podciągać rękawa.

– Witamy, doktorze – powiedziała. – Cieszę się, że pana widzę. Mam nadzieję, że w dobrym zdrowiu? – Zaskoczony doktor Mikosz postawił staromodną walizeczkę na stole i nieco przymuszony usiadł. – Co tam na studiach u pana córek?

– Radzą sobie – odpowiedział zdumiony, że odpowiada.

– A która lepiej? Ta na chemii, czy ta na medycynie, po ojcu?

– Nasza Marysia, od chemii, nabawiła się uczulenia na tym diabelskim Śląsku – poskarżył się doktor. – A koniecznie chciała do Gliwic, nigdzie indziej. Wciąż się zastanawiam czemu.

– Ja nie wiem, czy to moda, czy co innego – mama podjęła temat – ale teraz uczulenie dokucza ludziom coraz częściej. I proszę, takim młodym. A Ewelina? – Przerwała na chwilę. – Gadam tak i gadam, a dla pana czas bardzo się liczy. Co pana do nas sprowadza?

Doktora zatkało.

Tego nie wytrzymała ciotka Niusia. Pora na prawdę w oczy. Owszem, podziwia mamy wigor. Nie jest źle, skoro mama potrafi rozstawić po kątach pół tuzina mężczyzn, zdemolować kuchnię i unicestwić przedsięwzięcie, które uchodzi w okolicy za świętość. Energii tylko pozazdrościć. Ale jest i druga strona medalu…

Tu wciął się stryj. Niusię stale coś ciągnie do odwrotnej strony medalu. Tej złej. Dlaczego Niusia tak nie lubi biednej Toli? Wystarczy trochę wyrozumienia. Wystarczy nerwy Toli ukoić i rychło się okaże, że nie są w strzępach. Stryj Tomek rozjuszył ciotkę Helę, chociaż konkurowanie ze stryjowym barytonem zakrawało na szaleństwo.

– Pewnie. Wystarczy wycieczka brzegiem Sanu i spinning. Woda koi, nastraja filozoficznie, więc Toli wszystko przejdzie. Wystarczy, że nad rzeką włoży gumowce i pomacha kijem. Spinning ją uzdrowi!

– Czy ja coś mówię o spinningu? – huczał stryj. – Że woda koi, to fakt, a histeria nie. Komu przeszkadza wycieczka na ryby?

Na zgromadzenie spoglądały ze ściany młodziutka *Madonna z Dzieciątkiem* z reprodukcji Rafaela, zaciekawiona, a przede wszystkim zasmucona tym, co ją czeka w świecie ludzi dojrzałych, oraz półnaga blondynka roboty Jaxy, nawet na obrazku gotowa gwiazdorzyć; obie cierpliwie czekały, aż Marcysia wreszcie zmyje plamy po kawie ze szkła. Scenerię wieńczył lep na muchy zwisający z lampy, wersja jesienna, kiedy ofiarą terminalnych cierpień padają też osy.

Mama siedziała nieporuszona przy swoim skrawku stołu, jakby scysja dotyczyła kogoś innego. Obok cukiernicy leżały dwie książki, pod *Sednem sprawy* czekała na swą kolej *Błogosławiona wina* Kossak-Szczuckiej, także powieść katolicka.

Niusi nie dało się zakneblować.

– Zaraz, zaraz! Skoro taka schorowana Tola turbuje takiego byka jak masarz, do tego niesprowokowana, to znaczy, że zamykacie oczy na fakty. Na fakty! W domu już nie jest bezpiecznie! Tola niby na nic nie ma siły, ale sprzętami rzuca jak jakaś Nina Dumbadze.

– Jaka Dumbadze, co za Dumbadze? – Heli ze wstydu i bezradności usta wygięły się w podkówkę.

Doktor Mikosz wykorzystał zamieszanie i z aparatem mierzącym ciśnienie przysunął się do mamy.

– Z Eweliną w porządku – zapewnił uradowany, że ktoś go pyta o córki. – Wszystkie egzaminy zdała przed wakacjami, śpiewająco.

Tymczasem Irunia za plecami Heli i Niusi nerwowo wertowała sfatygowaną książeczkę. Z tego białego kruka, wydanego jeszcze za życia cesarzowej Sissi, można się było dowiedzieć, który to święty będzie najlepszym orędownikiem w danej sprawie i który to obraz w którym to kościele posłuży najlepiej w nawiązaniu łączności ze świętym jak przez zastrzeżony numer telefonu.

Irunia wstała i uniosła książkę. Czarna okładka białego kruka kołysała się na paru już tylko nitkach.

– Mnie się wydaje, że przez naszą bratową przemawia ostatnio ktoś inny.

– Irunia! – krzyknęły unisono Hela i Niusia.

– Ja wiem: przez kobietę choć do rany przyłóż. Jednak prawda…

– Irunia!!! – Hela i Niusia krzyknęły głośniej.

– *I stało się niektórego dnia, gdy przyszli synowie Boży, aby stanęli przed Panem* – Irunia czytała z białego kruka – *że też przyszedł i szatan między nich.*

– Jak ci nie wstyd! – Hela zaczęła tupać, ale poskromić siostrę było trudno.

– Pan też niech słucha, doktorze. To nie wymysł, tylko Pismo Święte! – deklamowała tonem wieszczki Irunia.

– Owszem, księga Hioba – spokojnie przytaknął doktor Mikosz i ogłosił: – Sto pięćdziesiąt na sto.

Pokój na chwilę zamilkł.

– No, no. Bywało gorzej. – Zaskoczony doktor pompował na nowo opaskę. – Bywało gorzej – powtórzył.

Irunia szybko odzyskała mowę.

– A nie mówiłam? – wykrzyknęła. – Teraz macie dowód! Tu byłby na miejscu ksiądz, co najmniej kanonik. Z całym szacunkiem dla pana doktora. Bo w naszą Tolę wstąpił i teraz mówi do nas…

– Dwudziesty wiek! Druga połowa! Rodzona siostra! – Hela i Niusia ostentacyjnie zatykały uszy.

– On kusi zdrowiem! – Irunia demaskowała czarta. – Przebiegły. Sprytny jest!

– Teraz nawet sto czterdzieści na dziewięćdziesiąt – powiedział doktor. – Naprawdę nieźle.

Mama zerkała z ukosa na okładkę Kossak-Szczuckiej.

Przy oknie ojciec patrzył na rozmywający się w mroku latawiec, który trzeba wreszcie ściągnąć. W kapliczce przy bramie błogosławiony Jan z Dukli szykował się do chłodnej nocy. Może ukradkiem wkłada coś ciepłego pod habit?

Doktor Mikosz uznał, że starczy. Ani myślał osłuchiwać mamę przy ludziach. Zresztą co jeszcze wyniknie z badań? Rzut cielęciną, nawet najdalszy, to nie jednostka chorobowa. Ani pchnięcie półprzemysłową maszynką do mięsa.

– Nie ma mowy o wylewie – zawyrokował. – W żadnym wypadku. – Zwrócił się wprost do ojca: – To nawet wygląda na poprawę.

– Bardzo ciekawe – oświadczyła Irunia.

Ciotka Hela przestała tupać, nerwowo rozglądała się na boki. I postanowiła zauważyć mnie.

– Co ty tu w ogóle robisz?

Ton podchwyciła Niusia.

– Jeszcze nie w łóżku? O tej porze!

Napaść na mnie Hela uznała za wyjście z sytuacji.

– Dziś idziesz spać do stryja. I to już! – komenderowała. – A nie zapomnij umyć zębów.

W sumie wydarły się na mnie aż trzy ciotki, bo swoje dorzuciła jeszcze Irunia:

– I nie zaszkodzi, jeśli po drodze wstąpisz do kościoła!

Doktor Mikosz sprawdził zapas leków, potem pożegnał się i odjechał.

Debata straciła rozpęd.

Rano mama umyła się w zimnej wodzie, ubrała, a swoje postanowiła wyłożyć przy wczesnym śniadaniu. Tym razem nie rozpoczynała od łez.

Ojciec obawiał się, że mama zażąda krat w oknach. Nie pierwszy raz. Na pamięć znał mamine argumenty. Mieszkanie na parterze. Po tutejszych wszystkiego można się spodziewać. Wycierają nos w dwa palce, puszczają głośno wiatry, w dobrym wychowaniu widzą fałsz. Mówią okropną gwarą i jeszcze się tym chlubią. Byle jątrzyć. Piją bez opamiętania, jakby wciąż trwała wojna, rozstrzygają spory laniem po pysku, kombinują nie wiadomo co. Wbiją nóż w plecy bez mrugnięcia okiem. Im wszystko jedno. A ilu choruje wenerycznie?

Tylko jak tu pomogą kraty? Co załatwią, poza śmiesznością? Na wszelki wypadek ojciec zdusił zapowiadaną poważną rozmowę, uprzedził, że – jak to w niedzielę – grozi mu walne zebranie spółdzielców daleko poza Rzeszowem, potem bankiet wydawany przez gminę, więc teraz się śpieszy, a potem to potrwa.

Zresztą kierowca służbowej warszawy już podjechał. Mimo niedzieli usposobiony był pogodnie. Wolne odbierze przy innej okazji, a teraz z góry wiedział, że ma jak w banku tych parę pęt kiełbasy. Oraz salceson. Do tego w sąsiedniej wiosce, niezaszczyconej spółdzielczym świętem, czekają krewni z jabłkami i wrzosowym miodem.

Tak więc ojciec pojechał na walne zebranie, a mama poszła do kościoła. Jak odmieniona. Pan Bóg jest po jej stronie. Jest z odważnymi. Najtrudniej dostrzec proste rozwiązania.

Po mszy wróciła, coś zjadła, potem zaś – rzadkość – wybrała się do kościoła jeszcze raz, na nieszpory, by śpiewać pełną piersią *Królowej anielskiej*. W domu *Sedno sprawy*, już przeczytane, ustąpiło miejsca *Błogosławionej winie*, lekturze mniej kolczastej.

Kiedy ojciec wrócił z zebrania spółdzielców i gminnego bankietu (tam śpiewano *Zielony mosteczek*, *Szła dzieweczka*, a potem *Marinę*) – nie całkiem trzeźwy, z teczką pachnącą, a jakże, majerankiem, liściem laurowym i angielskim zielem, bo pogłowie świń nie kończy się przecież na Muni – mama czekała przy książce, z mocnym postanowieniem.

Nie chodzi o kraty. Ma inne plany. Decyzję już podjęła.

* * *

Kolej nie zna snu, pociągi przyjeżdżają i odjeżdżają w dziwacznych porach. Zazwyczaj ludzie wstają rano, zasypiają wieczorem. Fabryki czy warsztaty otwiera się o siódmej, szkoły o ósmej, sklepy i kawiarnie przed południem, kina pod wieczór. Natomiast jakiś jedyny stosowny pociąg odjeżdża z dworca w nocy o trzeciej osiemnaście. I nikt się nie dziwi.

Kolej to świat równoległy, osobliwy w każdej sekundzie.

Czas płynie tu inaczej, na innych prawach. W pociągu chłonie się dobrodziejstwo zawieszenia między „przed" i „po". Czystą osobliwością jest podróżne „tu i teraz", jakże często szczęśliwy moment, w którym skrzą się radosne oczekiwania.

Wrześniowemu zmierzchowi stawiają czoło lampy z neonowymi rurami, wielka nowość, duma paru głównych ulic, które pławią się w świetle awangardowym, sino zabarwionym. Bo na peryferiach, po różnych zaułkach, nadal wojują z mrokiem wielkie żarówki pod blaszaną pokrywą, zawieszone wprost na kablu. Potrafi je rozhuśtać lada podmuch, a wtedy teatr tańczących cieni zawłaszcza domy, chodniki i bruk. Upiorny, chybotliwy, stanowi idealne tło podwórkowych bójek. Ale przed dworcem postęp to obowiązek. Nowe lampy na betonowych słupach świecą jaśniej, są tańsze, a w jakieś podrygi może je wprawić tylko ciężarówka, o ile – zbłąkana – walnie w słup.

W otoczce mroku, pod zimnym światłem padającym na austro-węgierski wagon, trudno się oprzeć poczuciu wyjątkowości. Wszystkimi porami, żyłami, nerwami czuje się niezwykłość. Może odtąd czas będzie się dzielił na przed i po, na czas sprzed wieczoru w wagonie i po nim?

Mama pyta i przestrzega:

– Ta twoja gospodyni napali jak trzeba? Jak jej tam z oczu patrzy? Pamiętaj, synku, idzie zima. Nie bierz na początek tylu książek, nie bierz tylu nut, tylko to, co na zimę. Ciepłe rzeczy weź teraz. Śnieg czasem sypnie w październiku, a tam znad morza ciągnie, nie to, co tu. Mówisz, że będziesz miał z domu blisko na plażę? Żebym tylko nie zgubiła adresu.

Ale rozmowa niewiele miała wspólnego z tym, co kłębiło się w głowach.

Mama chciała zamknąć ten okres, który wydał jej się odstępstwem od miary. Jej zdaniem miary istniały w Krakowie. W Rzeszowie nie.

Chciała z powrotem wniknąć w przedwojenną słoneczność, obejmującą zimy i lata, dni i noce. Pewnie, że nie wchodzi w rachubę bycie na nowo tamtą wioślarką. Peugeot z przerzutką – jeśli się jeszcze odnajdzie – nie będzie tym, czym był. Mama nie ma już dwudziestu lat, ani trzydziestu, to jasne. Ale uporządkowany świat na krakowskich Plantach ma swoje dalsze ciągi. I mama chce się w nie zanurzyć. Co przepadło, to przepadło, ale chyba coś jeszcze zostało?

Jedzie po samą siebie, która wciąż czeka na Plantach. Nie zostawia męża. Złota obrączka, rzadko zakładana na co dzień, nie wylądowała na palcu przypadkiem. Przysięga była przedwojenna.

Mama jechała na spacer. Na górujący nad wszelkim niepokojem – nad chorobami, rozterkami, tułaczkami, nad zdumiewającą ucieczką lat, marszczącą się skórą, tyjącym ciałem i zadyszką – słoneczny, tryumfalny spacer po Plantach.

Było coś jeszcze.

Miała wrażenie, że Pan Bóg nareszcie odsłania prawdziwe oblicze: sprawiedliwego, który za dobre uczynki nagradza, za złe karze. Wystarczyło się przemóc, schylić po tę sprawiedliwość. Po prostu ją podjąć. Bo jest.

Nie darmo czytała powieści katolickie.

W powieściach Bóg zwykle przypomina paletę farb. Natomiast autorzy zachowują dla siebie pędzel. Z tego malowania raz im wychodzi uwielbiający władzę Bóg-suweren, kiedy indziej Bóg-koleżka chętnie wspierający zachcianki, to znowu Bóg-filozof, gotów pochylić się nad tragedią muchy konającej na lepie i po jej zgonie roztrząsać zagadki etyki. Bywa też Bóg-detektyw, który śledzi każdy ludzki krok, byle rozbudzać poczucie winy, Bóg-sadysta, który kolekcjonuje sobie męczenników, Bóg-terminator, który morduje z niebios, ale każdego inaczej, więc w gruncie rzeczy Bóg-artysta.

Takie idee mama lekceważyła. Szukała prostych zdań, z których wynika, że Bóg to sprawiedliwy sędzia. Przy odrobinie cierpliwości można znaleźć i takie wątki.

Na stacji, w wagonie pamiętającym czasy austro-węgierskie i wciąż przemierzającym byłą linię Karola Ludwika, mama ruszała pod prąd czasu, by powiedzieć Bogu „sprawdzam".

9

Przestrzeń. Światło. Zapach.

O minutę dalej – morze po horyzont. Święta krecha – jak twierdzi Pismo – dzieląca wody na wysokości od wód niskich.

Poniżej i powyżej głębia barw, zawrotne pułapy bieli i czerni, bo światło nasyca przestwór, zamienia w lotny kryształ. Są dni, że widać ostro na dziesiątki kilometrów.

Ta przestrzeń pachnie. Czym? Sobą. Bliżej Jelitkowa bywa przyprawiona wonią smoły, schnących sieci, śluzu śledzi i flądér. Wędzenia ryb.

I dzień, i noc pękają w szwach.

To nie Rzeszów. To przygoda.

Trzeba po ciemku wypełznąć z łóżka. Zimna woda, na pociechę nowa żyletka polsilver i jazda, nuty pod pachę.

Potem, już na trzcinowym fotelu przy wejściu do uczelni nie większej niż pensjonat, między schodami a lustrem, dwie szwedki z piekarni wileńskiej Mieczkowskiego przekrojone nożem pożyczonym z szatni, do środka po plastrze parzonego boczku ze sklepu Społem na rogu, do tego gorąca herbata kupiona u Bochenka, szatniarza, stróża, palacza i konserwatora w jednej osobie, który w zamian za nóż domaga się oświecenia; chodzi o prasę prosto z kiosku:

– Daj no pan, panie Jarek, tego lekarstwa na ciemnotę.

Zza szatnianej lady wygląda wilczyca Fela, liczy na skórkę z boczku; a liczyć gałganica umie.

Schody osnuwa modry opar i swąd z pieców, które Bochenek aż do północy napełnia strzępami gazet, lofiksem i węglem, by rano tylko sięgnąć po zapałki.

Na drugim piętrze wolna sala z fortepianem; blüthner. Numer podpowiada, że rocznik 1934. I myśl od progu: kto przy nim kiedyś siadywał? Sprawny chałturnik wygrywający uproszczone *Cwałowanie walkirii* kuracjuszom drętwym jak stołek? Kabareciarz, który z talentem podkręcał songi Weilla? A może kiedyś byli to – jednak! – Schnabel czy Kempff i po klawiszach wciąż błąkają się cienie ich palców? Fortepian to bydlę wielofunkcyjne...

Nieważne. Na początek codziennego treningu sonaty Scarlattiego, robota ambitna, poniekąd jubilerska, ale można by zacząć bardziej wyczynowo, etiudami Chopina lub jakimś – powiedzmy – kurantem z Bachowskiej partity, który też potrafi dać w kość. Potem wbicie na pamięć paru zaległych stron, czy to Debussy'ego, czy Schumanna (poboczne myślątko, że to bez sensu: w końcu publika wie, jak jest, podczas koncertu utwór nie wyfruwa z pianisty, to nie nagły atak natchnienia, rzecz jest wyuczona, więc chyba wszystko jedno, czy pianista gra z głowy, czy z nut, nie na tym, cholera jasna, polega czar *Wyspy radosnej* Debussy'ego, nie tym uwodzą Schumannowskie *Kreisleriana*). Jeszcze zagranie na czysto ronda Beethovena, wreszcie dla frajdy *U źródła* Liszta, do czego kusi ten leciwy blüthner, sprawdzone narzędzie do siania perełek po promocyjnej cenie, i na tym Liszcie koniec, dochodzi południe, już trzeba oddawać salę; należało pewnie wyćwiczyć więcej, trudno, wobec tego reszta pod wieczór.

W bibliotece monumentalne biurko; zdobią je kolorowe matrioszki, porcelanowy budzik z pozłacanym kabłączkiem i błyszcząca rakieta kosmiczna; to biurko wydaje się jakąś stronicą „Ogonioka" czy „Murziłki", przyczółkiem wielkiego Kraju Rad, co kontrastuje z gotyckim pismem na większości wszechobecnych tu nutowych okładek, przeważnie wydawanych przez Petersa czy Breitkopfa i Hertla. Szef, były działacz Kominternu, obecnie w niełasce, osobiście wydaje nuty, płyty i książki, a przedtem dokładnie sprawdza pisownię zamówień na druczkach. Błędy wytyka bez miłosierdzia. Bycie studentem zobowiązuje, twierdzi. Facet biegle zna w piśmie co najmniej sześć języków, a w ogóle może tuzin. Ale czy musi się tak mądrzyć? Pod pachą przybywa ciężaru, czyli – niestety – kawałków do wbicia na pamięć.

Z tymi nutami pędem do domu po praktisixa i statyw. W skrzynce list z domu, dobrze, ale do kieszeni, przeczyta się później, bo teraz znów pędem, na taras dawnego domu zdrojowego, dzisiaj dużej galerii sztuki, żeby na tarasie sfotografować Julę, którą już tylko dni dzielą od wyjazdu na konkurs w 's-Hertogenbosch.

Kiedy będzie bawić (jak mówi) w północnej Brabancji (piękne słowo, prawda?), wówczas brak odpowiednich fotografii może przekreślić (tak sądzi) przyszłą świetną karierę (jej zdaniem to tylko kwestia czasu) gwiazdy mezzosopranowej.

Jula nieugięcie wierzy w moc tynku i mazideł, które naznaczą operowym stygmatem nawet najbardziej bezpretensjonalny uśmiech młodej kobiety. Cóż, może i racja, skoro Jula tak marzy o partii Carmen na scenie Met? Może przyszła diva ma czuja? W każdym razie na nic się zdały moje wczorajsze wstępne ni opowieści, ni ostrzeżenia o malowaniu światłem i naturalnym powabie skóry.

Wygrał tynk. Co robić.

Statyw, poziomowanie, trochę folii aluminiowej na tekturze, wywijanie zielonkawym werraluxem z matową białą płytką (czyli niepojęty dla profanów pomiar światła padającego) i już widać, że ktoś nas podgląda, próżnująca para, on koło pięćdziesiątki, ona z dziesięć lat młodsza. Widać, że my, z Julą, jesteśmy atrakcją ich spaceru, że może zapamiętają z Sopotu właśnie ten obrazek; że ona sama chciałaby pewnie stać przed kamerą, a on za kamerą. Człowiekowi rozwija się w głowie pawi ogon, szerzej, szerzej, szerzej, nie sposób tego powstrzymać, chociaż wiadomo, że taki pawi ogon to trucizna. Nie szkodzi. Więc jednak, ho, ho, już nas podglądają starsi. Już im żal. Już by chcieli tego samego; tak jest. Szybko poszło, no proszę.

Lupa nad matówką, widać, że bez makijażu byłoby sto razy lepiej, ale dalsza dyskusja z Julą nie wchodzi w grę, nie ten charakter. Ale, zaraz, Jula! Oszalałaś? Tynk to tynk, ostatecznie może być z tynkiem, na pewno jednak bez tego! Zlituj się! Rany boskie! Nie do wiary, co może strzelić do łba śpiewaczce! Nie pchaj tych gazet w dekolt, przecież biustu masz pod dostatkiem, nie wierzysz, to ściągnij górę, pokaż piersi, zwłaszcza lewą, tę większą, i pytaj na ulicy, kogo chcesz, ale nie ładuj tam sobie „Dziennika Bałtyckiego", lekarstwa na ciemnotę, które pewnie podebrałaś w szatni Bochenkowi, a które już zdążył wymamlać Bochenkowy pies! Czy tak robi przyszła gwiazda, do tego w kiecce z hollywoodzkim dekoltem *heart*?

Jula prostuje: do gwiazd jej jeszcze daleko! Żeby zostać gwiazdą, trzeba wyrzeczeń. Cierpienia. Powołania. Gwiazda to splot poświęceń dla ogółu i sztuki. Tego nikt nie rozumie. Ludzie są tacy gruboskórni. A gwiazda to tajemnica. To los.

Tylko mi nie mów, Jula, że dekolt wypchany gazetą to tryumf kultury nad naturą!

Mimo tynku widać, że twarz Juli czerwienieje. Strzeli w pysk?

– Co ty tu chcesz pokazać? Papierowe cycki?

Nie, jednak nie bije. Zawraca, odfruwa nieśpiesznie jak bocian, mezzosopranistki bywają spore, i w tej sukni – skrojonej pod Anitę Ekberg kroczącą po wodach fontanny di Trevi w *La dolce vita* – znika w mało pachnącym klozecie sal wystawowych, których okna wpatrują się w ekstazie w morski horyzont nad wybiegiem sopockiego mola.

Próżnująca starsza para wciąż zerka, więc mój popis trwa, głowica panoramiczna, praktisix, światłomierz, profesjonalizm, powaga. A Jula, która rychło wraca z wysprzątanym biustem i suknią na błysk, wyczarowuje na zawołanie pół tuzina uwodzicielskich uśmiechów Carmen. Spod migawki i lustra raz po raz dobiega krótkie *tak-pak*, Jula to jednak Jula, klasa.

Zmiana rolki, znów raz po raz *tak-pak*, wreszcie rzut oka na zegarek i koniec seansu; byłoby dobrze zdążyć do stołówki pod wzgórzami, po czwartej nie dadzą nawet zupy.

W szatni na drugiej zmianie maleńka Bochenkowa oddaje w imieniu Bochenka starannie złożony „Dziennik Bałtycki"; wychodzi na to, że Jula pchała w stanik jakiś inny egzemplarz, pewnie wczorajszy.

Znowu pielgrzymka po piętrach i korytarzach w poszukiwaniu pustej sali z fortepianem, im dłuższe szukanie, tym bardziej diabeł kusi, żeby nie czekać i odpuścić; tylko tym razem, tylko dziś, w końcu nic się nie stanie, to nic takiego, jeden wieczór, a przecież o trzysta metrów dalej, minutę, dwie na piechotę, trwa próba na scenie; może znów uda się wkręcić. Próba w teatrze zapiera dech, nawet nudna.

Więc znów chwila kręcenia się przy szatni i moje mętne zapewnienia, że później, że jeszcze spróbuję znaleźć wolny instrument, ale nie teraz. Bochenkowa wzrusza ramionami. Wilczyca Fela przekrzywia łeb z niedowierzaniem, kosmaty rożek ucha opada.

– Hau.

* * *

Robocze światła. W ostatnim rzędzie niewielkiej widowni Kameralnego jak mysz pod miotłą, ani mru-mru.

Na scenę niepewnie wchodzi Krzysio Bogusz, ten sam, który ze zmiennym szczęściem grywa z nami w brydża w studenckiej świetlicy. Niestety, zaraz nadziewa się na kontrę reżysera:

– Stary, ten facet wnosi do knajpy trochę poezji, a nie miskę klusek; portowa knajpa i trochę poezji. Knajpa i trochę poezji, to takie niepojęte?

Krzysio stoi bez słowa.

W ostatnim rzędzie bezszelestnie sadowi się tuż obok stary Zawada, wileński aktor z siwą grzywą.

Krzysio znika ze sceny. Po chwili wpada tanecznym krokiem.

Następna kontra:

– Stary, ten gość nie wbiega do knajpy tak, jakby mu żmija usiadła na jajach.

Krzysio zamiera.

Obraca się na pięcie i rusza za kulisy. Rozjuszony reżyser krzyczy za nim:

– Stary, on do tej knajpy przychodzi po olśnienie, cholera jasna, od rana o tym marzył, dla niego Joe w knajpie to przygoda, to tęcza, sam Pan Bóg i Duch Święty, on, kurwa, jeszcze nie wie, że na dzień dobry Joe go obetnie, przecież tego jeszcze nie wie, więc proszę o trochę polotu, z łaski swojej. Trochę skrzydeł, do kurwy nędzy. To nie tak, że on się śpieszy do sracza.

Krzysio znów wkracza na scenę i z całej siły wali egzemplarzem w stolik, w markowaną dekorację.

– Ja tę sztukę, kurwa, też czytałem, nie myśl, że nie umiem czytać. Skończyłem najpierw cztery klasy. Potem piątą.

– A tytuł chociaż pamiętasz?

– Pamiętam, kurwa, *Zabawa jak nigdy*. Zgadza się? *Zabawa jak nigdy*. I rzeczywiście, mamy, kurwa, ubaw po pachy. Po samą kokardę.

– Nie wiem, kto tu się bawi. Bo ja nie całkiem!

– Dziesięć minut przerwy! – wykrzykuje altem piękna brunetka przy reżyserze. – Jurek zarządza dziesięć minut przerwy!

Cisza.

– Dziesięć minut przerwy! – jeszcze raz krzyczy brunetka.

Cisza.

– Jo! – bulgoce wreszcie reżyser. Wprawdzie pochodzi spod Beskidów, ale uznaje, że teraz będzie na miejscu wtręt kaszubski.

– Nie bierz tego serio, synu – szepcze stary aktor. – Co by to była za premiera, bez awantury? Żadna. A Goliński to majster. Artycha. Zna się na tych zagraniach.

Po próbie znów na uczelni. Jeszcze ćwiczyć? Odpuścić?

Kiedy do godzin spędzanych sam na sam z klawiaturą zaczyna się zakradać znużenie, a sny o wielkiej widowni przegrywają z samotnością uczelnianej salki, wyobraźnię stawia teraz na baczność wieczorny spacer u podnóża wzgórz, podsyca marzenia.

We wczesnych jesiennych ciemnościach wzgórza Górnego Sopotu wyglądają jak wbity w ziemię i dawno porośnięty lasem kadłub ogromnego przybysza z zaświatów, nieforemnego giganta, którego świecące okna prowadzą ku innym wymiarom. Każdy z domów wydaje się wglądem w rzeczywistość równoległą, ciekawszą, wabiącą. Tu ktoś ślęczy nad równaniami, oblicza pływy, konstrukcje, wyporności. Tam może pije z żoną wino, właśnie przywiezione z Argentyny. Kończy książkę. Obmyśla prototypowy szwindel. Albo budynek. Albo rebelię w jakiejś redakcji. Finalizuje niezapomniane uwiedzenie. Wkuwa słówka, angielskie, a może japońskie, a może w urdu, kto wie. Rozświetlone domy na zboczach wyglądają jak pochód możliwości, wyzwań, zachęt. Wzbudzają pragnienie, żeby wejść i uczestniczyć; dostać się tam i nie być intruzem.

Jeszcze mocniejszego kopniaka daje wizyta w gdańskim pałacyku.

Więc pędem do kolejki. Skoro już dzisiaj nici z ćwiczenia, warto zdążyć na jam. Na południe rusza emerytowany skład byłej berlińskiej S-Bahn, teraz żółto-niebieski, tutejszy, przezwany modrakiem. Klimaty przystanków przez chwilę uwodzą – Sopot Wyścigi, czyli odrobina przedwojnia plus szulerzy i dżokeje, Gdańsk-Oliwa, czyli obfitość poniemieckiego linoleum, tchnienie poniemieckiej wiary w ład, jakże płonnej, a w kuchniach wciąż niewywietrzony rybi smród – a potem wietrzeją, napływa senność, z nią jakieś górskie pejzaże. Potem bieg po koronach drzew. Wreszcie czyjeś życzliwe potrząśnięcie: Gdańsk.

Do klubu najwyżej pięćset metrów.

Niestary, za to solidnie omotany dziejami budynek – z początkiem wieku, za Drugiej Rzeszy, siedziba komendanta pruskiego garnizonu; po pierwszej wojnie, za Wolnego Miasta (Die Freie Stadt Danzig), siedziba Wysokiego Komisarza Ligi Narodów; za Trzeciej Rzeszy (i drugiej wojny) kwatera Forstera, zwierzchnika Reichsgau Danzig-Westpreußen (przy okazji przytulisko Wehrkreiskommando), wreszcie za powojennej Polski sadyba pomniejszego komitetu partii rządzącej.

Nieco sproletaryzowany pałacyk zyskał rozgłos, kiedy komuniści powiatu gdańskiego sprezentowali go w jakimś porywie studentom słynącym z niechlujstwa. Rzadko, bo rzadko, ale bywa.

Niemal co wieczór z początku tętni bas, zaraz po nim rozlega się łoskot perkusji, muzycy wylegają na estrady na piętrze, parterze, w podziemiu, śmietanka znana nawet profanom, całym zaś pałacykiem wstrząsa detonacja któregoś z lokalnych hymnów: *Moanin'* bądź *C Jam Blues*, przepędzając z korytarzy bezradne, cichnące echa *Die Wacht am Rhein*, *Horst Wessel Lied* czy świeży pogłos *Międzynarodówki*. Saksofoniści, pianiści, wibrafoniści, trębacze są nagrywani, filmowani, fotografowani, ze swadą rozprawiają hard-bopem, by historyczne przestrzenie przesławnego klubu Żak przenieść w rzeczywistość innej próby. Po paru winach ziemie obiecane zbliżają się na wyciągnięcie ręki. Korytarzami sunie *Blue Train*, nad biegiem schodów nieśpiesznie frunie *Lazy Bird*. W barze strzelają korki, padają jak muchy jugosłowiańskie wina Zlatna kaplica i Prošek. Zawiana kapela z rozmachem sadzi *Ornithology*, potem *No smokin'* Silvera, a twarze rozmywają się w kłębach dymu sportów, mew, żeglarzy, giewontów, śmiercionośnych carmenów, sentymentalnych femin, niezrównanych, spokrewnionych z siekierą partagasów, które pachną jak palone paznokcie, poza tym grunwaldów, belwederów, waweli, piastów, poznańskich, wrocławskich, zefirów, mentolowych, dukatów, ekstra mocnych, emdeemów i czego tam jeszcze.

Na podeście schodów na półpiętrze stoi oszołomiony perkusista, Wojtek Szarama. Bezkonkurencyjnym, apostolskim basem głosi niczym proroctwo:

– O yes, yes, yes, yes, yes! Sadź, stary, kurwa, dawaj!

Po chwili dopowiada, tonem jeszcze bardziej biblijnym, zarezerwowanym na okoliczność oskarżania miasta Sodoma i miasta Gomora:

– Tylko dlaczego po garach daje ten Jopyk? To już lepszych od niego nie było?

Round About Midnight.

A Night at Birdland.

Night in Tunisia.

I już świt.

Łatwo potem o kaca i łomot w głowie, pewnie, ale po wyjściu nad ranem z czarodziejskiego pałacyku, w którym każda chwila jest świętem, po powrocie pod dom przy niewielkiej sopockiej uliczce – gdzie znów wystarczy parę kroków, żeby zobaczyć zatokę i horyzont zrośnięty z cyplem półwyspu, wody na wysokości i wody niskie – nie ginie przekonanie, że tam dalej rzeczywiście rozciągają się inne światy; niby nieosiągalne, lecz osiągalne, skoro są.

To obowiązuje na trzeźwo, na bani i na kacu; całą dobę.

Więc naprawdę tu jestem, nie śnię, nie zmyślam, Chryste!

Przyjechaliśmy tutaj po nowe sny.

To one nie dają spokoju, a nie list, który od wczoraj tkwi w kieszeni, nieprzeczytany, we wciąż nierozpieczętowanej kopercie.

10

Pianino niezłej berlińskiej marki Quandt pojawiło się w domu w następstwie szabru, w istocie kradzieży, bardzo popularnej po wojnie.

Ograbiona w tej wojnie polska zbiorowość starała się pomniejszyć swe straty, grabiąc dla równowagi opustoszałe domy poniemieckie na nowych terytoriach, na zachód i północ od przedwojennych granic. W ten sposób bogacili się niektórzy członkowie ograbionej zbiorowości, niekoniecznie ograbieni osobiście. Prawdę mówiąc, rzadko kiedy ograbieni osobiście. Straty i pożytki równoważyły się na wyżynach abstrakcji. Niekoniecznie w praktyce.

Szabrownikom sprzyjał duch czasu. Zrozumieniem cieszył się ludowy realizm: „ma się zmarnować? nie wezmę ja, to wezmą inni, a okazja się nie powtórzy", przy czym ze słowa „okazja" promieniowała taka moc rozgrzeszająca jak z monstrancji. Ponadto szaber był zakazany. A łamanie zakazu ustanowionego przez powojenne władze można było od biedy podkolorować, pociągnąć farbką patriotyczną i upozować na coś w rodzaju oporu. Nie wszystkich zachwycały takie tłumaczenia, niemniej szabrowano, i to z zapałem.

Kiedy w katowickiej mleczarni, w której pracował ojciec, pojawił się konwojent z Wrocławia i zaoferował za trzydzieści dolarów poniemieckie pianino w dobrym stanie, ojciec stargował najpierw na dwadzieścia pięć, potem wystarał się o pieniądze w żądanej walucie, a na otarcie łez dodał brytfannę domowego mydła. Kradzież przechadza się pod rękę z paserstwem. Dzięki czemu pianino, niegdyś ozdoba składu muzycznego w Kłodzku (o czym donosiła czarno-złota tabliczka przykręcona do listwy nad czterokreślną oktawą), trafiło wprost do naszego domu, z pominięciem sławnego wrocławskiego szaberplacu. Co okazja, to okazja.

Pianino było jedynym w domu meblem na kółkach.

Górnotłumikowe, wysokie, politurowane na orzech, z drewnianymi kolumienkami na narożnikach, z lichtarzami w kasetonach zdobionych płaskorzeźbioną winoroślą, brzmiało nieźle jak na instrument, który uszedł cało z dwóch wojen światowych, przetrwał półtuzin przeprowadzek i z musu zmienił obywatelstwo.

Spinał dwa światy. Byłby na miejscu w przedwojennym mieszczańskim ładzie Krakowa. Z klawiaturą wyłożoną prawdziwą kością słoniową spodobałby się pod Wawelem. Zarazem był na miejscu w świecie powojennym. Cenny, a nabyty za bezcen. Kupiony w okolicznościach pokątnych, ale nie szkodzi. Gdyby przyszło co do czego, to zawsze wiadomo, jak jest. Połysk widać i bez grania. Niemiecka robota.

* * *

Wkrótce do katowickiego mieszkania zawitała panna Kowalska, bardzo poważna, chociaż młoda. Drobna i przystojna, w za dużych okularach, nosiła na głowie coś czarnego wzorowanego na kornecie sióstr augustianek i opatrzonego woalką. Skoro do domu trafił instrument, mama postanowiła brać lekcje.

Spowita w ciężką żałobę nauczycielka wkuwała z mamą radosne kawałki ze *Skarbczyka* w wydaniu Gieszczykiewicza, który przy placu Szczepańskim w Krakowie miał też antykwariat muzyczny. Ofiarą nauki padały kawałki *Pije Kuba do Jakuba*, *Zasiali górale*, *Uciekła mi przepióreczka*, oberki, krakowiaki, a nawet boleśnie uproszczone strzępy operetek. Panna Kowalska pokrzykiwała do taktu „raz-dwa, raz-dwa" bądź nieparzyście „raz-dwa-trzy", tupała nogą obutą w pantofel na korku, stukała ołówkiem w klapę, czarne nakrycie głowy podskakiwało, fruwała woalka, a kiedy przyszła kolej na Offenbachowskiego kankana, nauczycielka żądała rozmachu i entuzjazmu.

Żałoba wyzwalała w pannie Kowalskiej pragnienie pełni.

Zniecierpliwiona powolnym odczytywaniem tekstu, podniesionym głosem podpowiadała dużo starszej od siebie uczennicy „ce, gie, fis", poprawiała układ ręki, wytykała błędnie podkładane palce i jakoś szło. Ale kiedy na pulpicie wylądowały barokowe tańce z *Notenbüchlein für Anna Magdalena Bach*, zaczęło się wydawać, że z dźwięków nie zawsze klei się muzyka.

Tymczasem wymogłem na mamie prawo kibicowania lekcjom. Wtrącałem się, popisywałem, małpowałem liczenie panny Kowalskiej, podpowiadałem – jak ona – odpowiednie dźwięki, podglądałem z podłogi tupiącą nogę, zresztą próbując głębiej zajrzeć pod sukienkę. Byłem nieznośny. Niemniej po paru takich sesjach stało się jasne, że jakimś cudem czytam nuty w kluczu wiolinowym, po następnych w basowym. I oto zamiast solidnego lania otrzymałem miejsce przy klawiaturze.

Początki obcowania z pianinem pouczyły, że zręczność muzyczna jakimś cudem zawiesza ład codzienny, skutecznie się z nim mierzy. A bezczelność i samozachwyt popłacają.

Obrotowy taboret przy instrumencie mama odstąpiła bez żalu. Więc może było inaczej? Może padłem ofiarą intrygi? Może dorośli rozgryźli mnie i wrobili? I szabrownicza transakcja za dwadzieścia pięć dolarów, plus brytfanna domowego mydła, doznała w ten sposób wywyższenia?

Tak czy inaczej, panna Kowalska życzliwie przyjęła zamianę. Teraz przed lekcją zdejmowała czarny kornet z woalką i kładła na nutach na wierzchu pianina. Jakoś to przypominało podwijanie rękawów przez drwala.

Nadal żądała – teraz ode mnie – więcej rozmachu, entuzjazmu, zapalczywości. Ołówkiem stukała coraz mocniej, coraz bardziej zajadle tupała korkowym obcasem, w coraz większym zapamiętaniu potrząsała głową, na której zaraz po lekcji lądował kornet. Nawet najprostsza muzyka winna – jej zdaniem – wrzeć, kipieć, porywać. Bo jeśli nie, to czemu ma służyć? Starałem się sprostać żądaniom pełnym żaru.

Wyrażające się tylko w muzyce, dalekie od smutku zapamiętanie panny Kowalskiej, nieledwie trans, stawało się z wolna zagadką. Czasem spomiędzy dźwięków starego *bourrée* wyzierała zaciekłość godna ringu bokserskiego. Niestety, kiedy już rozgryzałem Bachowskie *Małe prelu-*

dia, kiedy po raz pierwszy na pulpicie pianina wylądował łatwy Mozart, moją nauczycielkę – pierwszą z dłuższego szeregu – zastąpił ktoś inny.

Przeprowadzki to nie miód.

Dyrygent parafialnego chóru w Zakopanem, pan Borowik, zarazem mąż sopranistki śpiewającej solo z tym chórem, szybko się do mnie zraził. Nie interesowali go jakiś Kędra czy Małcużyński, o których już słyszałem. Marzenia pana Borowika były inne. Na przykład uroczysta suma w zakopiańskiej farze, celebrowana przez biskupa, a niechby i sufragana, byle z infułą, *tutti* organów w *Agnus Dei*, na ich tle ekstatyczne *fortissimo* chóru, niemająca końca fermata, a jako ukoronowanie jednego i drugiego solowa partia sopranowa w podniebnym rejestrze, przenikająca całą przestrzeń zakopiańskiej fary i wzbijająca się pod strop, ku polichromiom (podobno zaprawionym meskaliną) ilustrującym osiem błogosławieństw z *Kazania na górze*, śpiewana – to jasne – przez jasnowłosą panią Borowikową. Niestety, na drodze do spełnienia marzeń stał fakt, że decydujące zdanie nie należało tu do pana Borowika, lecz do organisty, który też pojął za żonę śpiewaczkę, też blondynkę i też sopranistkę. Chórmistrz zarządzał parafialną salką prób oraz fisharmonią. A organista zarządzał, między innymi, chórmistrzem.

Być może pan Borowik uwzględniał mnie w swych rachubach jako rychłą pomoc, ucznia podgrywającego na próbie poszczególnym głosom chóralnym, który w przyszłości, kto wie, stanie się cząstką drużyny, jakiejś ludzkiej

Wunderwaffe wymierzonej w parafialnego organistę i torującej drogę snom pana Borowika, w których postrzegał swą żonę jako galion na dziobie fregaty sunącej pod pełnymi żaglami z salki prób na kościelny dziedziniec, stamtąd do kruchty, potem w lewo i krętymi schodami stromo pod górę, by tryumfalnie zacumować na kościelnym chórze, u kontuaru organów.

Na początek pan Borowik zażądał ode mnie czytania w starych kluczach, harmonizowania ze słuchu pieśni kościelnych, ich transponowania, wykucia na pamięć *ordinarium missae* oraz, rzecz niepojęta, podglądania podczas mszy, co też organista wyprawia nogami.

Żałowałem pierwszej nauczycielki. Brakowało mi jej furii, z jaką dobierała się do okiełznania gamy czy prostej etiudy. Żywiła magiczne przekonanie, że przeszkody mają zejść z drogi, trudno, ustępstw nie będzie. Jej zdaniem rytm i melodia miały kruszyć codzienność, a ciężki fortepian na kółkach miał być taranem; od biedy pianino też.

Nigdy się nie dowiedziałem, po kim panna Kowalska nosi ciężką żałobę, skąd jej zaciekłość przy klawiaturze i dlaczego ten czarny kornet z woalką. Nie zdołałem też zajrzeć jej głębiej pod spódnicę. Przepadło.

Sława zakopiańskiego chóru parafialnego sięgała od Rabki przez Czarny Dunajec po Jabłonkę na Orawie, to fakt, ale strategię pana Borowika nietrudno było rozgryźć, rodzice szybko się połapali, a to spowodowało następną zmianę. Wkrótce wyznaczono mi wizytę u pani Jemieljanienko.

Na parterze drewnianego domu przy zakopiańskiej Nowotarskiej, w pokoju obwieszonym dziesiątkami fotografii w ramkach, ozdobionym tuzinem serwet na meblach i półtuzinem kilimów na ścianach, panował półmrok zagęszczony zapachem czosnku i denaturatu. Środek zajmował spory fortepian, na klapie widniał napis cyrylicą. Obok pulpitu piętrzyły się nuty, a na nich, nie wiedzieć czemu, wylegiwał się drewniany piórnik. Przyprowadzony przez mamę stanąłem w drzwiach, szurnąłem nogą, przedstawiłem się i natychmiast zostałem poczęstowany reprymendą wygłoszoną z obcym akcentem. Pani Jemieljanienko, sucha, siwa i energiczna staruszka, dosiadała fortepianowego taboretu z biegłością pułkownika kawalerii na paradzie. Od młodego człowieka domagała się, żeby imię i nazwisko wymawiał głośno, wyraźnie, nie jak z gębą pełną klusek; ma stać prosto, na baczność i nie odzywać się niepytany. Potem przywołała mnie skinieniem, wnikliwie jak weterynarz obejrzała mi ręce, wreszcie postukała ołówkiem w rozłożone nuty i zadała pytanie:

– To?

– Cis – powiedziałem.

– Źle.

– Trzykreślne – dodałem dumny z własnej domyślności; prawdopodobnie zdawałem egzamin z czytania nut.

Ołówek stukał to tu, to tam, z klucza wiolinowego przeniósł się do basu, nabierałem już pewności siebie, kiedy zatrzymał się przy nucie z dziwnym znakiem.

– To?

– Właściwie f.

– Co to znaczy, właściwie?

– Właściwie f kontra. Albo fis?

– Łapa – zakomenderowała pani Jemieljanienko.

Nie wiedziałem, o co chodzi.

– Łapa – powtórzyła i gestem nakazała wyciągnąć rękę.

Posłuchałem, a wtedy sięgnęła po piórnik i z rozmachem trzasnęła mnie w dłoń, trzy razy.

– F, fis, fisis. Podwójny krzyżyk podwyższa dźwięk dwukrotnie. Powtórz.

Zamarłem i znowu oberwałem. Natychmiast wyrecytowałem:

– Fisis kontra; podwójny krzyżyk podwyższa dźwięk dwukrotnie.

– No widzisz, zapamiętałeś. Co to jest muzyka?

Na końcu języka miałem różne odpowiedzi, w głowie mętlik, a piórnik w kąciku oka. Niespodziewanie wyręczyła mnie pani Jemieljanienko:

– Muzyka jest to jedna ze sztuk pięknych, działająca na słuch za pomocą dźwięków różniących się wysokością i w czasie. No? – Teraz ona zezowała w stronę piórnika, ale bez namysłu, przezornie powtórzyłem słowo w słowo niedługą definicję.

– Proszę. – Rozłożyła dłonie. – Więc można się nauczyć. Przyniesiesz wprawki. Hanona.

– Grałem już *Marzenie* Schumanna. – To był protest.

– A teraz będziesz grał wprawki. Kto ci pozwolił się odzywać?

– Nikt.

– Łapa.

Opowiadano, że mężem pani Jemieljanienko był biały major rosyjski, który przeżył wojnę, ofensywy i odwroty, bunt, rewolucję, interwencję, zdołał ocalić żonę, dwa wozy z domowymi kuframi i fortepianem, a ucieczkę przez ostrzeliwany most na Dnieprze zakończył szczęśliwie w Polsce.

Nie palił się do Paryża. Liczył na swą solidną wiedzę inżynierską, przydatną wszędzie. Tak się jednak złożyło, że z bezpiecznym już w Polsce majorem Jemieljanienką – który zdołał uniknąć chłopskiego gniewu, utrzymał w karbach własne szeregi, uszedł szablom czerwonoarmistów, kulom taczanek, ba, podtrzymywany pamięcią o przystojnej żonie, cytującej z pamięci Szekspira po rosyjsku i grywającej Chopina, wystawił był do wiatru komisarski pluton egzekucyjny – otóż w Polsce z majorem Jemieljanienką żwawo rozprawiła się gruźlica. Owszem, opowiadano cuda o zakopiańskim powietrzu. Gdyby prątki znały połowę tych opowieści, wyginęłyby pewnie ze strachu. Ale nie znały i robiły swoje. Dzielnemu oficerowi niewiele pomogły podmuchy halnego. I oto we wczesnych latach dwudziestych młoda kobieta – wychowana bardzo daleko od Podhala, w zakładzie dla panien z dobrego domu, skąd wyniosła nie tylko wzorową sylwetkę, znajomość manier, francuskiego, niemieckiego oraz genealogii Romanowów, lecz także umiejętność gry na fortepianie i sprawność w rzemiosłach plastycznych – została wdową.

Już nie ruszyła się z Nowotarskiej. Zarabiała lekcjami, na ogół grosze, wyprzedawała to i owo, a po kolejnej wojnie do lekcji doszło zajęcie dodatkowe: spółdzielnia artystycznych wyrobów ludowych chętnie zamawiała intarsjowanie modnych wówczas politurowanych skrzyneczek; mężczyźni trzymali w nich przybory do golenia, przykryte składanym lustrem. Weranda zamieniła się w warsztat. Spółdzielnia widziała zaś w pani Jemieljanienko cenną współpracownicę, bo w owych czasach zatrudnienie Rosjanki – nikt nie ośmielił się wnikać, czerwonej czy białej – zawsze było dobrze widziane.

W drodze do domu mama zapytała, czy boli. Dłoń piekła jak diabli. Mimo to w dwa dni potem stawiłem się na lekcję, z legendarnie nudnymi wprawkami Hanona pod pachą. Trudno. W szkole też można było oberwać piórnikiem, chociaż częściej linijką. Za uszy targano ręcznie.

Tak czy inaczej, klawiatura nagle okazała się odmianą placu manewrowego z karcerem na tyłach, połacią musztry.

Wtedy widziałem już w pianinie marki Quandt instrument nie tylko muzyczny. Także wehikuł, który sam wykrywa scylle i charybdy. Przestrzega przed nimi, czasem wskazuje zbawcze przesmyki, by za kolejnym cyplem wypatrzyć nowego potwora.

Tymczasem mama tu i ówdzie zasięgnęła języka, ojciec podpytał o to czy owo – i oto dowiedzieli się, że teraz państwowa szkoła muzyczna uchodzi za coś lepszego od lekcji prywatnych, nawet tych u bardzo dystyngowanej damy.

– Tam są nauczycielki ze Lwowa, z konserwatorium. Uznane w Krakowie. Na koniec roku piszą normalne świadectwo. Nic się nie płaci.

Niewiele zdążyłem się nauczyć u pani Jemieljanienko. Po czterech tygodniach mama wręczyła jej kopertę z honorarium. Prosta jak świeca siwa kobieta zajrzała do środka, przeliczyła – i na tym lekcje się skończyły.

Rozstaniu sprzyjała jeszcze jedna pogłoska. Przed sylwetką pani Jemieljanienko, jej trzeźwością umysłu i rzeczowością czas stał na baczność. Niemniej siwa dama nie raz i nie dwa sięgała do składziku za werandą, w którym obok intarsjowego forniru i szmatek do polityury przechowywała niezbędne odczynniki. Z kryształowego kieliszka – który przetrwał pożary, strzelaniny, ucieczki, ukrywał się pod ziemią bok w bok z bronią palną, by potem z kolejną odmianą losów puszyć się w serwantce – otóż z tego kieliszka pani Jemieljanienko pociągała w wolnych chwilach denaturat. Zaprawiony sokiem.

Mama nie miała nabożeństwa do trunków, mówiąc oględnie. Wszechobecny w mieszkaniu pani Jemieljanienko zapach czosnku też nie budził zaufania. Jeżeli chodzi o leki, w Galicji stawiano na inne ziółka.

Powiastek o państwowej szkole nie wyssano z palca. Wkrótce trafiłem do fachowo prowadzonego muzycznego młyna. W tempie *vivace* zacząłem robić repertuar dla smarkaterii młodszej, potem starszej. W przekwitającym budyneczku w zakopiańskim parku wbijano do głów umiejętności uzupełniające. Dorodna brunetka w kwiecie wieku obdarzona pięknym altem, słowem pani Eliza Kaspary, znakomitość wpierw lwowska, potem zakopiańska, nie tylko nadzorowała gospodarowanie masą ręki, jej luzem, mechaniką przegubu i palców, nie tylko pilnowała rytmu, frazy, śpiewności dźwięku, który mówi, służy do zwierzeń, czasem skarg, spowiedzi, który wabi, ostrzega lub w transie zaprasza do tańca. Nie tylko prychała wzgardliwie na wzmiankę o mechanicznych wprawkach w rodzaju Hanona, nie tylko umiała to i owo pięknie zagrać. Umiała też malować przyszłe światy, do których drogę wyznaczają wytrwałość i dyscyplina. Za czym kryła się sugestia, że wybraniec pani Kaspary, który uczciwie ćwiczy trzy godziny dziennie (na początek), może stać się pianistą jak Horszowski albo Friedman. Albo jak holenderski mistrz Egon Petri, który tu, w Zakopanem, mieszkał przed wojną, kiedyś pokażę ci dom. *Per aspera ad astra.* A przy okazji, kto to napisał, koteczku?

Więc można zostać pianistą, jak Petri.

Nic pewnego. Broń Boże.

Ale można.

W szkole muzycznej szybko się okazało, że nie brak zdolnych kolegów i koleżanek. Przy czym jedni już sięgali po etiudy Moszkowskiego, inni nie mogli uporać się z dużo łatwiejszym Cramerem, jedni już zaliczyli *Impromptus* Schuberta, inni wciąż męczyli *Kolorowe melodie.* O ile w zwykłej szkole wkuwanie, żeby być lepszym, uchodziło za odmianę lizusostwa, to w muzycznej nie. W szkole powszechnej prawdziwą hierarchię chłopaków (bo jeszcze nie było koedukacji) budował sport, niekiedy płynnie przechodzący w mordobicie. Tymczasem konkurowanie w szkole muzycznej przypominało sport bez mordobicia, kiedy widać gołym okiem, co kto potrafi – i nie da się tego zamydlić elokwentnym wypracowaniem z polskiego.

Wzbudzanie podziwu dorosłych, z początku nietrudne, wymagało teraz coraz dłuższego skupienia, dzień w dzień, i to nie przez pół godziny. A radio, stara aga, uświadamiało raz po raz, że co innego biegłość, za którą pochwali pani Kaspary, a co innego biegłość, kiedy gra Szura Czerkaski.

Wtedy pokorniałem, jak na widok cyrkowego nożownika, który z zawiązanymi oczami rzutem z dziesięciu metrów rozcina jabłko na głowie asystentki. Może z pięciu. Wszystko jedno.

Rywalizacja zwalnia od nadmiaru filozofowania. Chcesz być lepszy, to się przyłóż, proste.

Z wyżyn przekwitającego budyneczku szkoły muzycznej wydawało się, że ludzie niegrający na żadnym instrumencie mało wiedzą o życiu. O tym, że zdolności są jak wygrana na loterii, niezależne od cnót czy wad, rodzicielskich pieniędzy czy biedy. O tym, że pasja daje wolność. I uzależnia. Więc nie wiadomo, co o tym myśleć.

Rzecz jasna to nie wszystko.

Podczas ćwiczenia pokój przeistaczał się w strefę zaklętą. Na powszednią, widoczną rzeczywistość nakładała się niewidoczna, która tę widoczną bierze w nawias. Podszyta zagadką, pozwala chłonąć czas ułamek po ułamku, drzazga po drzazdze. A wszystkie zakątki niewidocznej rzeczywistości wibrują. Z odezwaniem się pianina metrum zaczyna decydować o porządku postrzegania. Prawa niewidocznej przestrzeni wyłaniają się z rytmu, z czystości dźwięku i barw. Wędrówka brzmień i współbrzmień budzi bezlik emocji, by ułożyć się w opowieść. Reszta przestaje się liczyć.

Jeżeli wszystko brzmi jak należy, nad widzialną codziennością rozsuwa się sklepienie, odsłaniając następny wymiar.

Z grubsza rzecz biorąc.

* * *

Już w Zakopanem odkryłem, że niejedna koleżanka (bo w szkole muzycznej była koedukacja) potrafi się zasłuchać w ładnie zagrany kawałek, a to już coś, dobry początek, nawet więcej, niż gdyby ją rozśmieszyć. Uroda ładnie zagranego kawałka spływa na grającego, fakt, ale nie tylko, bo w ładnie zagranym kawałku dziewczyny przeglądają się jak w pochlebiającym lustrze, czują się wrażliwe jak kompozytor i wykonawca razem wzięci.

Z wolna zacząłem sobie wyobrażać barwne życie, haftowane niecodziennością, podróżami. Naczytałem się książek o Indianach, Murzynach, o Dalekiej Północy i Eskimosach, Indusach, potomkach Inków w Andach i Maorysach na drugiej półkuli. Swoje zrobił też fotoplastykon. Nawet podczas śnieżnej zamieci na Krupówkach krzepiły przechodnia ręcznie malowane barwne plakaty zachęcające do oglądania Hawajów, Pigmejów lub tygrysów, piramid czy mauzoleum Tadź Mahal.

Z sugestii pani Elizy Kaspary wynikało, że fortepian to instrument nadspodziewanie wydolny. Skoro opatrzony kółkami, to pojazd. Kierunek świat.

Teraz inaczej patrzyłem na pianino marki Quandt. Też miało kółka.

Lecz przeprowadzki to nie miód.

Rozstałem się z panią Kaspary. Rodzice urządzili uroczystość, podlaną łzami i modnym wówczas winiakiem klubowym. Pianino nabyte okazyjnie za dwadzieścia pięć dolarów Trumana zostało sprzedane za dziesięć tysięcy złotych wczesnego Gomułki. Na jego miejscu, już w Rzeszowie, pojawił się prawdziwy bechstein, odkupiony z wiejskiej plebanii. Miejsce pani Kaspary zajęła kolejna lwowska znakomitość. Na pulpit trafił Chopin, Bachowski *Das wohltemperierte Klavier*, *Au bord d'unesource* Liszta, trafiła *Sonatina* Ravela. Mimo napadów pokory, czasem niepewności, zaczynałem marzyć o powaleniu publiki taką na przykład *Trianą* Albeniza. Nawet *Navarrą*.

Godzinami tkwiłem w pokoju z bechsteinem, na którym Bacha, Chopina i Ravela przygrywałem przeważnie zwierzętom: nutriom za domem, które czekał marny los, świni Muni i wyżłowi sąsiada.

Nie szkodzi.

Bechstein miał kółka.

11

Na premierę *Godota* wybierało się podobno całe miasto. Widownia liczyła 230 foteli, miasto ze 40 tysięcy dusz, a z Gdynią i Gdańskiem do pół miliona. Zapowiadał się ciekawy wieczór.

Na uniwersytecie, po latach, przedsiębiorczy doktorant z zapałem dowodził, że tym przedstawieniem Goliński otworzył nową epokę na scenach, słowem, że teatr otwarty powstał w Polsce. Gdyby „Głos Wybrzeża" miał tę siłę rażenia co „The New York Times" – spekulował młody uczony – cały świat poznałby prawdę: teatr otwarty powstał w prastarym piastowskim Sopocie.

Mimo zapału autora tezy nie udało się rozpowszechnić. Poróżnieni badacze zgadzali się wszakże co do jednego: w przedstawieniu – prócz aktorów – spontanicznie udział wzięły straż pożarna, pogotowie ratunkowe i milicja. Były też osoby dodatkowe, spoza zespołu teatralnego, niejaka Gertruda C., mniej więcej trzeci napar, oraz niemowlę płci męskiej.

* * *

Trudno, trzeba się cofnąć.

Do czego?

Powiedzmy, do pewnego marcowego wieczoru, w porze, w której niechętnie wychodzi się spod dachu, bo odwilż, bo śnieżna mamałyga, kleista mgła, morze ledwie widzialne, jakieś buczki, na lądzie sygnał karetki pędzącej do zawału, bo na gałęziach zniechęcone wrony, słowem, bezalkoholowy zaraźliwy kac, dzięki któremu później – wiosną – nadejdzie radosny wybuch, ale trudno, bardzo trudno tego doczekać.

Zanosiło się na lokalny konkurs, więc ćwiczyłem do wieczora. Od zmagań z Chopinem, Bachem i Zarębskim, z których nie zawsze wychodzi się zwycięsko, uwolnił mnie dopiero Bochenek. Opróżniał szkołę, zamykał instrumenty, przeganiał zapóźnionych pokerzystów, a powagi dodawała mu wilczyca Fela, która w razie czego umiała w zamykanej klasie wywąchać parę schowaną za kotarami.

Bochenek, zanim zabrał się do wyrzucania, grzecznie zapytał o kryzys kubański.

– I co pan, panie Jarek, na tego Castro?

– Dupcyngier – odpowiedziałem. – Ma dziewczyn od metra, że każdemu daj Boże. I jeszcze te rakiety. – Przede mną grzecznie siedziała Fela, tłukąc o podłogę kosmatym ogonem. Wrzuciłem nuty do torby, w której wymacałem sfatygowaną bułkę. Spomiędzy połówek wydłubałem plaster sera upapranego masłem.

– Psujesz mi psa – obruszył się Bochenek.

– To suka.

Zanim Bochenek przymierzył się do riposty, sera już nie było.

* * *

Po drodze do domu wypadło odwiedzić delikatesy. Herbata, jajka, byczki w tomacie. Przy ladzie spotkałem Kiksę, skrzypaczkę z naszego roku. Nie miała nic przeciwko połączeniu zasobów kolacyjnych.

Współlokator zza ściany, medyk Marek, powiększył te zasoby o serek homogenizowany i niskosłodzony dżem z wiśni. Przy stole padła butelka tokaju aszu. Potem odskoczył korek tunezyjskiej gellali. A wtedy załomotała do drzwi Chomiczyca.

Na okrzyk:

– Panie Jarku! Niech pan otworzy! – zamilkli biesiadnicy, czyli Marek, przynudzająca skrzypaczka, mocno w tego Marka wpatrzona, i ja. Rozpijaniu win towarzyszyła senna debata o fortepianie marki Seiler, który czeka na kupca w Piotrkowie Kujawskim, potem o legendarnym stroicielu Benedettiego, niejakim Cesare Augusto Tallone, który tego seilera pewnie by nie kupił. Powodów do awantury z gospodynią nie było. Tymczasem łomot trwał w najlepsze.

– Panie Jarku!

W otwartych nagle drzwiach Chomiczyca wyglądała jak Medea: rozpalone policzki, czoło zlane potem, zmierzwione włosy, oczy jak reflektory parowozu; boso, w byle jak zarzuconym szlafroku.

– Jak to dobrze, panie Mareczku! Chwała Bogu, że pan jest! – wykrzyknęła. – Całe szczęście!

Więc nie chodziło o awanturę.

Wystarczyło pół kroku ku drzwiom, żeby sylwetka Marka nabrała zaskakującej pewności siebie. Chłopak nadawał się na lekarza.

– Prędzej, panie Mareczku! – Chomiczyca uniosła ręce jak do lamentu na scenie. – Rany boskie, co mnie spotyka! I za co?

Po czym zwróciła się do wszystkich:

– Słuchajcie, Ada umiera!

W chwilę później byliśmy w sypialni gospodarzy. Pod okazałą pierzyną leżała córka Chomiczów, z głową na stercie poduszek, okrytej pasmem włosów dłuższym niż koński ogon Mariny Vlady. Ada coś mamrotała, przechylała głowę to w lewo, to w prawo, rozpalone czerwone policzki wyglądały jak uszminkowane. Marek zmierzył tętno i posłuchał oddechu. Widać było, że po to się urodził, by stawiać czoło takim sytuacjom.

Uważnie przyjrzał się otwartej szufladzie nocnego stolika.

– A to co? – Uniósł w górę jakąś fiolkę.

– Wyjadła.

– A to? – W górę powędrował następny pojemnik.

– Lepiej niech pan coś powie, panie Mareczku! Co będzie?

Ada stęknęła.

– Co z drugą fiolką?

– Też wyjadła. – Chomiczyca schyliła się. – I jeszcze to pudełko. Tu leży. A popiła, sam pan zobaczy… – Z podłogi zabrała butelkę po bułgarskim wermucie. – W takiej chwili! – Chomiczyca zwróciła się do nas jak do publiczności. – A witaminy też połknęła.

Zapadła cisza, Marek przeczytał etykiety, potem jeszcze raz sprawdził tętno.

– No, pani Chomiczowa – powiedział. – Koniecznie

musi ją teraz obejrzeć lekarz pogotowia. Ale mnie się wydaje, że pojutrze będzie po krzyku.

– Co takiego? Panie Mareczku?

– Dojdzie do siebie. Ja bym nawet powiedział: spokojna głowa.

Z łóżka dobiegło mamrotanie. Chomiczyca odwróciła się, tymczasem Ada uniosła się na łokciach, zakaszlała i wrzasnęła na cały głos:

– W życiu!

Tymczasem w drzwiach stanął sanitariusz. Za nim Chomidor, który wcześniej wisiał przy telefonie sąsiada na drugim piętrze. Potem wmaszerowała lekarka.

– Czy przypadkiem nie jest tu nas za wiele? – spytała na przywitanie.

Marek zbaraniał. Jak raz, u tej lekarki dorabiającej w pogotowiu świeżo zaliczył ćwiczenia, zresztą bez trudu. Grzecznie się ukłonił, przyszła koleżanka Marka łaskawie skinęła głową, a potem nasze trio wycofało się do pokoju.

Wypadało otworzyć trzecie wino. Marek przyniósł ze swojej nocnej szafki kagor. Po tokaju i gellali. Zdarza się.

– Co to było w tej ostatniej fiolce? – spytała Kiksa.

– Laxigen – odrzekł Marek. – W takich ilościach powoduje najpierw ból brzucha. Dopiero potem, rutynowo…

– Co?

– Przeczyszczenie.

Rozległo się pukanie i zaraz, bez czekania na „proszę", otworzyły się drzwi. Tym razem stała na progu lekarka.

– Sprawił się pan do rzeczy – powiedziała do Marka. – Ale coś panu umknęło.

Uniosłem się z miejsca.

– Zapraszamy – powiedziałem.

– Może następnym razem, moje dziecko – przystopowała pani profesor. Potem westchnęła. – No dobrze, co to jest?

– Kagor.

– Kropelkę. Raczej pół.

Do czystej szklanki, na szczęście była, nalałem na dwa palce. Zmęczona lekarka wypiła duszkiem.

– Widzisz, ona jest w ciąży.

– W ciąży? – Osłupiały Marek otworzył usta.

– Niemożliwe – zdumiała się Kiksa.

– Możliwe. Skoro ktoś już ma tę dziurę, to oczywiście możliwe – odpaliła pani profesor. A potem, jak na seminarium, podzieliła się mądrością z Markiem: – To się, syneczku, poznaje po oczach. O ile ktoś ma oczy. Potem, rzecz jasna, trzeba dziewczynę pociągnąć za język. No to żegnam szanownych państwa.

– Pani profesor, ja z tym nie mam nic wspólnego – ni w pięć, ni w dziewięć zapewnił Marek.

– Szkoda. Na twoim miejscu bym żałowała. – Lekarka mrugnęła do Marka i zamknęła za sobą drzwi.

Trudno, trzeba się cofnąć jeszcze bardziej.

U Chomiczycy wynajmowano, różnie, to pokój, to dwa, łóżko na korytarzu. Materace na strychu. Bywało, że kąt we wspólnej pralni.

Poniemieckie mieszkanie zajmowało cały parter, z czego Chomiczyca władała trzema pokojami, kuchnią, służbówką i spiżarnią. Dom stał niemal nad morzem, dwa kroki od szkoły muzycznej. Przez stancję przewinęli się i Wojtek Szarama, i Krzysiu Bogusz, paru malarzy, jacyś medycy, swego czasu Dominika.

Chomidor, czyli stary Chomicz, nocował od przypadku do przypadku. Niegdyś posiadacz jednego z najstarszych w Wilnie praw jazdy na ciężarówkę, rozwoził teraz starem 21 nabiał z mleczarni do sklepów, z rzadka do portu albo – na dłuższych trasach – do miast złaknionych sera i spragnionych kefiru. Niekiedy podróżował na zlecenie centrali drobiarskiej; wtedy wiózł na zagładę stado indyków czy gęsi, czasami do sklepów jaja. Jeżeli Chomiczycy udało się wynająć wszystkie pokoje, to po powrocie z trasy sypiał w spiżarni na polowym łóżku produkcji radzieckiej, wtłoczonym między poniemieckie półki i troskliwie zasłanym – to trzeba przyznać – przez żonę.

Nie żalił się. Wraz z Chomiczycą czuli szansę. Przed wojną, w Wilnie, kierowca ciężarówki z zapobiegliwą żoną dobrze znali swoje miejsce. W piętnaście lat po wojnie w Sopocie wciąż nie wiedzieli, co myśleć o swoim miejscu tu i teraz. Może najbardziej doskwierał im lęk, że nie dostrzegą wszystkich szans, że coś przegapią, a następnej okazji zabraknie. Słowem, należało energicznie wychodzić możliwościom na spotkanie.

Wieczorami Chomiczyca ciągnęła z piwnicy miejski prąd kombinacją przewodów spowitych w gumki i ceratki. Na strychu zbudowała wigwam posadowiony wokół komina i odgrodzony kotarą od reszty pomieszczenia. Latem mogło tam sypiać do sześciu osób. W suterenie do wspólnej pralni trafiały przed Wielkanocą indyki Chomiczycy, które niepojętym zbiegiem okoliczności wykradły się z drobiarskiego transportu śmierci. Pralnia przechwycona przez Chomiczycę, spokojniejsza niż ciężarówka, nie trzęsła się, nie hurkotała, i każdy świt uradowane ptactwo witało apokaliptyczną wrzawą. Zatroskana o potomstwo, dwie córki i syna, Chomiczyca czerpała wiedzę z tygodnika „Przyjaciółka", na przykład, że rosnąca przed domem lipa, cząstka nadmorskiego szpaleru, zakłóca metabolizm młodych organizmów i unicestwia dobrodziejstwa witaminy D. Rzeczywiście, lipa ocieniała okna jednego z pokoi i kuchni, zatem została nocą przytruta porcją solanki i uschła, pień trzeba było ściąć, i zapewne metabolizm młodych organizmów się poprawił. W wielkim, dzielonym mieszkaniu tylko sprawa łazienki jeszcze pozostawała otwarta: Chomiczyca próbowała zawłaszczyć pomieszczenie wyposażone w przedwojenny węglowy piec wypróbowanej niemieckiej marki Junkers, ale tu do sukcesu było daleko. Po wojnie powszechnie pożądano łazienek.

Starania Chomiczycy nie raz i nie dziesięć budziły uśmiech. Mało tego. Za śmierć ulicznej lipy kolegium orzekające wlepiło zapobiegliwej kobiecie grzywnę, a jeszcze czekała sprawa miejskiego prądu z piwnicy i tych przewodów w ceratce. Lecz syn Chomiczów miał już dyplom politechniki i drugi, nawigatorski; poszedł na swoje i zamyślał o zagranicznym kontrakcie. Teraz rodzice musieli zadbać tylko o dziewczęta.

Sylwia wręcz błyszczała w średniej szkole muzycznej, Ada zaś – już wtedy z zarysem pomnikowego biustu – godnie kończyła podstawówkę. Może stąd się brała stancyjna wyrozumiałość Chomiczycy. Pokoje, łóżka i materace wynajmowali głównie studenci pobliskich wyższych szkół, muzycznej i plastycznej. Na stancji rozpoczynano fiesty bez ostrzeżenia, a bywały to czasem trzydniówki, lecz, z drugiej strony, już wtedy na obu uczelniach przychylnie kojarzono nazwisko Chomicz.

Kolegium orzekające mogło, i owszem, wlepić grzywnę, ale nie nabijało na pal. Nieodgadniona przyszłość wabi i nuci pogodne melodie.

Fajnie? Fajnie.

Z nadziejami tak bywa, że plany są przejrzyste, przewidywania rozumne, aż tu, buch, wmaszeruje przypadek albo, co gorsza, zagrają charaktery.

Starania Chomiczycy, by zapewnić Sylwii miękkie lądowanie na uczelni, były właściwie zbyteczne. Już w średniej szkole mówiono, że szczupła i drobna dziewczynka wszystko słyszy absolutnie, nawet mewie piski. Sprawiała wrażenie osoby, która wciąż się do czegoś śpieszy, w rozmowie nie do końca obecna, jakby niepotrzebnie zatrzymywana, odrywana od czegoś ważniejszego; nie widywano odpoczywającej Sylwii. Zmieniała się przy instrumencie, grając wszystko, od co trudniejszych fug Bacha (po jednorazowym przeczytaniu takiej czterogłosowej łamigłówki umiała ją na pamięć) do podszytych to pusztą, to Karpatami rytmów Beli Bartóka, którymi bawiła się jak kot piłką, chociaż nie widziała na oczy Karpat, czikosów ani pusztańskich szarych krów o metrowych rogach. Było oczywiste, że Sylwia nie minie się z powołaniem. Błyszczała podczas wszystkich eliminacji i przeglądów międzyszkolnych. A jednak jakoś się tym nie przejmowała. Do czasu. Bo u brata, owego osobnika dyplomowanego politechnicznie i morsko, znalazła parę płyt, *Rockin' in Rhythm* Petersona, *Bird* Parkera, *Monk* Monka, *The Jazz Messengers* z Silverem, które jakimś cudem zakradły się między płyty z przebojami Franka Sinatry czy Perry'ego Como, zwożone z rejsów hurtem. Dopiero teraz Sylwii zakręciło się w głowie. Bratu powierzyła misję ściągania kolejnych płyt, a ją samą trudno było teraz oderwać od klawiatury.

W niespełna dwa lata gwiazda międzyszkolnych przesłuchań stała się gwiazdą estrady Żaka, gdzie – zdarzało się – po koncercie i po jam session ćwiczyła aż do świtu, a potem zasypiała na stercie kotar, przykryta jeszcze jedną, najbardziej zakurzoną. Wkrótce pozwolono jej zagrać z sekcją Jazz Believers, doproszono do paru składów na drugi sopocki festiwal, a po kolejnym roku próbowała sił z jakimiś Amerykanami. Już w Nowym Jorku.

Z młodszą Adą było inaczej. Tuż po wyjeździe Sylwii ta dziewczyna jak najdalsza od awanturnictwa, szukania przygód i ryzykowania, zaczęła listami nagabywać siostrę o zaproszenie, umożliwienie przyjazdu, krótko mówiąc, też chciała dać nura, przekonana, że jeśli trzeba, to żelazna kurtyna okaże się dziurawa. Otóż spokojną, pewną swej urody i majestatyczną Adę, rozmyślającą raczej o udanym małżeństwie niż o chłopakach, porzucił pewien junior tenisowy, przystojny, z którym wszędzie, naprawdę wszędzie można było się pokazać. Ada snuła już na tym tle rozległe plany; niestety, wzięły w łeb, bo tenisista okazał się niedojrzały i nieodpowiedzialny. Słowem, Ada chciała się tym wyjazdem odegrać.

Tymczasem Sylwia ujęła rzecz w punktach. *Primo* – siostra nie ma pojęcia o życiu w ogóle, a o życiu w Ameryce w szczególności. *Secundo* – sama Sylwia takie pojęcie ma. *Tertio* – niech Ada weźmie młotek, może wciąż leży w kuchni w dolnej szufladzie, i wybije sobie z głowy głupoty. Najlepiej przed lustrem, wtedy łatwiej trafić. Było też *quarto* – niech Ada siedzi na tyłku i się uczy.

Same zniewagi, wpierw tenisista, potem siostra.

Ada właśnie zdała na studia do szkoły plastycznej, co otwierało drogę do teatrzyków, Żaka i w ogóle. Krzysiu Bogusz, który w Żaku miał to i owo do powiedzenia, polecił Adę i oto wkrótce majestatyczna i matronowata Ada pilnowała rekwizytów w teatrzyku architektów, z poświęceniem podbierała gdzie się dało kable, taśmy izolacyjne, pożyczała reflektory, a wkrótce obiecano jej wejścia w paru blackoutach. Niemniej na wiosnę teatrzyk wyjechał do Holandii, a niegrająca rekwizytorka została na miejscu. W ten sposób na listę winnych trafił i Krzysio Bogusz.

Trafił też na nią Jacek Jaworczyn, który w Żaku fotografował nie tylko teatrzyki, nie tylko jazzmanów, ale i wokalistki. Jacek pozwolił młodej plastyczce pobawić się swoją zenzą bronicą z okazałym zenzanonem, udzielił cennych wskazówek fotoreporterskich, wreszcie obiecał akredytację na paru imprezach. Niestety na akredytacji się skończyło, bo o zdjęcia Ady nie upomniał się żaden zagraniczny magazyn, mimo że swego czasu Jacek o tym napomykał.

Z kolei Wojtek Szarama niczego nie obiecywał. Wysoki i przystojny, mógł swoim przepaścistym basem ogłosić wiarygodnie nawet koniec świata. Dla dziewczyny uwiesić się u Wojtkowego rękawa to było coś. W ten sposób Ada odegrała się wreszcie na szczeniakowatym tenisiście, którego nowa pannica zezowała ku Wojtkowi maślanym okiem.

Zemsta smakuje. Tylko co z tego? Okazało się ni stąd, ni zowąd, że Ada jest w ciąży, gorzej, bo nie wie z kim. Nie do wiary! Ta majestatyczna Ada, wcale nie szusowata. Nie wie, a w każdym razie nie mówi. Nawet własnej matce.

W końcu żadna sensacja. Młoda kobieta urodzi dziecko? Zdarza się, nawet w najlepszym teatrzyku.

O nowej sytuacji Ada poinformowała wcale zmyślnie. Zamiast się wściekać i awanturować, matka podziękowała Bogu, że kamień spadł z serca, Ada żyje. A wnuk? Zawsze cieszy, nawet z zaskoczenia.

Na uczelni Ada wzięła dziekankę i zniknęła. Podobno widziano ją w Lublinie, rzekomo w Przemyślu, ale nic pewnego; patrząc na Adę, patrzyło się głównie na biust, stąd łatwo o pomyłkę. W Żaku niedługo pamiętano o dorodnej młodej kobiecie. W tym klubie czas pędził na złamanie karku, a dziewcząt nie brakowało.

Znajomi myśleli, że Ada, wzorem koleżanek, wyląduje na chwilę w gabinecie ginekologicznym i sprawa na tym się skończy; to było w modzie.

Tymczasem przyszłość przyniosła niespodziankę. I to jaką!

Trudno, trzeba się znowu cofnąć. Ale ostatni raz.

Mniej więcej w dziesięć lat po wojnie czytająca publika doszła do przekonania, że cne opowieści zaprawione sarmackim sosem, nadziewane świętym a opętanym polskim romantyzmem jakoś mizernie kopią w beret; tyle w nich mocy co w herbacie z miodem. Już lepiej się spisywały ironie poety Gałczyńskiego, pozwalały odlecieć. A dzięki ekscesom pisarskiej młodzieży, na przykład satyryka Mrożka, coś się zaczynało pienić pod strychem. Chyba oczekiwano literatury solidnie naprocentowanej. Do tego posprowadzano nowinki z Francji. Ze Szwajcarii! Niektóre dawały w czajnik jak szczery monopol. Czytająca publika, podobnie do pijącej, zaczęła się chlubić mocnymi głowami. Ionesco? Proszę bardzo. Genet? *Balkon*? Nie ma sprawy. Sartre? *Diabeł i Pan Bóg*? A znajdzie się coś mocniejszego? Gombrowicz? Patrzcie państwo, Polak równy najrówniejszym! Że to majaki? Ale idą do głowy jak osiemdziesięcioprocentowa śliwowica! Krytyka zapowiadała następne kawałki, dla najtwardszych! W teatrze czyhał na śmiałków – którzy już popróbowali Różewicza równego stuprocentowej rakii – produkt jeszcze potężniejszy. *Czekając na Godota*, czyli, mówiąc przenośnie, nadspirytus.

Władze, niezachwycone tym wyszynkiem, udzieliły jednak koncesji. Na upartego można wywieść zainteresowanie *Godotem* od samego Gargantui podcierającego się młodą gąską. I to absurd, i to absurd.

Nic dziwnego, że na *Godota* szykował się w Sopocie kto żyw.

Pomysł zaskoczył publikę. Z półmroków – w głębi sceny, zza bocznych kotar, na maleńkim pomoście na górze – to wynurzali się, to znikali jak duchy suflerzy, raz trzej, raz czterej, nieprzewidziani przez Becketta, i cicho podrzucali tekst. Sytuacja na scenie stawała się dwuznaczna, bo Estragon i Vladimir, kompletnie samotni, odzierani z nadziei, mierzyli się tragicznie z całym kosmosem, lecz kiedy indziej, za sprawą tych suflerów, przechodzili zwykłe pranie mózgów, ograbiani z resztek siebie.

Konkurujący z Golińskim dwaj reżyserzy zgodnie uznali to za idiotyzm. W nadziei na nieuniknioną klapę nie pofatygowali się na widownię i od razu wspięli po stromych schodach sąsiedniego spatifu, gdzie na początek zamówili podwójny ararat. Widzieli próbę generalną i uznali, że starczy.

Estragona i Vladimira grali Gwiazdowski i Bista. Klimaty, niuanse, drugie dna, a przecież prosto; byli jak naładowane akumulatory, które tylko patrzeć, a sypną iskrami. Brawa zebrali Pozzo i Lucky, szczególnie ten drugi, Krzysiu Bogusz, zbity pies w ludzkiej skórze, konający łachman, poraniony sznurową obrożą resztkami sił filozofował na rozkaz, niby bez sensu, aż ciarki szły po plecach; Pozza zagrał Załuga. Krótko mówiąc, publice się podobało, w przerwie zmył się najwyżej tuzin widzów.

Sala mieściła się na piętrze. W przerwie otwarto okna na ulicę, publiczność raźnie kręciła się między palarnią na półpiętrze – gdzie popielniczek doglądał majestatyczny strażak (na głośną premierę wkręcił się też sam komendant miejski, mundur pozwalał czuwać za kulisami) – i holem, który z godnością przemierzała trójca miejscowych recenzentów, zapewne śniąc na jawie, że zatrudnia ich „The New Yorker". Niektórzy ulegli innej pokusie i skręcili w boczny korytarzyk, przy którym w skromnym pokoiku kierowniczka widowni częstowała wybranych zaproszeniami, wejściówkami i bukietem najświeższych plotek.

W całym tym ruchu nikt nie zauważył, że po schodach wspina się tęga kobieta owinięta grubą chustą, za grubą jak na wiosenną pogodę. W antraktowym rozgardiaszu nikt już nie sprawdzał biletów, kobieta bez przeszkód stanęła na widowni pod ścianą, a kiedy sala się zapełniła, po trzecim dzwonku upatrzyła sobie wolne miejsce koło przejścia; bileterka pomogła jej usiąść.

Po przerwie widowisko nabrało rewelacyjnego tempa. Drugie wejście duetu Załuga–Bogusz obyło się bez słów: słabnący i ślepy Pozzo zatoczył się na objuczonego walizą i koszykiem, dogorywającego Lucky'ego, obu splątały się nogi, padli i leżeli jak dwie sterty nieszczęścia.

Pozzo wyrzęził:

– Na pomoc!

Estragon zapytał Vladimira:

– To Godot?

W odpowiedź Vladimira wkradł się nadmiar optymizmu:

– W samą porę. Nareszcie jakieś posiłki!

W tym właśnie momencie kobieta, która w przerwie dostała się na widownię, podniosła się ze strapontenu i ruszyła ku aktorom. Mało tego, weszła na pierwszy stopień schodków na scenę, obróciła się do sali i palnęła donośnie:

– Żyją z udawania, sukinsyny. A ten – kobieta oskarżycielsko wymierzyła palec w umęczoną, psoczłowieczą postać, słowem w Lucky'ego – ten to najgorszy! Bogusz? Wstawaj, kanalio!

Spod chusty wyjęła ostrożnie zawiniątko.

Bista i Gwiazdowski zerknęli z ukosa na kobietę, niepewni, czy wyjść z roli i zapanować nad sytuacją, czy nadal pozostać Vladimirem i Estragonem, na których spadło nowe nieznane.

– Wstawaj, kanalio, do ciebie mówię! I nie udawaj trupa, zanim cię naprawdę diabli porwą! – grzmiała kobieta.

Zza kulis wystawił już nos inspicjent. Kobieta szerokim gestem nakazała wszystkim dystans, kraj chusty odrzuciła na plecy jak rasowa aktorka, uniosła pakunek dwiema rękami, błysnęły białe koronki, a spomiędzy nich wyjrzało różowe oblicze niemowlaka.

Wcale nie szykował się do płaczu.

Przy wejściu błysnęły okulary kierowniczki widowni, która tarmosiła za rękę strażaka, ale to wszystko wciąż wyglądało na akcję teatralną, skrajnie nowatorską, zaskakującą, fakt, zatem nikt nie chciał wyjść na jaskiniowca, przeciwnie, diabli wiedzą co, ale ciekawe, co dalej. Tu i tam poszeptano, lecz w ogóle cicho się zrobiło jak makiem zasiał. A na widowni parę osób oniemiało ze zdumienia: bo z niemowlakiem w rękach, na schodkach na scenę w iście biblijnej pozie stała Chomiczyca. Wcielenie gniewu. I nadawała w najlepsze.

– Ty tu sobie tutaj grasz, łajdaku, masz kawał zabawy, tylko nikt nie wie, czyim kosztem!

Krzysiu Bogusz zorientował się, z kim zaszczyt, i najwyraźniej nie miał pojęcia, co robić. A Chomiczyca weszła na proscenium i z wyczuciem ulokowała się pod reflektorem. Tymczasem pomysłowy elektryk, który uznał, że jest, kurczę, fajnie, zaczął się bawić światłami rzucanymi na tajemniczy chór, to ujawniając go, to ukrywając, to zamieniając postaci w maszkary. Czując wiatr w żaglach, Chomiczyca postanowiła ukraść aktorom scenę i przejąć wątek wprost od papieża nowoczesności.

– On się tu przewraca, że niby cierpi! Mądrzy się! Stęka! A potem do spatifu i chleje! Porządnym dziewczynom mąci w głowach!

Zdumiony Krzysiu podniósł się, Chomiczyca mierzyła go wzrokiem od stóp do głów, a wtedy wciął się Załuga, leżący jako Pozzo; obrócił się, usiadł na deskach i zwrócił Chomiczycy uwagę słyszalnym w każdym rogu sali szeptem.

– Proszę pani – syknął – to jest teatr.

– Cyrk, chcesz powiedzieć, synu. Burdel! Taki pan Bogusz żłopie sobie czystą z czerwoną kartką, podrywa na teatr różne, jak on to mówi, dupencje, dyma do utraty tchu, tylko dziecka nie chce!

Strażak wraz z kierowniczką widowni dyskretnie wymknęli się z widowni.

– Ale co was to wszystko obchodzi? – Teraz Chomiczyca kierowała tekst do zespołu na scenie jako reprezentantów zepsucia. – Zjeść, wypić i popierdolić, tylko tyle. A dziewczyna ma złamane życie! Twoje dziecko? To sobie weź.

Zdawało się, że rzuci zawiniątkiem w Krzysia, który zamarł i z wrażenia może by zawiniątko upuścił, lecz wmieszał się Bista, który z kocią zwinnością porwał tobołek z rąk Chomiczycy, zanim ta się zorientowała, i czule zajrzał pod chustki, jakby chciał sprawdzić, czy to zgrywa, czy rzeczywiście mały człowiek.

Z widowni już dobiegał potężny głos Wojtka Szaramy:

– To ty ją, kurwa, posuwałeś? – Publika wciąż nie miała pojęcia, czy patrzy na przedstawienie, czy na awanturę. A znany perkusista podniósł się na wysokość swych bez mała dwóch metrów. Był wstrząśnięty i ani myślał tego ukrywać. – I ty ją posuwałeś, za plecami przyjaciół?

Z którymi piłeś wódkę i wygrywałeś w pokera? Tak sobie dymałeś cudzą dziewczynę?

Krzyś natychmiast odpalił:

– Brawa dla tego pana! – Ani myślał brać sobie na głowę maleństwo. – Znalazł się ojciec! Pogratulujmy tatusiowi!

– A to łajdak! – wrzasnęła Chomiczyca. – Że co, że Adę rżnął cały stolik od pokera?

– Właśnie – poparł ją Krzyś. – Żadnych zasad. W niczym. Nigdzie! – Tu akurat Krzyś poleciał dobrze opanowaną kwestią z *Zabawy jak nigdy*. – Po takim wszystkiego może się pani spodziewać!

Za kulisami oczekiwano reakcji Golińskiego, ale na próżno, bo zachwycony aferą reżyser zwijał się ze śmiechu. Przykucnięty, oparty plecami o ścianę, wzbudził panikę u kierowniczki widowni, która natychmiast sięgnęła do apteczki i solidnie pociągnęła na uspokojenie. Tymczasem Chomiczyca paradą, o jakiej tylko śnią szabliści, runęła na Bistę, by odebrać dziecko, ale ten lekkim półobrotem usunął się z linii skoku, cały czas huśtając troskliwie niemowlaka. Z coraz mniej pewną miną rozglądał się, co z nim zrobić, ale ani myślał wydawać maleństwo we władanie szalonej babki.

Z pomocą przyszło mu coś niespodziewanego.

Jedno z zaciemnionych na stałe okien od ulicy uchyliło się, zabrzęczała trącona szyba, a przez szparę wcisnął się z balkonu strażak.

Na to wszystko podniósł się na widowni Jacek Jaworczyn ze swą budzącą respekt, zdawałoby się nieodstępną zenzą bronicą, wlazł na fotel, nie bacząc na czerwony plusz, przekonany, że w takiej sytuacji fotografowi wszystko wolno.

Krzysio Bogusz i Wojtek Szarama, widząc Jacka, krzyknęli – uradowani – do Chomiczowej:

– A jego pani pytała? Rozmawiała z nim? I co powiedział? Niewiniątko?

Stali z wyciągniętymi oskarżycielsko rękami wymierzonymi w fotografa, a zza uchylonego okna dobiegło wycie syreny.

W tym samym momencie Bista podał szybko zawiniątko strażakowi, ten przekazał niemowlę komuś czekającemu w głębi (niepojęte, jak dostali się na ten balkon, może przytaszczyli drabinę z pobliskich delikatesów), a na scenę, na sam jej środek wkroczył zapłakany ze śmiechu Goliński. Zaczął bić brawo, w ślad za nim widzowie, potem cała widownia, przekonana, że oto wszyscy łyknęli artystycznego stupięćdziesięcioprocentowego spirytusu. Najlepszego! Potem reżyser ujął za ręce z jednej strony Krzysia Bogusza, z drugiej Chomiczycę, uniósł ramiona, swoje i tych dwojga, by zapowiedzieć potężnym, szkolonym barytonem:

– A teraz zapraszamy na dwudziestominutową przerwę.

Słysząc syrenę na ulicy, reżyserzy konkurujący z Golińskim, którzy koczowali w pobliskim spatifie przy barze, nad araratem, podnieśli się ze stołków; zaskoczeni dopili ararat, ekspresowo poprosili o powtórkę i z pełnymi stopkami podeszli na szczyt stromych schodów. Drugi oparł się na pierwszym, pierwszy stracił równowagę i oto obydwaj zwalili się po stromiźnie, rozległ się łomot, aż – skropieni araratem – znieruchomieli na chodniku u stóp sławnego klubu, w stanie wymagającym interwencji sanitariusza.

Sukces był pełny.

12

W Sopocie – zupełnie jak w Rzeszowie – wędrowałem na pocztę, do okienka poste restante.

Dominika wciąż pisywała w ten sposób. Nie zmieniła zwyczajów. Uważała, że adresat żyje zapewne po cygańsku i należy to uszanować. Zresztą, gdyby żył inaczej, nie zasługiwałby w ogóle na trud jej pisania, myślenia, nawet na oblizanie znaczka; dociekania Dominiki, przelane na papier dla kogoś takiego, uległyby zbezczeszczeniu, odbite w czyichś krowich ślepiach.

Niedługo po moim umoszczeniu się w Sopocie Dominika spakowała manatki i znowu była gdzie indziej. Powód? Otóż pomysł jej ojca – że Dominika pokocha rolę morskiej spedytorki, że będzie zarządzać oceaniczną przeprawą tysięcy ton soi, kosztownych kombajnów górniczych, bawełny, wołowiny albo fosfatów, że zostanie maklerką, która wynajmuje raz holownik, raz zbiornikowiec, że spełni się jako bogini międzykontynentalnego frachtu – otóż ten pomysł nie wypalił. Uwikłanej w studenckie teatry Dominice egzaminy z prawa handlowego wydawały się zwidem, ćwiczenia z marży, obrotu i budżetowania groteską, nawet kiedy śpiewająco je zaliczała; owszem, zgoda, języki i praca przede wszystkim, liczy się twardy grunt pod nogami, ale światowy handel węglem czy bananami niech obsługują pszczoły, a chociażby Marsjanie, bo szkoda na to człowieczej wyobraźni. Gorączkowe, zwariowane produkcje widowisk uważała za rzeczywistość bardziej wiarygodną. I tkwiła w tym po uszy.

Ale olśnienia zaczęło ubywać.

Jest ten festiwal w Dubrowniku, pisała. *Nagle się okazuje, że jedziemy, i nagle się okazuje, że potrzeba oprawy. Wszystkie ręce na pokład, teraz albo nigdy, szansa, sensacja, misja itede. Świetnie. Znowu przygoda. Żyć przygodą, dla przygody, w przygodzie. Tak trzeba. Dubrownik! A kto w Dubrowniku? My! Nie do wiary!*

Fotosy mają być za czterdzieści osiem godzin, ani sekundy później, bo wyślą z Polski inny teatr. Mało tego, potrzeba całej serii; dwanaście fot, trzy na cztery metry! Owszem, są negatywy samego Linka, klasa. Ale powiększanie? A termin? Nikt nie chce tego tknąć. Na Zachodzie żadna sztuka, jest wszystko, materiał, specjaliści, jedyny problem to forsa. A u nas w fotopracowniach kręcili nam kółka na czole. Haczyk połknął w końcu Władek, nasz elektryk; ma w domu jakiś sprzęt, zna się, ściągnął ludzi do pomocy, perukarkę z chłopakiem, kogoś z malarni, skrzypaczkę z kabaretu, nawet kierownika literackiego. Niechcący wyszedł jubel.

Rodzice Władka wyparowali na dobę do ciotki, wiadomo, poczuli, że jest sprawa. Dubrownik, dla nich Raguza, ten festiwal, w sumie coś. Do dyspozycji całe mieszkanie, jedna z tych sopockich landar, rzeźbione ościeżnice, rozsuwane drzwi z witrażami, stiuki, żeliwne kaloryfery z reliefami, ale też ten poniemiecki nieśmiertelny zapaszek linoleum, zapaszek starej farby olejnej, resztki smrodu po rybach smażonych jeszcze za Lutra, kotów, atmosfera z braci Grimm. W takim miejscu człowiek się zastanawia, czy poprzedni lokatorzy jeszcze żyją, co robią, co robili podczas wojny, przed wojną... Ale my tu nowocześnie. Wstępna projekcja, poziomowanie, segmentowanie, perspektywy, rozprowadzenie światła. Wywoływacz w poniemieckiej wannie, utrwalacz w balii jeszcze z Wilna. Powiększamy zdjęcia ze sztuk, w których Dürrenmatt z Frischem jadą po tych niemieckich bürgerach jak walec, chociaż nigdy nie wiadomo, czy akurat po tych, którzy tu mieszkali. Tego nie wyczujesz. Kocie siki, i owszem. Nie szkodzi. Jest adapter, skrzypaczka przyniosła płyty, w tle Messengersi, Brubeck, a my już głową w festiwalu, tu, chociaż w Dubrowniku, obok Bałtyk, tam Adriatyk. I komu się to zdarzyło? Nam. Nam! Hosanna!

Potem już mniej różowo, powiększalnik grzeje jak piec, o pierwszej w nocy strzelają korki, te ważniejsze, na klatce. Cud, że nie na słupie. Więc świeczki, szukanie drucików, a te druciki szemrane, byle co i gotowy pożar, ale to noc, nie ma rady. Tymczasem literacki z suflerką ładują się ukradkiem do łazienki, tam wpadają w balię z utrwalaczem, potworny łomot, do zdjęć się leje wiśniówka. Katastrofa; że cztery zdjęcia od nowa to jeszcze nic, ale skąd o tej porze wziąć nowy utrwalacz? I proszę, nie ma sprawy, Władek zna jakieś drzwi, które otworzą się w środku nocy na hasło „Dubrovač keljetne igre"; wyszedł i wrócił za trzy kwadranse z utrwalaczem, o wpół do trzeciej. Owacja, a tu się okazuje, że skrzypaczka (zresztą zazdrosna o tę suflerkę w balii) ma jeszcze jedną płytę, Adderleya, że we Władkowej spiżarni tkwi zapomniany słój orzechówki; tymczasem do drzwi stukają ludzie z Flamingo, bo właśnie kapela skończyła szychtę w Grandzie. Znowu na fali, znów feeling...

O świcie dźwigamy tę balię z utrwalaczem i zdjęciami, taszczymy trzysta metrów na plażę, na miękkich nogach, ledwie dajemy radę, ale zostało już tylko płukanie, Władek mówi, że w morzu najłatwiej (nie uwierzysz, miał rację), i po krzyku, zdążyliśmy. Segmenty pasują do siebie. Na każdym głębia, kontrast, możesz te foty powiesić, gdzie chcesz, Dubrownik, nie Dubrownik, Nowy Jork, bez różnicy. Fantastyczne. Czas na piwo. I kto to zrobił? My. Taka jest prawda. Jak trzeba, to wszystko potrafimy nad naszą zatoką, pod sklepieniem z kolorowych chmur. Bomba.

I wiesz co? Nic.

Jakoś gorzko.

Chyba już mnie nie bierze.

Tym razem pisała z Warszawy.

Jeżeli chodzi o Dominikę, Sopot mógł wyglądać na odnowę między nami. Ale odnowę czego? Czegoś na bis? Odnowę naddatku, który odmienia widzenie jak butelka wina? Na odświeżenie dowodu, że świat to nie jest codzienność? Po prawdzie, bywał tą odnową niespodziewany wypad między jeziora Chmielna, za plecami tej czy innej miłości, ku własnemu zdumieniu, wyskok na helską wstążkę, bez nadmiaru wypytywań, i tyle.

Jeszcze po latach Dominikę spowijała aura sycenia się chwilą, zdumiewania, że jakieś „to" może się przytrafić „mnie" i że się właśnie przytrafia; że oto „ja", oto „tutaj", oto „teraz", nie do wiary! I była to aura zaraźliwa. Dominiki nie odstępowało oczarowanie sytuacją, światem, muzyką, przeżywanie czasu, który zawsze przytrafia się po raz pierwszy. Dzięki zagadkowym mocom umiała tym oczarowaniem natchnąć innych, przynajmniej przez moment, przynajmniej tych podatnych.

Ale z taką czy inną przyjaźnią Dominiki konkurował teatralny reflektor. I to do jego ciepła lgnęła. Nie bardzo się zdziwiłem, kiedy w jakiejś chatynce za Sulęczynem – niski strop, na stole serwetka z żukowskim haftem, za progiem na dworze świątek – obudziłem się skoro świt, a Dominiki już nie było. Jeszcze się snuł po izdebce jej zapach, jeszcze go nie wyparło chłodne powietrze z uchylonego okna. Jeszcze gruchała za oknem synogarlica, a na gałązkach żarnowca światło załamywało się w kroplach rosy.

Tym razem zniknęła na dłużej, nie uprzedzając ani słowem. Jak to ona.

Godziłem się z tym bez sprzeciwu. To można było tylko przyjąć lub odrzucić w całości, bez poprawek, a zwłaszcza bez pouczeń. Łzy można było otrzeć z kim innym, możliwości było dosyć. Ale ubytek doskwierał.

Nie to nie.

Po paru tygodniach zaszedłem jednak na pocztę. Po nic, to jasne. Diabeł podkusił, żeby w budynku z czerwonej cegły, pamiętającym jeszcze wilhelmińskie czasy, powtórzyć pod okienkiem poste restante rytuał z Rzeszowa. Z głupia frant, dla draki, zapytałem o przesyłkę. Potem gapiłem się na urzędniczkę, która przetrząsa przegródki, nieświadoma, że wkręcam ją w niedorzeczność. A kiedy już chciałem przeprosić i wyjść, nieoczekiwanie wyciągnęła coś z pliku kopert, a potem podsunęła druk do podpisu.

Niesamowite! Cała Dominika.

W liście z Warszawy brzmiał nowy ton.

Zastanawiam się i zastanawiam: co mi z tego zasranego Dubrownika? Gorączka, misja, dzień i noc zasuw. Pięknie. A finał zawsze ten sam, świt na plaży, kac i dygot. Ile razy tak można? Mnie kac odpuszcza dopiero po południu, koło piątej, pod warunkiem że znajdzie się w pobliżu bar mleczny i zupa jarzynowa. Za to lepiej nie mówić, co wcześniej.

W kółko to samo: dawać czadu, żyć naprawdę – to my. Liczy się przygoda, wyjątkowość, bo życie to stan wyjątkowy. Życie to święto. Zdradzić przygodę? Śmiertelny grzech. Kropka. Nie ma półśrodków, jest albo-albo: albo żyć przygodą, albo bić pokłony gawiedzi. W tym drugim przypadku bijesz pokłony baranom, potem samej się baranieje, tak to już jest, co – oczywiście – nas nie dotyczy. Bo my prędzej skończymy u czubków, prędzej zdechniemy pod płotem, prędzej szlag nas trafi, niż zdradzimy przygodę…

Tymczasem myślę sobie, że już mi w głowie nie szumi jak przed rokiem. Stało się, szampan wywietrzał. I trochę nas mniej. Spójrzmy prawdzie w oczy, na coś się trzeba zdecydować.

* * *

Na to się zanosiło już wcześniej, to się już czuło, chociaż Dominika nigdzie się jeszcze nie wybierała.

W połowie kwietnia, jednego z nielicznych ciepłych dni, łudzących jak dobre rozdanie kart, że wreszcie nadchodzi passa – czas wiosny, dzień po dniu słońce i zieleń – wróciłem do szkoły po południu, żeby poćwiczyć.

Wilczyca Fela pilnowała w portierni nie tylko ubrań, ale i sterty nut, a także sporej kolekcji wiadomostek, pocztówek, skrawków papieru z nagryzmolonym numerem telefonu, kopert z różnolitą zawartością, nie wyłączając rajstop z repasacji. A stróż, palacz i konserwator w jednej osobie, czyli Bochenek, był tu kimś jeszcze więcej, szafarzem informacji, uczelnianym pocztylionem, chociaż słowo „uczelnia" brzmiało pompatycznie w odniesieniu do skromnego budyneczku.

– Masz tu pan, panie Jarek, od takiej jednej. – W ręku Bochenka powiewała podłużna biała koperta z papeterii Kwadryga.

Przez okienko wysunęła łeb wilczyca Fela, jak człowiek oparta łokciami o parapet. Rozległ się pomruk:

– Mmmm...

Widok koperty wprawił mnie w popłoch. Licho wie, czego może chcieć Dominika. Ma chętkę na wspólny wypad? Przed oczami stanął mi kalendarz, głowę już wypełniały symulacje: co opuścić, z czego się wyłgać, co, jak i komu nakłamać, chociaż sama koperta jeszcze nic nie obiecywała.

– Mmmm – powtórzył pies.

Przetrząsnąłem kieszenie, w których mogły się poniewierać jakieś cukierki, i rzeczywiście, wymacałem, wyciągnąłem, odwinąłem celofan i podsunąłem psu, który mamlał przez chwilę dropsa i w końcu wypluł. Nie lubił miętowego zapachu. Trzepnąłem Felę po nosie, a Bochenek stanął w obronie czworonoga.

– Tak to jest, panie Jarek, jak się psuje zwierzaka... – zauważył.

Z wyciągniętej kartki zdążyłem wyczytać, że jutro Dominika wybiera się do domu zdrojowego i tam ją mogę zastać, ucieszy się. Wpatrzony w kartkę, zdołałem wpakować się w maleńką maestrę sopranów, nawet nie poczułem, czy w brzuch, czy w biust. Maestra parsknęła śmiechem, a Fela jeszcze raz przypomniała, że istnieje:

– Mrrrmm...

I oto siedziałem na tarasie przed resztką dawnego domu zdrojowego, zagospodarowaną prowizorycznie, czyli przemianowaną z ogryzka na jabłko, co tam i wówczas przytrafiało się na każdym kroku.

Czekanie mogło potrwać. Do czasu mierzonego zegarkiem Dominika odnosiła się z pobłażaniem, stawiała na czas wewnętrzny. No to gapiłem się na morze, na park po drugiej stronie chodnika, na który z okien naszej szkoły spływała kakofonia spleciona z najlepszych kawałków Bacha i Mozarta, Debussy'ego i Prokofiewa, Bartóka i Schumanna; na wiosnę coraz natrętniej lezie przed oczy widmo egzaminów. Na szczęście do stolika pod gołym niebem – ten kwiecień był nadspodziewanie ciepły – dolatywały już tylko pojedyncze dźwięki trąbki, fortepianu czy dobrze postawionego, pięknego kobiecego głosu.

Myślałem o zimowym półroczu w stronach, do których dotarłem za namową Dominiki. Otarłem się tu o jazzmanów z pierwszej strony „Jazzu", o aktorów recenzowanych w „Teatrze", o rozpoznawalnych dziennikarzy, nie mówiąc o śpiewakach operowych czy muzykach kandydujących niekiedy do encyklopedii. Tego w Rzeszowie brakowało, fakt.

A czary płynęły też skądinąd.

W Dolnym Sopocie, tym gorszym, domy przypominały o krążących tu legendach. Plastycy szydzili z fasad zdobionych werandami, twierdząc, że oto ziściły się sny pijanego cukiernika. Od wnętrz odstręczała woń wszechobecnego ich linoleum, starej ceraty i farb po wielekroć kryjących nędzę materiałów. W szparach wciąż krył się smrodek po zmarłych kotach; po ich kotach. I w takim sąsiedztwie przychodziły do głowy opowieści nie tylko o tysiącach ludzi tonących podczas ucieczki w 1945 roku (zapewne mieszkał tu wcześniej niejeden z tych topielców), ale i pogrążonych w Bałtyku fortepianach, bo była też mowa – na przykład – o barce zapełnionej co najmniej setką bechsteinów, blüthnerów, bösendorferów, schiedmayerów, seilerów, steinwegów, steinwayów, rönischów, które w zwycięskim kraju na Wschodzie – też muzykalnym – miały służyć młodzieży w szkołach i domach kultury. Niestety, jednostkę załadowano byle jak, nie dopisała bałtycka pogoda i już na morzu w mało przyjaznej chwili poszły na dno bechsteiny z blüthnerami, nakryte na koniec samą barką.

Nie za głośno o tym opowiadano; to była ich wiedza, nabywana przez przybyszów z trudem i powoli. Czuło się, że z taniutkich domów, chociaż nie ruder, mogą wychynąć różne łkające duchy, chcą skarżyć się i pytać, lecz wolą siedzieć cicho, żeby nie nadziać się na kontrę, na pierwsze lepsze pytanie, na które nie będzie dobrej odpowiedzi. Więc są, lecz milczą.

Cóż, oswajanie nowego miejsca przypominało taniec siedmiu zasłon, z tym że zasłon było więcej, może i siedemdziesiąt siedem, kto wie.

Teraz starczyło stanąć nocą na wiadukcie kolejowym nad przystankiem Gdańsk-Lotnisko i patrzeć na światła: w dole wielotorowy szlak kolejowy, z lampami zwrotnic, semaforów, latarniami lokomotyw ciągnących długie składy towarowe; tuż obok jarzyły się światła lotniska, czasem pas startowy rozbłyskiwał na całej długości, a maszyny podchodzące od wzgórz przelatywały tuż nad głową. Ciemną redę iluminowały statki, na zatoce mrugały boje, bliza na falochronie, na niewidocznym brzegu portowe nabieżniki. Port zaś – jak kolej – wydawał się światem równoległym, lecz jeszcze bardziej niedostępnym. Żył po swojemu dzień i noc, lokalne radio wciąż wzywało na keję rezerwy robotników portowych, dźwigi uwijały się nad frachtowcami wychodzącymi wkrótce do Ameryki, Australii, Brazylii czy Chin. Widok z wiaduktu kusił, wciągał w szeroki świat, jakby przestały istnieć bariery.

Noc kryje niedostatki.

– Buce złamane!

W niskim, znajomym głosie zabrakło teraz ciepłego pomruku. Dominika zasłoniła widok na placyk i zatokę, zanurzone w świetle, które z takim powodzeniem więzili na płótnie malarze wystawiani w galerii. Na blacie z trzaskiem wylądował wielki zeszyt, zwany wówczas notatnikiem akademickim, w kolorze przegotowanego szpinaku.

– Jeden z drugim gada o sztuce, a tyle ma pojęcia co pies o gwiazdach!

Natychmiast pojąłem, że z planami urwania się gdzieś na dzień-dwa może być krucho. Łagodny zazwyczaj uśmiech Buddy wywietrzał. Dominika raz po raz zdmuchiwała znad oka kosmyk. Notatnik akademicki zwiastował rozmowę o nowej pasji Dominiki, o dramatach, których szkice trafiały między szpinakowe okładki.

– Buce złamane! – powtórzyła Dominika. – Biorą w niemyte łapska pierwszorzędny materiał. No popatrz... – Znowu huknęła o stolik brulionem. – Podsuwam taki numer, że w sztuce grają sami księża: starzy, młodzi, mistycy i libertyni, hetero i homo, dupcyngierzy, asceci, kanciarze i boży prostaczkowie. Lecz świętość to pierwiastek każdego, prawda? Do tego jeden z nich to przebrana dziewczyna, bo chodzi o komedię. Dla ludzi. Śmiech odsiewa prawdę od fałszu. I co? Słyszę: „proszę pani, za grubą nicią pani szyje". To mówi kierownik literacki dużego teatru. Nawiasem mówiąc, gość dorabia adaptacjami typu *Stara baśń*! I co ty na to?

– To raptem jeden facet. Nie ma co łamać krzeseł.

– A czy ja się awanturuję?

– Chwyci nie chwyci; przede wszystkim czy to przejdzie?

Furie Dominiki nie mijały na zawołanie.

– Nie, no słabo mi się robi! Jakbym słyszała tego barana. – Myśl o urwaniu się z Dominiką tonęła w coraz gęstszej mgle. – Zobacz. – Pacnęła otwartą dłonią w brulion. – Zresztą nie, dobra, niech będzie z innej beczki. Bo sztuk mam więcej. W tym teatrze zaczęłam na wabia, jak najgrzeczniej. Ale teraz idzie tak: jest Wielkanoc w Tyczynie. Ten Tyczyn już nie wieś, jeszcze nie miasto, w sam raz. I Chrystus wstaje z grobu. Z tej wielkanocnej groty, ten wydłubany w drewnie. Drewno przemienia się w ciało, korniki w krew, oddycha. Wychodzi z fary...

Trzeba było tego wszystkiego wysłuchać, trudno. I jak tu potem bezszelestnie zmienić wątek i podsunąć swój? Dominika na chwilę przerwała, chyba czytała w moich myślach, ale potem wróciła do streszczania sztuki. O zstąpieniu na ziemię Chrystusa w Tyczynie.

– Wychodzi w tym swoim prześcieradle, liczy na jakiś ciuch i coś do jedzenia. Ludziom mówi mniej więcej to, co w ewangeliach. Słowem, cud. Ale wiadomo, cudów nie ma. W kazaniach, na mszy, proszę bardzo. W żywotach świętych, na obrazach. Chrystus jak chciał, to wskrzeszał, jak chciał, to zmartwychwstawał, nawet wstąpił do piekieł, tylko że dawno temu. Ale teraz? W Tyczynie? Kto Go sprawdzi? Do tego nie objawił się na żadnym jaworze czy wierzbie, spowity tęczą. Nie. Licencji Chrystusa też nie ma, pieczątki, sygnetu, nic. Proboszcz nie wie, czego się trzymać, biskup też nie wie, więc obaj wkurwieni, sekretarz partii też wkurwiony, nie mówiąc o cenzorze i milicji. Na chłopów nie ma co liczyć, bo paru słucha, paru wdaje się w pogaduchy, ale większość już wie swoje, kombinują już nawet z widłami, bo co innego Chrystus w jakiejś Judei, za morzem. Ale tutaj? Między geesem a pekaesem? Tak to mniej więcej leci.

– Chodzi o to, że ludzie są jak ten szofer z łyżką od opon?

– Szofer? Który?

– Ten, co gonił na planie Alinę. Przebraną za anioła.

– Ale tamten ją gonił z korbą! Nie z widłami! Myślisz, że od kogoś ściągam?

– Nonsens. Przecież to z życia. Kto mówi o ściąganiu? Tyle że uchwyt podobny. – Znalazłem wreszcie jakiś punkt zaczepienia. – Wiesz, w sumie trzeba się wyłączyć, przegadać, po prostu wyskoczyć na dwa dni. I zamiast opowiadać, napisz. Co innego pomysł, co innego tekst.

– Streszczeniem obesłałam cztery teatry. Żaden nie odpisuje. Chociaż to ich psi obowiązek. A ty, zdaje się, cały czas myślisz o czym innym.

– Ja?

– Tylko o jednym.

– O czym?

– O dupie.

Zapadła cisza.

– Czyjej? – odgryzłem się w końcu.

– No to mów, jaki masz wybór, pochwal się – syknęła oburzona Dominika.

Struchlałem. Lecz oto, po kolejnej pauzie, wybuchnęła śmiechem. Nie przestawała się śmiać, potem dołączyłem i ja, śmieliśmy się oboje coraz głośniej, tak że oglądali się klienci sąsiednich stolików, pary zmierzające na molo, kelnerka, może ten śmiech sięgał nawet parku po drugiej stronie chodnika i wcinał się między poplątane kawałki Bacha, Mozarta, Debussy'ego i Bartóka, dobiegające z szeroko otwartych uczelnianych okien.

Dominika podniosła brulion w szpinakowej okładce, a drugą ręką nakryła moją, na stoliku.

– To co? – spytała.

– Mam oddać ołówek? Ale nie pożyczałem.

– Przestań się wygłupiać – odpowiedziała.

Od spotkania minęło parę miesięcy. Wyglądało na to, że Dominika – niedoszła pianistka, niedoszła spedytorka morska, za to barwna postać satelitarna teatrów studenckich, teatrów zawodowych oraz pewnego planu filmowego – na nowo wzięła się w garść. Nikomu się nie chwaląc, zdała potulnie zaległe egzaminy handlowe, a potem, z wymaganym dyplomem w ręce oraz malowniczym opisem teatrzykowych triumfów, stanęła przed wysoką komisją szkoły teatralnej. Skoro człowiek ma dość podsuwania reżyserowi pomysłów i kawy, sam powinien zostać reżyserem.

Podobno tuż po egzaminie Dominika dopadła przewodniczącego komisji; miała pretensje, łagodny uśmiech Buddy umknął z jej twarzy, a na zwolnione miejsce pośpiesznie wpełzła kobra. Dlaczego podczas egzaminu mistrz ani spojrzał na Dominikę? Co? Nie raczył?

Tęgi, łysiejący profesor przez chwilę mierzył Dominikę wzrokiem; stał nieruchomo, tylko odstawiony mały palec prawej ręki kręcił się jak ogon czającego się kota. Potem profesor znienacka uśmiechnął się i powiedział niskim, przyjemnie brzmiącym głosem:

– Widziałem, jak pani wchodzi na salę, moje dziecko. I w tym momencie myśmy już panią przyjęli.

Słowem, wzięła ostry wiraż. Jakie się za tym kryły motywy? Czyżby Dominika uznała, że te reflektory, z których chłonie energię, wkrótce przygasną?

Zmieniło się, pisała. *Pętałam się niedawno po Dolnym Sopocie. Madonna Kotów chyba coś odziedziczyła, dostała podobno jakieś paczki z Kanady, dokładnie nie wiem, w każdym razie teraz nosi prawdziwe futro, nawet w kwietniu. I chodzi w nim do Teatralnej. Zresztą wszędzie w nim chodzi. Może nawet w nim sypia. A koty na podwórkach jakieś wynędzniałe, już się nikt dla nich nie poświęca, nikt nie rozkłada garmażu z makaronem. Mleka też nie dostają. Rozumiem, że robić minetę obszczymurom tylko po to, żeby się koty nażarły, to w końcu średnia przyjemność. Lecz magia pryska.*

Tu jest inaczej. Nowe klimaty. Niesamowici ludzie. Niedługo przyślę adres.

Pisz.

Już kiedyś czytałem coś takiego. I byłem gotów czytać dalej.

13

To, owo, tamto, owamto, aż nagle zleciało. Rok się kończył. Od czasu krótkich spodenek i pończoch – kiedyś tak się nosili pierwszoklasiści – uważałem za początek roku jesień. Koniec przypadał u progu lata. Potem wakacje, magie, czas poza kalendarzem. I na nowo. Podobnie na studiach, koniec roku czuło się w połowie maja, już pachniało wakacjami. Szybko poszło.

Zima nad morzem była inna niż w Rzeszowie. Stopień, dwa poniżej zera i byle powiew znad dalekiego Morza Północnego starczały, żeby dygotać. Czasem nadlatywała prawdziwa wichura; sunęła zza Fionii i Zelandii przez Meklemburgię i dawne Pomorze Szwedzkie, ale nieprędko wyzbywała się furii; nad gdańską zatoką fruwały w najlepsze konary, dachy, plandeki samochodowe i zapomniane na parapetach doniczki, fruwały kapelusze i parasole, markizy i propaganda na płachtach, iskrzyły zrywane przewody, było na co popatrzeć. Takie wichury rzadko znęcały się nad Rzeszowem, gdzie zimą można się oswoić z dwudziestostopniowym mrozem, a nawet go polubić. Tu nie. Tu tęgie mrozy rozsiadały się nieczęsto. Gospodarzem jesieni bywał ziąb podszyty wilgocią. Zimą też umiał zaleźć za skórę. Tym większą frajdę sprawiał wybuch wiosny, późniejszy niż na południu, nie taki nagły, za to dłuższy i barwny. W Sopocie wypełniała się ulica schodząca ku morzu, miejski deptak, na który, pod obłoczkami wczesnej zieleni, wychodzili miejscowi, żeby zadać szyku. Paradę podziwiano z tarasu kawiarni Złoty Ul.

Pewien uczony Hiszpan utrzymywał, że teatr to miejsce, w którym ludzie oglądają ludzi. Specjalnie po to tam idą. Wcześniej myją się w domach, czeszą, stroją, bo pójdą do teatru, odświętni i ożywieni. Ten pogląd wałkowali nawet profesorowie. Po prostu ludzie idą patrzeć na ludzi i nie są w tym wyjątkiem. Koty wpatrują się w koty. Psy wykradają się z domostw, by z pasją obwąchiwać inne psy. A więc prymarne upodobanie. Jak zauroczenie piłką, która wciąga w zabawę tak samo ludzi, jak i zwierzęta.

No dobrze.

W pogodny majowy dzień na tarasie Złotego Ula mało kto martwił się abstrakcjami. Pod koniec lat pięćdziesiątych zeszłego wieku przygasła wprawdzie moda na restauracyjne i kawiarniane ogródki, na stoły i krzesła rozstawiane na chodnikach pod parasolami, ale w Sopocie – rzecz jasna – było inaczej. Dwie sezonowe kawiarnie u nasady mola i prawdziwa włoska lodziarnia wystawiały stoliki przed zakład, a nakryty dachem taras Ula uchodził wręcz za lożę. W głębi lokalu na podium wileński pianista grał parafrazy Kreislera, *Pięknego rozmarynu*, *Cierpień miłosnych*. Ulicą płynął wart oglądania tłum z rodzynkami: oryginałami i nielicznymi o tej porze roku gośćmi. Tę zwięzłą definicję – teatr, czyli miejsce, w którym ludzie patrzą na ludzi – uczony Hiszpan pewnie ułożył na tarasie jakiegoś hiszpańskiego Złotego Ula. Może paryskiego. Może gdzie bądź, przy kulawym stoliku wystawionym na chodnik. Diabli wiedzą.

Siedziałem na tarasie Ula przed filiżanką kawy i kieliszkiem jugosłowiańskiej zlatnej kaplicy. Przed godziną wygrałem w szkolnym klubie parę rozdań, co oznaczało, że dzisiaj rachunek z Ula mnie nie zastraszy. Umówiłem się tu z Niką, osobą wielu zalet, do których wszakże nie należała punktualność. No to czekałem.

Taras dzieliła od ulicy balustrada, parapet zdobiły ukwiecone doniczki przeplatane popielniczkami; z kawiarni wzbijały się w majowe powietrze kłęby dymu. Pół kroku niżej płynęła ludzka rzeka, a na jej drugim brzegu wyrastał przedwcześnie wyłysiały osobnik o twarzy końskiej, zwany jednak Żyrafą. Miał prawie dwa metry i tym wzrostem bardziej przykuwał uwagę niż wieża kościelna za jego plecami, bądź co bądź wyższa. Bywało, że tkwił na przedkościelnym placyku jak budka telefoniczna, kiosk czy żywopłot. Ale chwilami znikał, by odnaleźć się po kwadransie i nadal tkwić. Publikę intrygował ten cykl.

Niestety, konkurencja podkradała Żyrafie widowisko.

Przez deptak codziennie śpieszył zaaferowany Parasolnik. Pośpiech i zaaferowanie były na wynos, podobnie czarny surdut na białej koszuli, melonik i czarny parasol. Niziutki, na krótkich nogach, o krzykliwym, agresywnym głosie, który przywodził na myśl zbite szkło, stylizował się na Henriego de Toulouse-Lautreca. Nieźle wyczuwał ducha czasu. Od razu wpadł w oko fotografom, stylizacja szybko trafiła do gazet; w modzie byli przecież malarze z *la belle époque* i samo słowo „absynt" przyprawiało o rausz. Ale pod czarno-białym przebraniem tkwił artysta na tyle nowoczesny, że dziełem czynił siebie samego, a na tyle ambitny, że na tym Lautrecu ani myślał poprzestać. Zanim ludziom spowszedniał surdut i opatrzył się melonik, Parasolnik już wychodził do miasta w rogatym hełmie wikinga, w trójkolorowych pantalonach i w ciżmach z zawiniętym szpicem. Kiedy indziej wkładał różową spódniczkę, romantyczny kapelusz z ptakami, zielone pończochy i czerwone szpilki.

Pod pachą nieodmiennie dźwigał pstry pęk parasoli; podobno je naprawiał. Przed wojną podobno był cyrkowcem. W wolnych chwilach podobno łykał agrafki, klucze, spinki do krawata i gwoździe. Operowali go podobno mistrzowie skalpela; w każdym razie co niedzielę, przez wdzięczność, doglądał ich samochodów zaparkowanych koło kawiarni Grand Hotelu ciastkami słynącej.

Podobno…

Z kolei Wilk Morski ani trochę nie wyglądał na zbiega z ulicznego teatrzyku. Przeciwnie, wysoki, postury kaflowego pieca, z niebieskimi oczętami pod wałem siwych brwi, ze starannie przyciętą brodą, cerą wytrawioną w sztormach, tropikach i tawernach, w mundurze, którego ciemny granat podbijał oficerskie złocistości, otóż Wilk Morski wydawał się nie tylko sobą, ale i żywym pomnikiem wszystkich wilków morskich na świecie, zwłaszcza kiedy grzecznemu powitaniu „moje uszanowanie" towarzyszył niedźwiedzi pomruk wraz z marynarskim salutem.

Kroczył deptakiem to w mundurze letnim, to zimowym, w płaszczu lub bez, dzięki czemu okazywało się, że ilość regulaminowych okryć oficera marynarki wymaga szafy pojemnej jak dziesięciotysięcznik.

Z głębi kawiarni, ze starego steinwega dobiegały frazy wiedeńskiej porcelany muzycznej na zmianę z wątkami nowych piosnek z radia i tematami przedwojennych jazzbandów, niebanalnie harmonizowane, przeplatane improwizacją; przy czym pod palcami siwego tapera pstra wiązanka zawsze zamieniała się w całość. Wprawne oko mogło dostrzec wypiętrzenie dłoni na klawiaturze; wystające kostki pianisty tworzyły coś podobnego do górskiej grani, z której jak odrębne grzbiety spływają ku dołowi palce. Kto jeszcze gra w ten sposób? To ułożenie kazało przetrząsnąć pamięć po sam strych. Muzyk był uosobieniem spokoju, ruchy rąk wydawały się skąpe, jak przezorny krok znużonego wędrowca, mimo to gość sadził z czuciem, z nerwem, miał we krwi *drive*. Krótko mówiąc, w sopockim Ulu znalazł się pianista o rękach przypominających Rubinsteina, a pod jego palcami ten stary steinweg śpiewał.

Na pytania o muzyka mógł pewnie odpowiedzieć starszy pan, który zbaczał z ulicy do Ula tylko po to, żeby wymienić pozdrowienie z pianistą. Wysoki, szczupły, chodził miękko na ugiętych nogach, a to przygięcie kolan, długi nos, wysmukła czaszka i włosy zaczesane do góry upodobniały go do żurawia, zwłaszcza gdyby ptaka ubrać w samodziałową marynarkę, spodnie z angielskiego sztruksu i zawiązać mu na szyi muszkę w grochy. Od razu było widać, że oto wpada do Ula nie byle kto, może kompan przedwojennych artystów, może poeta, właściciel przedwojennej wytwórni płytowej tłukącej szlagiery, były restaurator, a może szuler; w każdym razie dżentelmen. Starczyło spojrzeć, chociaż brakło odwagi, by zapytać.

Spojrzałem na zegarek i rozejrzałem się po tarasie. Niki ani śladu, a trudno było ją przeoczyć. Gdyby jej bardziej zależało, siedzielibyśmy już razem. Wielkie włoskie okulary słoneczne to nasuwałaby na nos, to na gęste ciemne włosy, pewna, że ukradkiem gapi się na nią cały taras. No nic, zobaczymy, jak się sprawy potoczą.

W drzwiach prowadzących do kawiarnianej sali stał gość po pięćdziesiątce, o tęgiej czerwonej twarzy wygarbowanej na słońcu, deszczu, śniegu i mrozie. Raz po raz wycierał nos chustką, chociaż – zdaje się – z większą przyjemnością smarkałby w dwa palce. Tą chustką sięgał czasem do bladoniebieskich wodnistych oczu. Może mu nie służyło zbratanie z przyrodą. Do Ula pasował jak garbaty do ściany. Ni w kurtce, ni marynarce wyglądał na furmana.

Utknął w tych drzwiach i nie przejmował się poirytowaną kelnerką, która musiała go omijać z pełną tacą na ręku. Popatrywał na gości, na nikim nie zatrzymując wzroku. Wydał się jakoś znajomy, lecz nie wiedziałem, do czego go przypisać.

Głowy ludzi sunących chodnikiem raźnie wyprzedzała głowa nakryta jasnym kapelusikiem w pepitkę, płynąca szybciej i wyżej; spod ronda powiewały siwe pukle. Wśród znakomitości, które zjeżdżały do Sopotu, był też kompan Witkacego, mimo wieku wciąż numerant, zarazem człowiek poważny, który na pobliskim peronie kolejowym umiał – skromną sumą – nakłonić kierowcę wózka bagażowego do zlekceważenia kolejowych obowiązków, a potem kodeksu drogowego; obaj puszczali się tym akumulatorowym wózkiem ulicami aż pod ZAiKS. Na pakę trafiła samotna redaktorska waliza, bo dawny kompan Witkacego był muzycznym szefem całego radia. I oto ramię w ramię, jak bryczką, jechali na ławeczce przy kierownicy: bagażowy w służbowej kurcie z błyszczącymi guzikami i ów przybysz w kraciastej kanarkowo-brązowej marynarce oraz zadziwiających publikę pumpach. Jechali oczywiście deptakiem na oczach gości Złotego Ula, przed nosem zakotwiczonego pod kościołem Żyrafy. Mężczyzn na wózku, jak na bezgłośnie sunącym cokole, podziwiała nawet para prostytutek, ostentacyjna, bo kilogram cyklamenowych szminek, łososiowych pudrów i smolistego tuszu, ponadto kabaretki i lamparci deseń spódniczek miały przypomnieć światu minioną świetność obu dam. Lecz obie, matka z córką, wyglądały zbyt dosadnie jak na deptak i chyba o tym wiedziały; więc przycupnęły na rogu, tylko jako tło migotliwego traktu.

Po drugiej stronie wciąż Żyrafa; z pozoru stateczny jak piętrząca się za nim wieża kościelna, lecz strzelał oczami na wszystkie strony. Był w pracy. Żył z handlu. Reklam nie wywieszał. Zdawał się na wyczucie, własne i klientów. Czerwonawe podobizny polskiego anonimowego hutnika wymieniał w Ulu na zielone portrety majestatycznego Benjamina Franklina, fizyka, idealisty i masona, przy czym za jednego wynalazcę piorunochronu dawano Żyrafie ponad siedemdziesięciu hutników. Równie masowo wymieniał robociarską rycinę na podobizny królowej angielskiej bądź uczonego hebraisty Sebastiana Münstera. Prócz dolarów, funtów i marek Żyrafa obsługiwał też guldeny, komplet skandynawskich koron, nie pogardził talonem Pewexu ani marynarskiej Baltony, a w razie potrzeby wytrzasnął spod ziemi nawet ruble. Handlował na wyklętym czarnym rynku, dobijając targu przy szatnianym kontuarze, chyba że klientowi zależało na dyskrecji, to z tyłu za płaszczami, a latem w klozecie.

Taka wymiana podkopywała państwo, ośmieszała bank narodowy i w sumie była zbrodnią niesłychaną, mimo to, dziwnym trafem, Żyrafy nikt nie ścigał. O portretach wędrujących z portfela do portfela wiedziało pół ulicy – i nic. Jakby wszechmocne dolary, honorowane w samym Nowym Jorku, chroniły swego cinkciarza niczym ów Franklinowski piorunochron. Bywa.

Poczułem na ramieniu czyjąś rękę. Nade mną stał ów gość podobny do furmana. Rzucił okiem na kieliszek i powiedział z wyrzutem:

– Tokaj tu sobie pijesz. No proszę.

Potem spojrzał na krzesło po drugiej stronie stolika.

– Zajęte – przestrzegłem.

– I co by na ten tokaj powiedział ojciec? Bo matka to nic, jej by nawet pasowało.

Puściłem mimo uszu prowokację.

Facet wciąż wpierał mi się w ramię, a ważył sporo.

– Możemy gadać, możemy nie gadać, twoja sprawa.

Usunąłem ramię, natręt ani się zachwiał. Uniosłem kieliszek.

– Żaden tokaj. Zlatna kaplica, jeżeli chodzi o ścisłość. Wystarczy powąchać.

– Patrzcie go, znawca się znalazł. Smarkaty, a już kincler. Powącha i wszystko wie. No, no... – Pociągnął nosem, sięgnął po chusteczkę i wysiąkał nos, nie przerywając przemowy. – Ja znam twojego ojca, znam, grał na Resovii na skrzydle. Może nie? I ciebie też pamiętam. Mówisz, że zlatna kaplica? Na zdrowie...

Po tej zgryźliwości ruszył na koniec tarasu i zniknął w drzwiach po przeciwnej stronie. Snuła się za nim woń wiejskiego obejścia, siana, zwierząt, jakiejś paszy.

Chce mnie speszyć? O co tu chodzi? Że niby jak? Nika już się spóźniła dwadzieścia minut.

Upiłem wina.

Natręt, zapaszek, majowe oszołomienie, a może słówko „kincler" – tutaj nieznane – podsunęły mi inny obraz, że to nie Sopot ani Ul, ale kawiarnia Śródmiejska w Rzeszowie, też usadowiona pod kościelną wieżą, przy głównej ulicy.

Okna Śródmiejskiej wychodziły na „paniagę". Tamten deptak wybiegał spod krzepkiej siedemnastowiecznej wieży farnej i ciągnął się do alei Pod Kasztanami na przedmurzu zamku, wówczas sądu i więzienia ponurej sławy. Spacer „paniagą" można było przedłużyć ku Wisłokowi, jeśli romantyczne klimaty przeważyły nad dbałością o szpilki czy buciki ze skrzypem. Na „paniadze" nie brakowało elegancji.

Zza okien można było śledzić tłum – jak tu – i też wydłubywać rodzynki. Pod tym względem Śródmiejska była godna Ula. Tarasem nie mogła się pochwalić, ulicę od kawiarni dzieliła szyba, lecz wystarczało.

Po przeciwległej stronie „paniagi", przed wejściem do jednego z najstarszych w Polsce liceów (liczyło trzysta lat z okładem) stawał w południe – niczym Żyrafa w Sopocie – monumentalny legionista. Wówczas już tylko polonista. Owo stanie legionisty-polonisty odbywało się względnie blisko byłego pomnika, który na swoim miejscu nie stał, bo podczas wojny go zburzono, a potem złośliwie nie odbudowano, przez co – nie stojąc – jakby stał jeszcze bardziej, niewidoczny, a mimo to obecny; chodziło zaś o pomnik młodziutkiego Lisa-Kuli, sławnego legionisty zabitego w 1919 roku pod Łuckiem w wojnie z Ukraińcami o granice. Tak czy inaczej postać żywego polonisty przed licealną fasadą (roboty Tylmana z Gameren) była w istocie figurą Legionisty przez duże „L" – i to się wydawało najważniejsze.

Polonista-legionista trwał na posterunku jak wędkarz i czekał na złowienie jakiegoś ojca. Na ogół pomyślnie. Trudno było przeoczyć ogromnego nauczyciela wspartego na eleganckiej lasce, podwyższonego o okazały kapelusz. Kiedy nawinął się wreszcie stosowny ojciec, sam widok i sąsiedztwo nieistniejącego, ale pamiętanego pomnika zmuszały, żeby podejść i zapytać o postępy latorośli.

Złowiony ojciec, zagadnąwszy o syna (liceum było męskie), słyszał zazwyczaj smolisty bas i okrzyk:

– Kompletny tuman!

Nieszczęsnego rodziciela dobijała powtórka:

– Zupełnie się nie uczy! Nie czyta. Po prostu osioł!

W tej sytuacji nieuniknione stawało się zaproszenie polonisty do pobliskiego Wiarusa (inaczej: „baru pod strzelcem", bo w dniu otwarcia narąbany milicjant zastrzelił podczas kłótni przypadkowego gościa). Po dłuższej rozmowie, uwzględniającej stan kultury narodowej, więzi międzypokoleniowe, awans społeczny, poezję romantyczną, ceny u szewców, krawców oraz okoliczności polityczne, okazywało się, że z młodym – jednak! – nie jest tak źle. Chociaż może być lepiej. Zawsze może być lepiej. Młody mógłby nawet uczestniczyć w olimpiadzie polonistów, tak jest, ale musi się przyłożyć.

Improwizowana wywiadówka kończyła się skromnie, półlitrówką na dwóch, przy czym pod koniec butelki olbrzym ze łzami w oczach recytował Słowackiego, a to *Grób Agamemnona*, a to *Króla Ducha*, za czym stał nie tylko Słowacki, nie tylko wielbiący wieszcza Marszałek, ale i sam Leopold Lis-Kula, któremu zburzono pomnik, i ten Łuck, pod którym zginął, a teraz już Łucka nie ma; w każdym razie propozycję następnej półlitrówki – i to przed obiadem – polonista stanowczo odrzucał. Co innego skromna *hors-d'œuvre*, a co innego moczymordyzm. W końcu chodzi o młodzież, o jej dobro.

„Paniagę" przemierzał też Waluś. Co do Walusia – z żuchwą za dużą o dwa numery, krnąbrnym językiem, który ledwie mieścił się w ustach, z dziecinnym rumieńcem, rzadkim zarostem i wczesną siwizną – trudno było określić wiek na oko. Wtajemniczeni zapewniali, że jeszcze nie dobiegł pięćdziesiątki. Koniecznie chciał należeć do jakiejś wspólnoty, a w niej szanować ważniejszych bądź rozkazywać mniej ważnym, jeśli się tacy znajdą. Inaczej mówiąc, Waluś marzył o wojsku, do którego się nie nadawał. Jak nie nadawał się do milicji, kolei, straży pożarnej, przemysłowej, kolejowej ani nawet do ORMO.

Walusiowe ciotki o dobrych sercach pojęły w lot, że Waluś nie śni przecież o mustrze, okopach czy misjach zwiadowczych. Marzy o czym innym. Z paru unrowskich koców, starych pasów, metalowych guzików i ozdobnej pasmanterii ciotki uszyły Walusiowi mundur, jeszcze na singerze z nożnym napędem. Były przezorne, więc krój się nie kojarzył z konkretną armią, a spodnie w kant i kurtę wieńczyło czako ze złotym sznurem; skuwki na obcasach pozwalały głośno trzasnąć kiedy trzeba.

Dar tak się spodobał, że Waluś zdołał jeszcze uprosić ciotki o płaszcz. W takim stroju, w płaszczu lub bez, zależnie od sezonu, Waluś pojawiał się na „paniadze", salutował wszystkim mundurowym, a jeśli akurat ich zabrakło, salutował bardziej szacownym spacerowiczom, duchownych nie wyłączając. Przy okazji różnych oficjałek, zwłaszcza pogrzebów, wkręcał się w pobliże pocztów sztandarowych, związkowych, cechowych, sportowych i spółdzielczych. W końcu – nie do wiary – zaczęto go nawet zapraszać. Waluś nie Waluś, a kolorowe czako było super. No i złocenia. I jeszcze jedno – powaga: od Walusia można się było powagą zarazić. W dziedzinie powagi nie miał równych.

Wędrując „paniagą", Waluś strzelał czasem obcasami przed niewysokim brunetem na krzywych nogach.

Brunet wyglądał zwyczajnie; latem w czystej koszuli z krótkimi rękawami, w płóciennych spodniach zaprasowanych w kant, z siatką pełną zakupów, niepozorny i jakby nieobecny. Był to Ludwik Poświat, niegdyś ozdoba Cracovii, co w Rzeszowie czyniło go postacią sakralną. W rzeszowskiej Stali powoli kończył karierę ligowego piłkarza, a wciąż umiał jak nikt z wolnego przymierzyć w okienko z trzydziestu metrów, bo jego niewielka stopa w korkach wciąż miała moc końskiego kopyta. Kibice na „paniadze" ciągnęli Ludwika do baru, stawiali, łasili się, by potem z trybun wydzierać się na meczu, że Ludwik pije. Dopiero gol zamykał kibicom gęby; z tym że piłka to piłka – nie zawsze w piątek święto.

Było coś jeszcze.

Starczyło, że na akademickim kościółku w połowie „paniagi" rozśpiewała się sygnaturka, że zakołysał się dzwon na farnej wieży nad Śródmiejską, a mrowie na chodnikach nagle mogło się przeistoczyć; mogło wydać się całkiem inną wspólnotą, mimo tych wąskich spodni w kant i wąskich krawatów, mimo włoskich kołnierzyków, apaszek z milanezu, mimo damskich nóg w nylonach, kapronach, ze szwem lub bez, mimo strzelistych szpilek, trzewików na słoninie i modnych ciemnych okularów. Ów wygląd stawał się nagle tylko okrywą, kamuflażem, bo spod spodu przezierał obraz innego rodzaju, wyobrażony, ale narzucający się nieodparcie – daremnie wyklinany, na próżno zapominany, na przekór wszystkiemu żywotny, wyjęty przecież z dotykalnej przestrzeni i czasu. Był to pochód, który wyrusza z „paniagi" wprost na zakurzone trakty, na rozłogi i połoniny, stepem i lasem wędruje na południe, na wschód ku czemuś majaczącemu w słonecznej poświacie, grodzonemu wałami i fosą, wieńczonemu miedzianym blaskiem dzwonnic i wież, przetykanemu nędzą coraz mniejszych rynków i karczem, studni coraz bardziej zdradliwych, ku czemuś oplecionemu pobożnymi śpiewami, spowitemu dymami kadzideł i pożarów, podlanemu krwią i wódką – wprost w XVIII wiek, u którego bram wita ksiądz Marek majestatycznie kołyszący monstrancją.

O czym śnił ten dziwny pochód?

Zdawało się, że o klęsce, już wabiącej, a jeszcze nieznanej, wszystko jedno, bo jakież to piękne być – za darmo – ofiarą tragedii, gatunku dla wybranych; jakież to wzniosłe: zażyć katolickiego zafascynowania męką, upokorzeniem, roztopić się w figurze katowanego Chrystusa, który dla Rzymian i Żydów jest nikim, ale wkrótce – jeszcze zobaczycie! – zwycięży. Wybrani zaś postąpią za Nim w niebiosa z dymiącą misą staropolskich pierogów, gdzieś na błogosławionych kresach, w podniebnych świetlistościach, za Karpatami…

Szli być gorszymi. Wyśmiewanymi. Dręczonymi. W przekonaniu, że są też ci z talentem – lub tacy, którym dopisuje szczęście, może, albo są obdarzeni fizycznie czy rodzinnie, mają mentorów, którym ufają – słowem, że są ci inni, owszem, ale za to wszystko ktoś płaci: za utalentowanego brata płaci ów niezdolny, za szczęściarza pechowiec, za wspieranego odtrącony, więc oni są pochodem braci upośledzonych, to oni biorą na siebie nieudaczność świata, niezdolność, toksyczność, głupotę, ale też czeka ich za to wiekuista nagroda, wielkie zrównanie jednych z drugimi, cała ta figura wyprowadzona z nędzy, wtórności, braku nadziei tu i teraz, wynagradzanej marzeniami, niechby i dziwacznymi, łatwymi do wyśmiania…

W pielgrzymce zostawiali za sobą nie tylko pyszne barokowe kościoły wpisane między nędzne chaty, nie tylko żółknące dokumenty z bezsilnymi pieczęciami, nie tylko przekleństwo losu, skoro jedna przepaść ich dzieli od czerni, a druga od panów na pałacach; zostawiali za sobą też grzechy i grzeszki, nieślubne dzieci, okradzionych sąsiadów, pozabijanych też, ubydlęconych chłopów, ale było, co było, teraz odchodzą się oczyścić i w bieli dostąpić niebieskich bram, a jakże, Jeruzalem na wysokości...

Widok szat powoli mętniał, pielgrzymów przesłaniały tumany kurzu, a kiedy opadł, szli już w worach pokutnych, kocach unrowskich, polowych płachtach, habitach; szli pod prąd czasu w odwrotną stronę, jakby motyl zdążał ku poczwarce, by potem zostać larwą, jajkiem, wreszcie licho wie czym.

Na widok tłumu przed Złotym Ulem nie lęgło się w głowie nic podobnego. Nawet gdyby po drugiej stronie ulicy jakiś kościelny zemdlał z wysiłku przy dzwonnym sznurze.

Z sopocką wieżą było inaczej. Kościół, który zdobiła, ledwie paręnaście lat wcześniej był protestancki, od zawsze, od kamienia węgielnego. Po wojnie – i nawróceniu kościoła – przypominanie dawnej herezji było niemodne. Owszem, części wiernych – w Sopocie mniej licznych niż w Rzeszowie – kościół protestancki wydawał się jakimś zbłąkaniem, rzeczą do naprawienia. Niemniej, brak tu było chętnych, by tę całą reformację uznać za majak. Tu nikt nie oznajmiał światu, że każdy kościół jest z natury rzeczy katolicki. Ale nad heretyckim pochodzeniem głównej świątyni też się nie rozwodzono. Po prostu klangor sopockiego dzwonu mniej się liczył. Mało kto słyszał w nim podźwięk Bachowskich *Pasji* (choć w sąsiednim Gdańsku uczeń Bacha trząsł swego czasu muzyką miejską), mało kto słyszał echo Wagnera (chociaż twórca *Tannhäusera* zaczynał w pobliskim Królewcu), w ogóle mało kto słyszał w nim niemiecki zaśpiew (chociaż na pobliskiej Mierzei Kurońskiej Tomasz Mann pisał *Historie Jakubowe*); co to, to nie. Mocniej przykuwały uwagę lokomotywy na pobliskim wiadukcie. Co chwilę trąbiły, że oto ciągną skład pośpieszny do Krakowa bądź towarowy tasiemiec do portu, przy czym najczęściej hałasowała skromna, lecz żwawa kolejka miejska. Wystraszony poniemiecki dzwon, któremu teraz przyszło posługiwać katolikom, brzmiał niewyraźnie na tle kolejowych syren i łoskotu żelastwa, mało przekonująco.

Jeżeli tłum sprzed Ula gdzieś zmierzał – w teksasach i pepegach, ortalionach i non-ironach, w lodenowych marynarach i kołnierzykach o krótkich rożkach – to ku innym mitom. Tu się wkradało zawołanie z westernu: *go West, my son*. Nawet po paru głębszych trudno by dostrzec w tutejszym korowodzie jakąś pobożną pielgrzymkę, pokorną pąć na kolanach.

Pochód sopocki mógł kroczyć pod takim czy siakim sztandarem, byle nie oficjalnym ani tym bardziej czerwonym, zresztą pod poświęcanym też nie; ani myślał nadrabiać miną. Zdążał ku przeistoczeniu, ku staniu się czymś innym, fajniejszym – by dopiero na koniec, u celu, sięgnąć po stare rekwizyty, rozwinąć stare chorągwie, ale już z dumą, kiedy sami ludzie nadadzą im wartość większą niż wcześniej. Na razie ten pochód mógł – ekstrawagancko – nieść na flagach czerwony krzyż Świętego Jerzego z *Mayflowera*, asturyjskie symbole *Santa Marii*, mógł nieść kalifornijskiego niedźwiedzia, trzynaście gwiazd południowych konfederatów bądź – nawet – Jolly Rogera. Byle to była flaga pionierska.

Zresztą, jaki tam pochód? Bzdura. Gdyby pofantazjować, to stosowniejsza by była scena, w której ci ludzie śpiesznie rozchodzą się z deptaku na parking, do garaży, blaszanych bud, piwnic, by wywlec na ulicę swoje motorowery, motocykle, samochody. Potem siadają na kolorowe simsony, osy, vespy i lambretty, na junaki, eshaelki i wuefemki, wskakują do syren, wartburgów, nielicznych simek, spartaków i moskwiczy, by uformować konwój, który nie bacząc na wyboje, dziury i kocie łby, na objazdy ani prognozy, ruszy w drogę, by po nieuniknionych perypetiach wjechać w końcu z tryumfalnym trąbieniem na avenue des Champs-Élysées i na wzgórzu, na place de l'Étoile, sfinalizować zlot gwiaździsty. A potem? Potem mogą w tych syrenach i zaporożcach, spartakach i wartburgach rzucić się przez morze na Piccadilly Circus. I nawet dalej, na Times Square, gdzie miejscowi wprost nie mogą się doczekać spóźnialskich z Sopotu, duchowych braci, zdolnych jak diabli, jeden w drugiego…

W Ulu pianista nie próżnował. Z Kreislerem już skończył i przesiadł się na przedwojenne *Bubliczki*, na *Miłość ci wszystko wybaczy*, *Na pierwszy znak*. Pomyślałem, że w Rzeszowie w Śródmiejskiej może gra teraz Jasiu Babula i nad „paniagą" frunie *C Jam Blues*, bo Jasiu woli takie klimaty. Bywa i tak… Znad parapetu wychyliłem się na ulicę. Niki ani śladu. Brunetka wzrostu koszykarki, nasuwała na głowę ciemne okulary zamiast toczka, żadna sztuka wypatrzeć. Ale nie szła pod górkę od mola, nie schodziła od kolejki. Za to w dół deptaku kroczył właśnie Wilk Morski, a w górę Parasolnik na szpilkach.

– I to cię bierze? – usłyszałem zza pleców. – Prawie Europa? Co?

Nie musiałem się odwracać; na taras znów się wcisnął furmanopodobny typ.

– Kapitan kiedyś śpiewał. – Skinąłem w stronę Wilka Morskiego. – Miał markę na rosyjskich scenach; prowincjonalnych, ale jednak. Bas jak z cerkwi. Jego syn teraz opowiada, że za rewolucji stary był szoferem Szalapina.

Furman roześmiał się głośno.

– Jeszcze usłyszysz, że woził Lenina. Albo Franciszka Józefa. Tu nie takie kawałki opowiadają gówniarze po kawiarniach. – Nachylił się i dodał półgłosem, poufale, diabli wiedzą czemu: – Ja cię znam, ale zostanie to między nami, spokojna głowa. Twój ojciec grał na Resovii. No nie?

Ciężko poczłapał do drzwi, jakby na nogach miał od urodzenia gumofilce. Ki diabeł?

Niki ani śladu. Choruje? Poszła się modlić? Pogrywa w bambuko? Wiosenne zapachy stawały się niemal dotykalne, powietrze znieruchomiało, a niebo na wschodzie pociemniało i teraz przypominało siniec po okiem.

Przystojna plastyczka miewała napady dewocji, podczas których żegnała się z życiem światowym bo, jak zapewniała, jej powołaniem jest zakon. Zdecydowałaby się natychmiast, *stante pede*, gdyby tylko wiedziała który. A liczba żeńskich zakonów przekracza dwa tysiące, może nawet dwa i pół, więc szansa pomyłki ogromna, namysł konieczny. Na szczęście napady mijały. By potem, niestety, wrócić. Chętnie zwierzała się, że z iskier w duszy powinien rozgorzeć płomień. W jej wypadku z wielu iskier wielki płomień. Więc kto wie, może właśnie Nika przeżywa nawrót? Mówiono, że chce w ten sposób błysnąć. Nie byłem pewien. W owych czasach Bóg jeszcze uchodził za rygorystę, sprzeczność między łóżkiem a boską mistyką dawała się we znaki niejednej i niejednemu. Z tego powodu związki na kocią łapę czasem wrzały, wrzało nawet podkradanie się do nich. Więc było ciekawie. A jeszcze mówiono, że Nika tym wymarzonym życiem zakonnym tylko ludziom mydli oczy, bo Nikę w istocie interesują dziewczyny. Czyli było jeszcze ciekawiej.

Niestety, nie nadchodziła, ani z głową udekorowaną kornetem siostrzyczek św. Wincentego à Paulo, ani włoskimi okularami słonecznymi, nic, zero, ani sama, ani z kimś płci takiej czy siakiej. Obiecujące plany należało odłożyć, szkoda, może skurzyły faję, cholera wie.

Na ulicy Wilk Morski właśnie minął się z Parasolnikiem. Pianista grał *Rebekę*. Do Ula śpiesznie wkroczył mężczyzna przypominający żurawia i wyszedł po chwili z parasolem, zapewne własnością pianisty, który prawą ręką wykonał efektowne *ad libitum*, a lewą wyciągnął parasol spod instrumentu i podał przyjacielowi. Na dworze wciąż trwała cisza, ale powietrze wraz z zapachami można było kroić nożem.

Jeszcze raz wyjrzałem na ulicę.

„Paniagą" przechadzali się w Rzeszowie miejscowi z dziada pradziada, „pnioki", jak tam powiadano. Natomiast przed Ulem paradowały „ptoki" (wciąż używając rzeszowskiego języka), zatem przybysze, którzy swoje historie mogli podkręcać, podmieniać, komponować, wymyślać tak lub inaczej. Tu wszystko robiono od nowa. Tłum sprzed Ula świdrował wzrokiem przyszłość, czyli nieznane, od którego – sądzono – oddziela tylko przygoda. Przez ten tłum przedzierała się myśl o drugiej szansie, radość początku, nawet przez łzy, słowem, żywiołowość godna szczeniaka, który pierwszy raz harcuje po plaży.

Czegoś brak? Owszem.

Jednych i drugich krępowała ta sama ramka – polityka. Nad nią zastanawiałem się jednak umiarkowanie. Była dana. Ale nie wszechmocna. Zawsze w coś się wpadnie, jak nie w strefę trzęsień ziemi, to w komunizm; można urodzić się białym w RPA, czarnym w Niemczech, ale i na odwrót – i trzeba sobie radzić. Żywiłem coś w rodzaju współczucia wobec ludzi, którzy wiszą na polityce. Na nasze losy, różnie, wpływa częstotliwość huraganów w okolicy, toksyczność rodzeństwa lub nasza własna, krajobraz równinny albo górzysty lub malaryczny klimat. Nie przesadzajmy. To łatwe, wzywać politykę, by odpowiadała za cały nasz los.

Potem pomyślałem, że pochodowi ku niebiańskiemu Jeruzalem powinni towarzyszyć nietrzeźwi poeci, najlepiej mistyczni; a zlotowi gwiaździstemu na place de l'Étoile ekipa filmowa...

A potem jeszcze raz wystawiłem głowę znad tarasowego parapetu i poczułem pierwsze krople. Nagle wzmógł się szmer rozmów, wzmogło szuranie stóp po chodniku, zaczęły się wydzierać ptaki, wokół kwitnących krzewów, elegancko przyciętych drzew napęczniały pachnące obłoczki, a od strony morza przetoczył się grzmot. Cisza dobiegła kresu i oto w najlepsze nadciągnęła nad deptak wiosenna burza. Publika uczciła ją stukotem obcasów, unoszeniem nad głowy gazet, torebek, teczek, nakładaniem plastykowych kapturków, sprintami do szeroko otwartych sieni.

Pomyślałem o sopockim żywym talizmanie. Rzeczywiście, był, nie przepadł: majestatyczny karzełek, Czesio Parasolnik, zamiast pomknąć pod jakiś rąbek dachu, rozparł się na ławce przy deptaku, zsunął czerwone szpilki, rozprostował nogi, pęk parasoli niedbale położył obok, ani myślał otwierać, zdjął damski kapelusz, radośnie odchylił głowę – i oto w najlepsze kąpał twarz w majowej ulewie.

14

– To była wolnobieżka, rama pięknie wygięta, elegancka siatka na tylnym kole, w dwóch kolorach, dynamo, hamulce, lampa, wszystko błyszczy. Siadało się na ten rower jak do kabrioletu. Peugeot – opowiadała mama.

– Nowiutki, lakier jak kryształ – przypomniała Ziuta. – A ty dawałaś się przejechać. Nad Rudawą wszyscy się oglądali.

– Za rowerem? A nie za nami? – zaprotestowała Ludka.

Mama i jej przyjaciółki z panieńskich czasów przysiadły w ciasnej kawalerce. Podłoga z szorstkich desek, szorowanych co sobotę ryżową szczotką, pod ścianą składane łóżko, nad nim półki, pod sufitem nieosłonięta żarówka. Co jeszcze? Stolik, dwa krzesła, mikroskopijny przedpokój z wieszakiem, w kącie miednica chwilowo zdegradowana, bo wyjęto spod niej taboret; razem ze dwadzieścia metrów kwadratowych.

Mama dolewała herbaty, na talerzyku piętrzyły się *petites beurres*.

– Ten szubrawiec zarekwirował go w czterdziestym drugim i jeździł w najlepsze na mojej damce. – Mamy oburzenie wciąż nie wietrzało. – Szczęście, że nie musiałam tego oglądać, bo wtedy zaczęły się nasze przeprowadzki. Podobno pod koniec czterdziestego czwartego, kiedy już było widać, że koniec z nimi, ruszył na moim peugeocie do Drezna.

– To nieźle się wybrał – parsknęła Ludka.

Herbatę mieszały powściągliwie. Były u siebie i mogły dzwonić łyżeczkami jak tramwaj na skrzyżowaniu, ale to nie wchodziło w rachubę, o formę dbały zwłaszcza przed sobą.

Siedziały jak trzydzieści lat temu w klubie wioślarskim, kiedy przy klubowym pomoście piły po treningu krachlę, przez słomkę, jak te młode damy na fotografiach „Światowida". Owszem, herbata to nie krachla, słomek brak, o „Światowidzie" wszyscy już zapomnieli, lecz mama, Ziuta i Ludka nie narzekały.

Było jak kiedyś.

Prawie.

Najpierw mama wylądowała na Zwierzyńcu, w rodzinnej kamienicy.

Ten sam wysoki parter; wpierw schody, na podeście uchylne dwuskrzydłowe drzwi z kolorowymi szybkami, pociotkami secesyjnych witraży, a potem sień: ledwie świecące żarówki i co piętro żeliwny zlew z kapiącym kranem. Półmrok, cisza i ta kropla po kropli; wypisz, wymaluj, czarne sny.

Z dworca przywiózł mamę dryndziarz; dorożki jeszcze jeździły na równych prawach z samochodami, ale widać było, że to koniec. Dryndy przenosiły się we wzniosły obszar wierszy, piosenek i socjologii, wolny od dymiącej na bruku końskiej kupy, od pożywiających się nią wróbli, od odorów zasikanego rynsztoka i dorożkarskich mordobić.

Dryndziarz zataszczył na półpiętro walizkę, underwooda mama nie pozwoliła tknąć. Wtaszczyła go sama. Na półpiętrze sięgnęła do krokodylowej torebki i odprawiła dryndziarza. Potem pchnęła uchylne drzwi z kolorowymi szkiełkami – przez lata ubyło ich tylko parę – i przystanęła, oparta na ciupażce w szarotki i dziewięćsiły.

Więc to tak? Z pozoru nic się nie zmienia, lecz zza przedmiotów, zza cieni, zza plam słonecznych wyzierają znienacka tajemnice, teraz odtajemniczone, prawdziwie prawdziwe prawdziwości, wystarczy tylko wpatrzeć się uważnie, wniknąć, zanim olśnienie umknie. Jakby na chwilę dręcząca zagadka uniosła zasłony i woalki. Jakby na chwilę ziemia zakręciła się w drugą stronę...

W tym stanie mama trwała przez chwilę, lecz wreszcie uznała, że koniec tego dobrego, dość zwlekania, pora na piętro.

Mogło się zdawać, że czas nie nadgryzł gniazda. Lecz już nie można było pukać, gdzie się zechce. Za dobrze znanymi drzwiami, świeżo malowanymi olejną farbą, krzątali się obcy ludzie. Owszem, jeszcze tu mieszkał Janek, brat mamy, ale już na wylocie, bo na starość postanowił się ożenić, sprzedać krakowski kąt i wynieść do podzamojskiego Zwierzyńca. Ale już wcześniej odprowadzono na pobliski Salwator maminą mamę i siostrę, w ślad za przyszywanym wujem Dmitrukiem, inaczej Pordenonem. Jego brat, świszczypała, który się przezwał Chocimski, wyniósł się na stołeczny Mokotów, bo zawsze marzył, by zostać malarzem przynajmniej warszawskim, jeśli już nie wiedeńskim. Do mieszkań, za sprawą kwaterunku, trafili jacyś ludzie spod Krakowa, z którymi nie było o czym gadać. Z nierozebranej jeszcze obory na podwórzu zniknęły krowy, zastąpione przez eshaelki przybyszów. Tyle dobrego, że do Grzesia, drugiego brata mamy, starczyła wspinaczka na pierwsze piętro.

Po przywitaniach, rozpakowaniach, kolacji ozdobionej nalewką na kwiatach bzu, wywleczono z piwnicy polowe łóżko i przygotowano na noc maleńkie mieszkanko zastawione akwariami. Grześ, Marta i dorastająca Adela odstąpili mamie kuchnię, a sami ulokowali się w pokoju w trójkę. Mama nie bez trudu umościła się na rozkładanym łóżku, z nogami już pod stołem i głową przy akwarium. Podróż, dreptanie z walizką i underwoodem, a przede wszystkim potok niecodzienności zrobiły swoje. W środku nocy zbudziła się zmęczona, przekonana, że byle ruch, a spadnie na podłogę.

Ale niepokój – o dziwo – trwał krótko. Tuż obok za przezroczystą taflą przepływały leniwie skalary, modne wówczas wśród akwarystów; w łagodnym zielonkawym świetle, między srebrzystymi bąblami powietrza sunęły trójkątne kształty, przekradały się między wodnymi roślinami, zawracały, zamierały, znowu sunęły, w piasku przy dnie coś błyskało, coś pełzło pod drobinami; widok odurzał, hipnotyzował, cienie sunących ryb wędrowały po ścianie; mama patrzyła na skalary zachwycona jak dziewczynka, która pierwszy raz w życiu widzi czary.

* * *

Rano po czarach nic nie zostało. Krzątanina wezbrała jeszcze przed siódmą; złożyć łóżko, schować pościel, uzgodnić porządek korzystania z miednicy w kuchni, Grześ do pracy, Adelka do szkoły, i to przed klasówką; dopiero potem przyszedł czas na jajko po wiedeńsku, kawę, bułki (Grześ o świcie wyskoczył do piekarni) – i oto z niczego zrobiła się dziesiąta, bo wcześniej Marta musiała wpaść choćby na chwilę do norbertanek. Nic dziwnego, że inauguracyjny spacer mamy po mieście przerwała po godzinie niespodziewana drzemka w ciepłym słońcu na ławce na Plantach.

Przechodzących ludzi spowijały obłoczki to wód kolońskich, to płynów po goleniu, czasem perfum, z dala dobiegało dzwonienie tramwaju, klaksony samochodowe, kłapanie końskich kopyt i mama nawet po przebudzeniu nie otwierała oczu, jakby się spodziewała, że zapachy i odgłosy doprowadzą ją, no właśnie, w jakąś świetlistą, przyjazną sferę? Tymczasem plamy słońca jednak umknęły, mama przetarła oczy i uznała, że nie można tak siedzieć bez końca. W parę godzin później pukała do drzwi Ludki, mieszkającej teraz po bronowickiej stronie miasta.

Piły herbatę, opowiadały, żartowały, przy czym Ludka nie odstępowała poduszki z igłami, nożyc i swego singera; solidna krawcowa obiecała klientce, że do wieczora przenicuje dziecinny płaszczyk.

– Mówisz, że tyle zachodu rano i wieczór? – odezwała się zza maszyny. – Ja bym nawet miała wyjście. W sam raz dla ciebie. I bez ceregieli. – Światło lampki przy singerze raziło mamę w oczy, ledwie widziała szeroką twarz Ludki i kołyszący się nad nią wielki lok. – Mój Wiesiek załatwił sobie kawalerkę na Podgórzu; mieszkanie wspólne, za to z osobnym wejściem. Tylko że Wiesiek, bo on już jest pół roku po politechnice, trafił na Śląsk, dostał od kopalni służbowe dwa pokoje, łazienka, kuchnia, komfort, od ręki. Więc na tym Podgórzu ktoś powinien mieszkać, bo zaczną się podchody, że niby fikcja, że dwa lokale, albo co. Właściwie co za fikcja, ale spróbuj wytłumaczyć. A tak to będziesz miała kąt, choćby dzisiaj, a tamci ani pisną.

Mieszkanie było przy Limanowskiego, adres jak adres, mamę nękała wątpliwostka, czy Podgórze to Kraków, w końcu jeszcze niedawno było sobie Podgórzem i niczym więcej, nazwę Josefstadt też pamiętano, ale niech tam. Ludka niewiele chciała za ten kąt, a z pieniędzmi było tak sobie. Ojciec nie zarabiał tyle, żeby swobodnie wysyłać i mnie, i mamie, oszczędzał, przy czym akurat jego najmniej bolało oszczędzanie, mało przejmował się pieniędzmi.

Jeszcze tego samego dnia mama z Ludką pojechały na Zwierzyniec. Mama obdarowała Adelkę ozdobnym *Panem Tadeuszem* z ilustracjami Gronowskiego. Przy pożegnalnej kawie z ciastkami Marta – już bardziej rozmowna niż rano – opowiedziała ze szczegółami, jak wspaniały słuch ma nowy wikary u Salwatora, ludzie teraz śpiewają, że proszę siadać, opowiedziała, że u norbertanek były jednego miesiąca dwa pogrzeby, a wrzesień się jeszcze nie skończył, więc to dziwna historia, za to przyszłoroczną pierwszą komunię u Salwatora obiecał nawiedzić sam arcybiskup Baziak, do franciszkanów zaś, do chóru cecyliańskiego przyjechał na całą jesień włoski dyrygent, przystojny, nawet bardzo, i to wstyd, co wyrabiają podczas nabożeństwa niektóre kobiety; gapią się na niego zamiast na ołtarz. Bratowa była wręcz wylewna i w końcu Ludce i mamie dała na drogę po słoiku wiśniowych konfitur.

Ostatnim pracodawcą mamy był wzięty prawnik. Przed wojną reprezentował w sądach, bywało, klientów kalibru zapory wodnej bądź kopalni węgla, od Krakowa po Westfalię i po Karyntię z drugiej strony. Z początkiem 1939 roku nie zabrakło mu wyobraźni, żeby spakować manatki. Uznał to za lepsze, niż czekać, czy sprawdzą się czy nie czarne przepowiednie. W marcu mecenas pożegnał się z pracownikami. Szczerze go żałowali, a on nie poskąpił odpraw. Przed rokiem w Paryżu skoczył z hotelowego okna na bruk pewien Austriak, w ten sposób kończąc swą nie byle jaką karierę dziennikarza i powieściopisarza. Dobrze znali się z mecenasem, który szanował przenikliwość przyjaciela, nawet wówczas, gdy ów nie trzeźwiał przez miesiąc. Zatem w październiku 1939 roku, kiedy nowe władze zdążyły zajechać na Wawel w horchach, mercedesach i adlerach, nie było już kogo wyrzucać z eleganckiego mieszkania inkrustowanego do niedawna wiedeńskim szkłem, zapasem francuskiego wina i płyt operowych. Roztropny krakowski mecenas Rotbaum oswajał się właśnie z upałami Meksyku, podobnie jego żona, teściowa i córki. Bywało i tak.

Po upadku prawniczej kancelarii mama utknęła w domu, zresztą rychło wezbrała okupacyjna gorączka, nastały tymczasowości, przeprowadzki, potem pojawił się niemowlak i rósł, a niewiele później nadeszły poronienia i pierwsze wylewy. Nie wiadomo kiedy mama znalazła się po drugiej stronie wzgórza. Teraz postanowiła przemierzyć drogę w przeciwnym kierunku.

Na Limanowskiego zaczynała dzień od wyjścia po bułki, a przy okazji kupowała „Dziennik Polski", dla działu ogłoszeń bogatszego niż w „Gazecie Krakowskiej". Potem robiła śniadanie, jadła, zmywała. Odrobina pudru. Warstewka szminki. I do miasta. Żadnych łez.

Z ogłoszeń „Dziennika" wynikało, że o pracę nietrudno, pod warunkiem że mama poprowadzi ciężarówkę, ciągnik lub autobus, ewentualnie pokieruje koparką. Trzeba dodać, że liczono w zasadzie na mężczyzn. Pracodawcy szukali też zbrojarzy, cieśli, betoniarzy, szlifierzy i elektryków. Natomiast kobieta mogła liczyć na posadę gosposi, a jeśli okaże referencje, to nawet u doktora. Mama zastanowiła się, jakie referencje mógłby jej wystawić mój ojciec. Jeżeli chodzi o zasługi, na pewno by przeholował, za to nie odmówiłby sobie jakiegoś dowcipu. Taki był. W gazecie zapowiadano też początek kursu maszynopisania, niestety, nie szukano instruktorki, tylko kursantek. O stenografii „Dziennik Polski" milczał.

Po paru dniach przerzucania ogłoszeń mama sama wybrała się do redakcji „Dziennika", z kartką papieru kancelaryjnego, na której wykaligrafowała *Stenografia. Maszynopisanie. Język niemiecki. Przedwojenne referencje. Poste restante, Wielopole, [numer inseratu].*

Kiedy z tą kartką zjawiła się w redakcyjnym biurze ogłoszeń, uwagę zwróciło piękne, ozdobne pismo mamy. Persona od przyjmowania ofert zmarszczyła brwi, przeprosiła, by wrócić za chwilę w towarzystwie niewielkiego osobnika w pumpach, kraciastej marynarce i pod wiśniową muszką. Niemłody, lśniącą łysinę misternie osłaniał nielicznymi kosmykami blond, natomiast na górnej wardze wyhodował zarost godny Clarka Gable'a. Ów osobnik, cokolwiek muzealny, wyszedł zza przepierzenia dzielącego interesantów od pracowników, przyjrzał się mamie i spytał:

– Na maszynie, rozumiem, pisze pani bezwzrokowo?

– To podstawa. A stenografuję Korbelem.

– Ze stenografią to już raczej do sądu – zauważył żywy eksponat pod wiśniową muchą i dalej drążył: – Można wiedzieć, ile znaków na minutę?

– Na maszynie? Mniej więcej czterysta; przed wojną.

– Ale wojna się skończyła.

– No tak – odrzekła mama, zbita z tropu.

Zza okienka dobiegło parsknięcie persony przyjmującej ogłoszenia. Facet koso zerknął w jej stronę i przyjaźnie drążył dalej:

– A może siedziała pani przy linotypie?

– Co to, to nie.

– Nawet przed wojną?

– Nie. A Korbel to polski system. – Miała to być szpila dedykowana personie za okienkiem.

Damy od ofert nie zaciekawił jednak system stenograficzny Stanisława Korbela, mama nie posmakowała zemsty, bo pod okienko przyżeglowali następni interesanci i trzeba się było nimi zająć. Natomiast filigranowy redaktor „Dziennika" – pumpy, kraciasta marynarka i wiśniowa muszka kazały podejrzewać, że wkrótce zostanie komisyjnie wypchany i umieszczony w gablocie parku etnograficznego – nieoczekiwanie otworzył drzwi na zaplecze, uprzejmie przedstawił się i zaprosił mamę do środka; w drzwiach zaś spojrzał na ciupażkę.

– Niestety, dziś winda nie działa. Ale od wczoraj, tak się składa, czeka wolne miejsce w hali maszyn. Może pani spróbować, choćby zaraz. Przy okazji pokażę pani dalekopis.

Mama uległa namowom redaktora w pumpach i stawiła się w prasowym pomieszczeniu szumnie zwanym „halą maszyn", gdzie łomot czcionek przypominał palbę batalionu piechoty w natarciu, a rysy ludzi tonęły w kłębach dymu. Przepisywała wyniki Cracovii i Wisły, Garbarni i Olszy, sprawdzała nazwiska zdobywców bramek, zapisywała też, o której to godzinie w kinach Apollo, Wanda bądź Sztuka publiczność może – na przykład – zapoznać się z najnowszym dziełem wszechświatowego reżysera Michelangela Antonioniego, o którym tyle pisze „Przekrój". Dzięki dymom i huraganowej kanonadzie „hala maszyn" przypominała okopy pod Verdun, lecz zapewniała wypłatę na pierwszego.

Łoskot – o dziwo – pozwalał się wyłączać, w prasowym rozgardiaszu mama czuła się osobna, lecz nie samotna. Niedzielnymi popołudniami redaktor sportowy wprost od telefonu wykrzykiwał wyniki ligi pierwszej, drugiej, a nawet A klasy, a gdy opadała redakcyjna gorączka, mama przepisywała ogłoszenia lub nekrologi. Oprócz repertuaru kin i teatrów była też lista dyżurujących aptek, spisy audycji radiowych i wciąż ząbkującej telewizji. Czasem prosili o ratunek wzięci felietoniści, z odręcznie zagryzmolonymi kartkami, ozdobionymi galaktyką poprawek. Na redaktorze sportowym mama raz i drugi wymusiła krótkie sprawozdania z regat wioślarskich, ze szczególnym uwzględnieniem damskich ósemek.

Może najbardziej podobał się mamie w redakcji nastrój niedzielnych popołudni, kiedy ludzie spacerują po ulicach, idą się odwiedzać, pary wędrują do kin, trwa odświętność, tymczasem ona już spisuje wiadomości, o których będzie się mówić jutro, ucieszą tych ludzi albo rozdrażnią, wzbudzą niechęć, aczkolwiek samą gazetę czeka marny los; po południu przekupki zawiną włoszczyznę w papierowe płachty, nie mówiąc o skrawkach, które trafią na gwóźdź w ustronnym miejscu; zwyczaj krojenia gazet na ćwiartki do klozetów był jeszcze żywy.

O dziwo, ze słowa „stenografia" nie do końca wywietrzała magia, wciąż czarowało.

Mamę cieszyło zasiadanie przy maszynie, nawet jeśli to był służbowy rheinmetall. Ale tekst wykaligrafowany na kancelaryjnym papierze trafił przecież do działu ogłoszeń i oto mama, która pewnego dnia zajrzała na pocztę na Wielopolu, odebrała na poste restante przesyłkę zaadresowaną śmiałym męskim pismem. Nadawca używał pióra, porządnego atramentu i postarał się – licho wie skąd – o kopertę z czerpanego papieru. Przez kontrast jeszcze bardziej intrygowała zawartość: na starej fiszce ktoś zapisał nazwisko, adres oraz dzień, godzinę i niewiele więcej.

Słowem, Antoni Maria Krimml. Stenotypistka – biegłość – dyskrecja. Śródmieście. Doktor.

W Krakowie jak to w Krakowie, ciemna brama, pieczołowicie przechowane wonie końskiego moczu, z kuchni na parterze swąd przypalonych racuchów i słodkawy odór gazu węglowego; dalej podwórko, brukowane tu i ówdzie.

Dwie chude dziewczynki rzucały kawałek szkła na bruk obrysowany kredą w kwadraty. Potem skakały, lądując w tych kwadratach to na jednej, to na dwóch nogach. Mama przystanęła i znieruchomiała, jakby pierwszy raz widziała dzieci grające w klasy. Chudzielec, który tuż obok podbijał nogą zośkę – zjadliwie pomarańczową kępę włóczki wpiętą w ołowiany ciężarek – przyglądał się podejrzliwie. Podbił zośkę mocniej, nad głowę, potem zręcznie złapał i zaproponował:

– Chce pani popróbować?

Mama wzruszyła ramionami i zapytała:

– Do pana Krimmla wejście z klatki czy od podwórka?

Dziewczynki zachichotały.

– Musi się pani wrócić.

Mama westchnęła, zawróciła i na pożegnanie obdarzyła chudzielca radą:

– A ty co tak stoisz? Ćwicz! Ćwicz, jak chcesz wygrać!

Zdumiony chłopak zapomniał języka w gębie. Ale tylko na chwilę. Uruchomił zośkę i jednocześnie zaczął śpiewać:

– W naszej kamienicy jebią się w piwnicy – mama spojrzała na dziewczynki; chichotały, tymczasem chłopak kończył podwórkową wersję *Mariny* – i nikt im nie przeszkadza, o nie, nie, nie, nie, nie!

Mama zniknęła w sieni.

Drugie piętro zdobywała na raty, przystając na podestach.

Za drzwiami zobaczyła niewiele, dopiero po chwili, już w pokoju, z półmroku wyodrębniły się kilimy, wyściełane fotele, politurowany stół na tuzin biesiadników, pejzaże górskie w złoconych ramach, przy czym stół był nakryty głównie kurzem, a barwne kilimy zapewne wykarmiły parędziesiąt pokoleń moli. Sam doktor Krimml, niewysoki, drobny, wydawał się jednocześnie chłopcem i starcem: ruchliwy, z głową w aureoli siwych kosmyków; o zaskakująco młodym głosie, co chwilę jednak zakłócanym siąknięciami, chrząkaniem, odkasływaniem; o czystych niebieskich oczach w otoczeniu głębokich zmarszczek.

– Zatem to pani – rozpoczął. – Proszę tego nie brać do siebie, powiem tylko, że wszystko jedno. Dla kosmosu jesteśmy ledwie lustrem – wyjaśnił. – To zresztą sporo. Powiedziałbym, szlachetna misja.

Uprzejmie zaproszona do pokoju mama siedziała teraz na krześle obitym skórą i nie miała pojęcia, co odpowiedzieć. Zresztą doktor ani myślał rezygnować z dalszego ciągu.

– Dodam dla jasności, że przez „my" rozumiem istoty żyjące, chrabąszcze, ludzi czy śledzie, wszystko jedno, a nie pomijam też roślin. – Doktor Krimml przycupnął na taborecie, być może wyciągniętym spod miednicy w łazience. – Wprawdzie jesion bądź koniczyna nie mają oczu, ale co wiemy o ich postrzeganiu? Jakieś jest. Więc kosmos też się w nich odbija.

Teraz mama zauważyła, że w mieszczańskim wnętrzu, które pewnie przetrwało parę dziesięcioleci, doktor

Krimml stworzył ascetyczną wysepkę. Na desce rodem z pracowni projektowej leżały papiery pod zgaszoną lampą kreślarską, a sama deska spoczywała na dwóch kozłach ściągniętych z jakiegoś warsztatu.

– Poeci potrafili to ująć z grubsza, bardzo, bardzo z grubsza, ale jednak – ciągnął doktor Krimml. – *Na księżycu czarnym wiszę, patrząc w gwiazd gasnących ciszę. Ze strzaskaną harfą snów.* Może to nie najszczęśliwszy wybór, ale kiedy się weźmie Micińskiego jako całość... – Rozkaszlał się.

– Pan chce zapewne podyktować książkę? – odważyła się mama. – Mam maszynę, to underwood, jeszcze przedwojenny. Mogę tu przynieść i zostawić. Bo sporo waży.

Doktor Krimml zerwał się z taboretu, przemaszerował przez pokój, a miejsca nie brakowało, zatrzymał się, jeszcze raz odkaszlnął, chrząknął i powiedział:

– Tylko nie to. Żadnej maszyny. Pani pisała o stenografii. Więc jak? Pani stenografuje?

– Korbelem. Słowo w słowo.

– Pięknie. A jak ja się nazywam?

Zdumiona mama odpowiedziała:

– Doktor Krimml. Antoni Maria.

– Po wyjściu proszę natychmiast zapomnieć. Wymazać. Przypomni sobie pani, kiedy trzeba. Dam znać.

– To, co pan podyktuje, to też jest sekret? – W tonie mamy nie słychać było sprzeciwu.

– Sekret? Mówi pani „sekret"? Sekrety mają małe dziewczynki. Tu chodzi... No nie, „sekret"! – Doktor roześmiał się, zamilkł, potem trzykrotnie chrząknął, żeby dobitnie zmienić temat. – Bardzo dobrze. Nic nie będę tłumaczył.

Jest pani przyjęta. Więc proszę przyjść pojutrze. I nikomu nic nie mówić.

Doktor Krimml nagle przypomniał sobie, że stenotypistka też jakoś się nazywa. Od słowa do słowa okazało się, że znał maminego przyszywanego wuja, przezywanego w rodzinie Pordenonem. Doktor wyraźnie się ożywił.

– Bardzo elegancki człowiek. Bardzo. I to nie w sensie powierzchownym. – Przerwał na chwilę, potem dodał, oczywiście odchrząknąwszy: – A skoro się zgadało o Micińskim, umiał na pamięć całe strony. No i nie były mu obce wtajemniczenia.

Na moment rozmowa zamarła, potem doktor Krimml spytał:

– Pani wie, oczywiście, że czasu nie ma? Jest tylko umową. Ale w głębszym sensie sprawy mają się inaczej.

Mama podniosła się.

– Pora na mnie.

Doktor nie ciągnął objaśnień.

Ponieważ oboje nie wiedzieli, jak wybrnąć z ciszy, skończyło się pożegnaniem. Przy okazji doktor Krimml pominął sumę, za jaką mama miała stenografować, nie wyjaśnił też, co zrobić z przyszłymi stenogramami, przecież nieczytelnymi dla niewtajemniczonych.

Na dole dziewczynek już nie było, pewnie siedziały przy kolacji. Za to chłopak doczekał się kompanii. W zośkę grano teraz na bramki, do sześciu.

Wizyty u doktora Krimmla jakoś nie mogły otrząsnąć się z mgły. Doktor wypytywał o technikę stenografii, jakby dbał o powstanie zapisu podwójnie sekretnego, dla bardzo nielicznych, jakby swój zbiór tajemnic chciał opakować w jeszcze jedną tajemnicę, stworzyć jakiś nowy zwój z Qumran. Mama nie wiedziała, o co w istocie chodzi, ba, podejrzewała, że doktor kręci, nie tylko przed nią, ale i sam przed sobą. Mogła się tylko domyślać, co doktor sądzi: że po świecie krążą strzępy prawdziwej wiedzy o naturze świata, o jego przeznaczeniu, od stworzenia po kres, ale tę wiedzę zwalczają na równi uniwersytety, Kościoły i trony, nie tylko podsycane przez złego ducha, ale i dla pieniędzy. Bo prawda to nie kasa ani władza, a owe strzępy ujawniają się to tu, to tam, to w snach, w ludowej pieśni, to w wierszu lub figurze matematycznej, na starych papirusach, na przykład perskich, i licho wie gdzie.

Mama z kolei miała wrażenie, że stenografuje nie wywód czy wykład, nie traktat czy rozprawę, lecz byle jak posklejane kawałki diabeł wie czego.

Niemniej wciąż nie ustalono godzin spotkań ani wynagrodzenia, chociaż po drugiej wizycie mama dostała, owszem, 300 złotych zaliczki. Wydawało się, że Krimml nie umie poradzić sobie ze sprzecznością oczywistą dla mamy: kto owija tajemnicę w tajemnicę, tę zaś w kolejną warstwę tajemnic, może istotę sprawy – jeśli w ogóle jest coś takiego – skutecznie unicestwić.

Utrzęsło się. Teraz przy śniadaniu mama czytała gazetę, której część sama przepisywała dzień wcześniej, po twarzy nic nie ciekło. W drodze do redakcji zerkała na stare kąty, a było kiedy, bo teksty w gazecie mnożą się dopiero po południu. Przystań nad Wisłą, Sikornik; w gruncie rzeczy sama siebie oprowadzała po starych kątach, sama sobie opowiadała słoneczne historie pachnące krochmalem letnich sukienek i nadlatującym znad gór wiatrem. Nie przejmowała się już zdrowiem. Znachorzy na równi z lekarzami wydawali się teraz przywidzeniem, jak ich diety, drażetki i ziółka.

Ale coś się zmieniło.

Jeśli przypadkiem mama zawędrowała na Salwator, zza bliższych pasm wynurzały się czasem Tatry. Widok, jak kiedyś, chwytał za serce, był piękny, nawet można było się zastanawiać, na czym to piękno polega. Ale odległe góry już nie podpowiadały, że za nimi rozciąga się ziemia obiecana. Kiedyś wabiły tym, że ich przekroczenie zaprowadzi w wiecznie słoneczne doliny po drugiej stronie. A teraz? Co im się stało?

Na górach nie koniec. Mama zaczęła odnosić wrażenie, że w Krakowie zza każdego rogu już nie wyziera istota rzeczy; nie kryje się ani tam, ani w ciemnych sieniach, w tej czy innej prześwietnej kruchcie ani krypcie – bo jej nie ma. Mamie powoli z Krakowa ulatniał się Kraków. Rozczarowaną, ogarniały myśli o ogniu: spalić wszystko! Spalić plac Na Stawach, spalić Błonia, spalić Rudawę, niech ogień pochłonie Planty, ławki nad Wisłą, Wisłę też spalić, z Wandą i smokiem, spalić, spalić, wszystko spalić, a potem jeszcze raz!

Nastały jakieś dziwności. Jadąc do domu wieczornym tramwajem, mama przysypiała, potem otwierała oczy i miała wrażenie, że w wagonie siedzą jej bliscy zmarli: mamina matka, siostra Agata i ten szubrawiec jej mąż,

Bukowski, przyszywany wuj Pordenon, serdecznie niecierpiana teściowa z Rzeszowa. Pordenon w nienagannie wyprasowanym dwurzędowym garniturze i w lśniących butach, zawsze życzliwa Agata, nie mówiąc o matce, wszyscy stali za mamą murem, a teściowa gotowa była za wszystko przepraszać. Wrażenie mijało, owszem, przyśnić się mogą różne rzeczy. Lecz pojawiło się też co innego: tęsknota za dniem poprzednim, który wydawał się nierównie lepszy niż ten, który trwa. Mamie zdawało się, że „wczoraj" należy do innego świata, szczęśliwszego niż to, co teraz. Jakby człowiek pogrążał się w studni, a na górze, nad jej ocembrowaniem nachylały się twarze, do których nie ma już dostępu, nie wiadomo, jak się dostać, po czym się wspiąć, coraz dalsze, coraz mniejsze; obwiedzione coraz grubszym pierścieniem mroku; współczujące, ale co z tego?

Niecodzienne nastroje nie ustępowały, przeciwnie, niecodzienność powoli stawała się codziennością. Utrzęsło się, a Kraków zaczął się wydawać jałowy. Ukryty w każdym zakątku Bóg, może krakowski, kto wie, ale skąd wziąć innego, jakby z tych zakątków wywietrzał. Boskość Krakowa wietrzała.

Niecodziennych nastrojów nie rozpraszały pogawędki w kuchni na Zwierzyńcu, gdzie bratowa Marta okazywała się rozmowna, najchętniej zaś opowiadała o najbliższej pielgrzymce parafialnej, na wiosnę do Kalwarii Pacławskiej, do kościoła pod wezwaniem Znalezienia Krzyża Świętego, o tym, że ksiądz Zbigniew jedzie na studia do

Rzymu, a ksiądz Antoni do Afryki, do Konga, chociaż dokładnie nie wiadomo gdzie, bo to Kongo to jedna wielka awantura, więc może warto zmówić różaniec, a ona, Marta, zaniosła nawet maleńką broszkę jako wotum w intencji tej misji. A do Kalwarii Pacławskiej na odpust jedzie cała parafialna rodzina szkaplerzna. Panny na biało, pięknie.

Mama przyszła do Marty z wiadomością, że w „Dzienniku" przepisała nekrolog aktora, w którym kochały się obie jeszcze przed wojną; po dziesięć razy chodziłyśmy na przedstawienia, takie z nas były głupie kozy. Ten Nowakowski, chociaż mówiło się o nim Wacław, był kapitalny w *Dożywociu*, naprawdę kapitalny, jako Birbancki, a jakże, do tego cóż za mężczyzna! I już go nie ma. Lecz Marta nadal opowiadała o parafii, a mamie nagle wydało się, że i Martę widzi wysoko w górze, nad ocembrowaniem studni, w którą sama się zapada.

Mama uznała, że w Krakowie brak Krakowa; Kraków w Krakowie się skończył. Został Niekraków.

Swój Kraków przedwojenny mama pchała przed sobą jak zabawkę z wiosennego odpustu Emaus; jak kolorową drewnianą sójkę na kółkach i kiju, która jedzie chodnikiem, macha skrzydłami, a dzieciom wydaje się radością może większą niż widok żywego ptaka.

A Kraków wyglądał już inaczej. Ulice pełne były ludzi, aut i tramwajów, koni, było tego dużo więcej niż kiedyś, namnożyło się nawet zakonnic, nie mówiąc o dorożkarzach, kierowcach czy studenterii. W zgiełku i ruchu marniała ta emausowa sójka, maminy przedwojenny Kraków;

gasły świetliste kolory, niknął kształt, ulatniał się powab. W ręku zostawał tylko kijaszek do popychania, ale i on nie był żadnym tam odpustowym pachnącym patykiem ze świeżo ostruganego drewna; z wolna zamieniał się w starą, dobrze znajomą laskę, tę cepeliowską ciupażkę rzeźbioną w dziewięćsił i szarotki.

Ludka, która co pewien czas wpadała na Podgórze do maminej dziupli, w zimie coś napomknęła o kłopotach Ziuty, której mąż nabawił się przeziębienia. Nie mógł się z niego wywinąć, drobiazg przestawał być drobiazgiem. Ziuta ściągała Ludkę na rozmowy do kawiarni, dzwoniła późnym wieczorem, właściwie w nocy, popłakiwała, ale kiedy przychodziło do konkretów, niczego nie udawało się z niej wydusić. Z czasem Ziuta dzwoniła tylko po to, żeby głośno wypłakać się do telefonu.

Małżeństwo Ziuty było o tyle osobliwostką, że za młodu koleżanki nie przepowiadały Ziucie sukcesów z mężczyznami. Drobna i już wtedy przygarbiona, wyglądała, jakby przejechał się po niej spychacz. Godziła się jakoś z brakiem powodzenia, aż nagle stał się cud, młody przystojny inżynier, wysoki brunet – miłość. I wbrew wszelkim przepowiedniom oraz mądrościom nic złego się tej parze nie przytrafiło. Spełniona bajka.

I oto teraz w maju mama z Ludką poszły na Salwator na pogrzeb. Kaskady bieli na kasztanowcach, ksiądz w fioletach, zakatarzony organista, wyświechtana łacina, dychawiczne śpiewy, zapaszek kwiatów gnijących na niedalekim śmietniku, wreszcie milcząca grupka przy trumnie – zanosiło się na znaną ceremonię, te zwykłe pół godziny pod gołym niebem. Ale nie tym razem. Ziuta już w kaplicy wyglądała jak kawał drewna, cała jej grubo strugana uroda sprawiła, że twarz stała się bolesną maską. Przyjaciółki nie poznawały wdowy, to był ktoś inny, twarz i sylwetka nakazywały dystans, groziły skamienieniem; w kaplicy pojawiła się gorgona, pełna gniewu wobec żywych. Właściwie nie wiadomo było, jakim cudem mogła tu dotrzeć w takim stanie, jakim cudem przemieścić się nad nasyp i dół, nad którym stało czterech huncwotów ze sznurem i łopatami. Nagle mama, Ludka i inne przyjaciółki zdały sobie sprawę, że oto widzą miłość. Wielką miłość, o której tyle czytały, tyle słyszały i która trafia się naprawdę. Nikt już nie będzie dla Ziuty tym, kim był zmarły, jedynym, który widzi w niej to, co jest jej prawdą; cud bycia z kimś takim wydarzył się rzeczywiście i jak każda rzeczywistość przeminął, bo właśnie był rzeczywistością, a nie złudzeniem, które można żywić zawsze. I oto po twarzy Ludki zaczęły płynąć łzy, przyjaciółki jedna po drugiej zalewały się łzami, mama też, okazuje się, że miłość jest możliwa; i nie wiadomo, czy płakały ze współczucia dla Ziuty, z zazdrości, że to nie im się przytrafiła taka miłość, z żalu nad sobą, z zazdrości, z zachwytu. Okazało się nagle, że spokojna i zdawkowa ceremonia w wiosennej scenerii, pod kaskadami bieli na kasztanowcach, między kwitnącymi rododendronami na grobach, przy akompaniamencie zięb, kosów, kopciuszków, mazurków i rudzików zamienia się w niepowtarzalne wiosenne szlochanie, nad zmarłym, nad Ziutą, nad wszystkim po trochu; kobiety zgromadzone przy grobie płakały po chwili co do jednej. Mężczyźni okazali się bardziej odporni, ksiądz z organistą zdumieni, w obawie, że może coś przeoczyli, nie daj Boże palnęli gafę, tymczasem całość wyglądała na scenę operową: zmartwiała, zastygła jak rzeźba w drewnie wdowa i tuzin przyjaciółek zanoszących się płaczem, by potem – jednocześnie – sięgnąć po chusteczki.

W parę dni później klucz od mieszkanka na Podgórzu mama zostawiła u dozorcy, list do Ludki wrzuciła do skrzynki pocztowej przy Limanowskiego i ruszyła na dworzec.

15

Pordenon? Była już o nim mowa, trudno, nie ominiemy dygresji.

Rodzinę mamy bolało, że wuj Pordenon jest w piekle. A nie był nawet krewnym, ledwie powinowatym.

O piekle można tak albo siak. Na widok Sądu Ostatecznego można zaręczać, że to tylko malowidło lepszego czy gorszego pędzla. Ale co innego wyobrażenie, co innego fakty. Oto do piekła trafia ktoś bliski, kto niedawno pił kawę z filiżanki wciąż stojącej w serwantce, chodził w kapciach nadal leżących pod fotelem, z których nie wywietrzał zapach, prowadzał nad Rudawę wilczura Selima, teraz godzinami wpatrzonego w próg. Zbiór „The National Geographic Magazine" wciąż stoi na tych samych politurowanych półkach, obok lwowski „Rocznik Orjentalistyczny", tylko brak właściciela, bo poszedł do piekła. W nieodwiedzanym sąsiednim pokoju czyha czeluść. Huczą płomienie tuż za drzwiami. Przypuśćmy, że smoła i siarka to metafory. A co z wiecznością? Też przenośnia?

Po śmierci wuja dwupiętrowa kamienica na krakowskim Zwierzyńcu trafiła na krawędź otchłani. Zwykłe palenie w piecu przyprawiało o dreszcz. Co dopiero zejście o zmroku klatką schodową, skąpo oświetloną najsłabszymi żarówkami. Czy to tędy diabli uprowadzili zdobycz? Zręcznie, zwinnie, bez potykania się na stopniach, zawadzania o poręcz, brama ani skrzypnie, więc jazda na wyludnioną ulicę, potem przez plac Na Stawach, hen, ku Wiśle z jej topielcami. A może inaczej, w dół, coraz niżej, do piwnicy, za sterty węgla, za słoje konfitur, kurz nie kurz, między pajęczyny i hajda, wprost w podziemie. Albo oknem. Bo umieją też wywlec ofiarę oknem. I lecą, gdzie chcą. Wprawy im nie brak.

Mogło być jeszcze inaczej. Kamienica nie wysadziła się na łazienki, co to, to nie, kran ze zlewem na klatce i starczy, w sumie trzy, to wszystko, a co do reszty, to z tyłu na drewnianych gankach posadowiono latryny, po dwie na parterze i na piętrach, jedna nad drugą. Teraz te latryny wydawały się tunelem do bezdennych czeluści. Jeśli ktoś niczym nieosłonięty siadał na wyłożonej gazetą drewnianej desce, musiał pamiętać o czyhających od spodu czarcich pazurach. I kłach. Może wuja Pordenona wleczono do piekła tamtędy? Zawsze starannie ubrany, jedwabna koszula, złote spinki, bielska wełna, włosy wytresowane pod siatką, i oto wuja wloką do piekła przez dziurę w klozecie, śmierdzącymi kamionkowymi rurami przez nieczystości w cuchnącą topiel. Na wieki. Szponami za genitalia. Za fujarę, za jaja. Koszmar.

* * *

Rodzinne przezwisko „Pordenon" pochodziło od dawno zmarłego zakonnika, błogosławionego Odoryka de Pordenone, który z początkiem XIV wieku zawędrował do Chin, gdzie z czasem został arcybiskupem Pekinu. Wujowi, który w wolnych chwilach czytywał zadziwiające historie, ów franciszkanin szczególnie przypadł do gustu. Arcybiskup Pekinu! Ściślej, miasta Chanbałyk później przemianowanego na Pekin. Nie do wiary! Niesłychane! A to nie wszystko. Odoryk de Pordenone odwiedził jeszcze Tybet. Było się nad czym zadumać. Tu Wawel, tam pałac Potala. Tu na słomianych nizinach Łokietek wojuje o każdą miedzę, tam górskie kolosy ryją niebo, pod nimi zaś mędrzec Butön Rincien Drup naucza o tantrach, tradycjach ningma i sarma; wkoło lodowce, bezkres, biel wprost z zaświata. Tu grota ojcowska zarośnięta pajęczyną, zbuntowany wójt Albert, ścinanie mało ważnych głów. Tam, u schyłku dynastii Yuan, cesarz Wenzong, potomek Kubilaja i Timura raz w tę, raz we w tę zagarnia połacie wielkości Europy. Wuj smakował te przeciwieństwa, dopatrywał się w nich drugich i trzecich głębi, ba, liczył, że w pewnej chwili wynurzy się zza nich jakaś tajemnica, że się odsłoni prawda niedostępna na co dzień, godna wierszy Micińskiego, że wzejdą olśnienia.

Wzeszły, nie wzeszły, tymczasem wuj wylądował w piekle.

Umarł niespodziewanie z początkiem 1946 roku. Siedział na sofie między biblioteczką a serwantką, pod pejzażem znad Morskiego Oka. Lekko przekrzywioną głowę oparł o ścianę, a ściślej, o perski kilim, po którym ślizgała się ukośna smuga styczniowego słońca; elegancko ubrany, jak to on, w lśniących półbutach, mógł choćby zaraz iść do sądu, nawet apelacyjnego. Niestety, nie żył. Tak go zastała Haneczka, kuzynka, która mieszkała po drugiej stronie sieni. Przyszła zrobić śniadanie, potem posprzątać. Na nic się zdało potrząsanie. Na próżno w rzeźbionej szafce bił wahadłowy zegar. Mógł bić w niej nawet Dzwon Zygmunta. Wuj był już głuchy jak pień.

Z dnia na dzień przestały się liczyć politurowane meble, zbiory zagranicznych pism, wujowa zażyłość z obcymi językami i szacowne szajby. Palącą sprawą stał się pochówek, bo wuj Pordenon jeszcze dobrze nie ostygł, a już rozpełzły się plotki. Czyżby w pięknym wieku pięćdziesięciu pięciu lat sędzia Dmitruk odebrał sobie życie?

A to dopiero...

Dociekano przyczyny; prawdy biły się z nieprawdami, pewności wciąż brakowało. Napomykano szeptem o sprawach sądowych, o dochodzeniu rzekomo wiszącym nad głową wuja. Więc co, że rychłe aresztowanie? Bajki! Trochę cichszym szeptem spekulowano na temat Żydów. Jakieś oddane na przechowanie obrazy zaprzyjaźnionych prawników, porcelana, jakieś dywany? Raz, że bzdura, dwa, oni już dawno nie żyją. Niemcy wszystkich wywieźli do Oświęcimia. Co do jednego. A teraz w Krakowie pełno tego pożydowskiego mienia, po samą kokardę, ale nikt przez to nie łamie krzeseł. Nie sięga po cyjanek. Zaraz, zaraz, więc to cyjanek? No skądże! Kto mówi o cyjanku? Bo na początku okupacji wuj mógł przepisać na siebie ten żydowski antykwariat. Żeby ocalić firmę, tak się robiło. Ale przy tym antykwariacie kręcił się też Bazyli, a z Bazylim wiadomo, że nic nie wiadomo. Żeby sam pan sędzia? Więc szeptem ledwie już słyszalnym, cichszym niż trzepot motylich skrzydeł, obgadywano życie wuja. Samotne, więc tajemnicze. Może nie takie samotne? Bo przy wuju nie widywano kobiet, najwyżej krewne. Tyle że świat się nie kończy na kobietach. Coś podobnego? No proszę. Czyli że to tak? Strach myśleć, co oni tam między sobą wyprawiają. Tak albo i nie tak, bo jeszcze jest ta Zosia, co pędzi na Błonia ich krowy. Jeszcze są Ukraińcy. Jest bezpieka.

I tak dalej.

Brat, rodzina dalsza i przyszywana chełpili się wcześniej wujowską togą, lecz teraz chełpliwości ustały jak nożem uciął. Wuj Pordenon nie okrył hańbą żony ani dzieci, bo ich nie miał. W żadną hańbę nie dał się wkręcić wilczur Selim, który dostrzegał tylko – i przeżywał – dojmujący brak mentora. Lecz bliskim wuja nie żałowano boleściwych wejrzeń. Niczym fale radiowe mknęły w powietrzu podpowiedzi dla dzieci, żeby omijać kamienicę naznaczoną piekłem. Skoro diabeł dobrał się do pana sędziego, to nie wiadomo, na kim skończy.

Kroił się skandal pierwszej klasy. Czeluść nie czeluść, należało działać bez zwłoki; nie było żartów.

W Krakowie starsi jeszcze pamiętali awanturę z pogrzebem Bałuckiego, który zastrzelił się na Błoniach. Księża byli nieubłagani. Człowieka, który sam się zabija, czeka wiekuiste potępienie. Duchownym ani się śni recytować uświęcone frazy nad ciałem, z którego szatan wywlókł duszę na wniosek samego nieboszczyka. Woda święcona to nie pomyje. Zamiast asysty religijnej, responsoriów, łaciny, kropidła, zamiast stuły, fioletów i biretów musi teraz wystarczyć czwórka nieogolonych drabów cuchnących bimbrowatą śliwowicą i zaniechanym praniem, a wyłuskanych z baru Na Stawach. Proszę bardzo, obwieś jeden w drugiego, przytaszczą sznur i łopaty, zwyrodnialca zakopią pod murem, w pośpiechu, bo w głowie im jedno: tryumfalny powrót na Stawy ze zwitkiem banknotów w garści. A potem wrócą po nocy i odkopią w poszukiwaniu złotych zębów.

Do tego, rzecz jasna, rodzina nie może dopuścić. Trzeba było na wzburzone fale wylać trochę oliwy.

Rzekomo wuj brał proszki. Więc może coś pomylił? A serce wuja? Szczerozłote, lecz nie z żelaza. Dodajmy, że nagła a niespodziewana śmierć przytrafia się z woli boskiej. Mieszkał samotnie, więc trudno o świadków, pies Selim niewiele zezna. Owszem, piętro wyżej słyszano, że wuj się kręcił po domu do późnej nocy, tam i z powrotem, a później ucichło. I co, czyli samobójstwo? A list? Otóż nie zostawił. Sędzia. Nawet skrawka. Za to wujowe urzeczenie Tybetem i średniowieczem znali wszyscy, te fascynacje mantrami i Himalajami, nirwanami i tą całą Potalą. Co świadczy o rozchwianiu psychicznym. I właśnie dzięki takiej diagnozie, że rozchwianie psychiczne, pochowano w wiedeńskiej Krypcie Kapucynów samego arcyksięcia Rudolfa. Wcale nie pod murem.

Jakoś tak się złożyło, że w parafialnej kancelarii Najświętszego Salwatora siedział ksiądz o wyglądzie buchaltera. Jak raz, nie zamierzał wiele pytać. Z Bazylim, bratem Pordenona, ustalił datę, przyjął należność jak za wystawny pochówek, potem nagle zasugerował, że do odprawienia egzekwii i na czoło konduktu może lepiej zaprosić kogoś od franciszkanów. To tam zmarły chętnie chadzał za życia, a tutaj nawał zajęć, może do dyspozycji będzie tylko wikary, nawet bez organisty, chociaż... *Gratiasago* za wspomożenie parafii. Miejscowi księża chętnie odprowadzą trumnę do rodzinnego grobu, odśpiewają hymny... *Gratiasago*. I pamiętajmy jeszcze o ubogich... *Laudetur Jesus Christus*.

Jakoś rozpłynęła się też sprawa sekcji. Co teraz komu po sekcji? Nie ma już człowieka. Cztery deski, czwórka koni, karawan i wio!

Wuj legł zatem na salwatorskim cmentarzu w sąsiedztwie znamienitych obywateli, cesarsko-królewskich dyrektorów poczty i kolei, prezesów krakowskich wodociągów, pośród profesury uniwersyteckiej i gimnazjalnej, gwiazd palestry, inżynierów, malarzy i aktorów, a także pośród starszych niejednego cechu, nie wyłączając kongregacji włóczków.

Z ciałem dało się załatwić.

Dmitrukowie pochodzili spod Preszowa na Górnych Węgrzech, a dzieje podwawelskie zawdzięczali cesarsko-królewskiej żandarmerii, która z sobie wiadomych powodów jeszcze w osiemdziesiątych latach XIX wieku przeniosła swego podoficera z Koszyc do Krakowa. Nad Wisłą Dmitruk ożenił się i doczekał dwóch synów, Leona i Bazylego.

Leon, przezwany potem Pordenonem, grekokatolik, ochrzcił się jeszcze raz, na wszelki wypadek, u krakowskich franciszkanów i zaczął używać drugiego imienia

Michał. Młodszy Bazyli, obdarzony talentami malarskimi rozwijanymi przez pewien czas w monachijskiej Akademie der Bildenden Künste, podpisywał obrazy już jako Wojciech Chocimski; także na nowo ochrzczony, też nieźle, bo na Skałce, chadzał niedzielami do św. Anny, chociaż w większe święta nadal nie omijał cerkwi na Wiślnej. Lubił świętować, a dzięki różnicy kalendarzy obchodził Boże Narodzenie i Wielkanoc dwukrotnie. Na Wiślnej z krewnymi, u św. Anny w drodze na Parnas.

A z Dobrosielskimi było tak.

Przed pierwszą wojną światową mieszkali w Wiśniowej, na południe od Dobczyc. Dziadek – ojciec mamy – prowadził z powodzeniem firmę budowlaną i na brak pieniędzy nie narzekał. Szczęśliwie ojcował czworgu dzieciom, a w 1909 roku zapowiedziało się na świat następne. Sęk w tym, że dziadek, entuzjasta nowoczesności, chętnie poruszał się na rowerze, pojeździe wciąż postępowym. Jednak z drugiej strony nie gardził tradycją. Kochał rower, rozmyślał o automobilu, lecz karczmy za rzeką nie omijał.

Dalej?

Co innego wstąpić do karczmy, co innego z niej wyjść. Tu nawet piechur miewa kłopoty, a co dopiero rowerzysta. Droga do domu wiodła przez most, a w Rabie, jak to w karpackich rzekach, kamieni nie brak, więc jeśli ktoś się na moście wpakuje w balustradę, przekoziołkuje i zleci, nie bardzo może liczyć na dole na wygody, pierzyna tam nie czeka. Dziadek Dobrosielski nigdy nie zobaczył piątego dziecka, nie dowiedział się, że jest dziewczynką, i tak już na zawsze zostało. Godzenie tradycji z nowoczesnością nie wyszło dziadkowi na zdrowie.

Babcia Dobrosielska przeniosła się z dziećmi do Krakowa, mając na względzie szkoły. Konto po dziadku nie straszyło pustkami. Odsetki starczały na życie, na niewygórowane komorne i resztę. Pierwsza wojna światowa zastała babcię Joannę dwa kroki od placu Na Stawach.

Z wybuchem wojny zmieniło się na Zwierzyńcu niewiele. Z rąk do rąk przechodziły Lwów, Dukla, Przemyśl, Rzeszów, Rosjanie stracili animusz akurat pod twierdzą krakowską i to z jej przedpola zarządzili w końcu odwrót. Tymczasem na Błoniach wciąż pasły się te same krowy, do ewakuacji mało kto się kwapił, a sygnaturka norbertanek, jak gdyby nigdy nic, odzywała się o tej samej porze. To prawda, że sławny klasztorny dzwon topielców trafił do huty, by się przeistoczyć w cesarsko-królewską armatę. Owszem, na ulicach gęściej widywano kobiety w czerni. Krakowianie pod bronią trafiali nawet na zbocza Alp Julijskich, przez stację kolejową sunęły pociągi sanitarne załadowane po brzegi ludzkim jękiem. Fale żołnierskie wciąż przewalały się przez karpackie przełęcze, Użocką, Łupkowską czy Dukielską, a po obu stronach gór narastał osad cmentarzysk. Lecz w mieście sklepy sprzedawały, bank wypłacał, a nawet późną wiosną – po rocznej przerwie – pokłusował ku rynkowi Lajkonik. W Krakowie nie było tak źle. Dla babci wojna wciąż była mniej rzeczywista niż wspomnienie mostu na Rabie.

Dopiero kiedy umilkła palba i podpisano traktaty, nastały czasy dla babci nielitościwe. Nowe granice i powojenne zawieruchy sprawiły, że w nareszcie niepodległym państwie nie zabrakło ludzi, którzy nagle zostali z niczym. To wtedy babcia Joanna ze swym drobiazgiem wylądowała w zwierzynieckiej kamieniczce, bez pieniędzy, odpowiednio bezradna i wystraszona.

Przygarnęli ich Dmitrukowie – zamężna ze starym Dmitrukiem babcina przyrodnia siostra i sam Dmitruk z krewnymi – bez żadnych grymasów. Mało tego, niezbyt gorliwie upominali się o komorne, a babci drobiazg mógł zawsze liczyć na bańkę mleka. W podwórkowej oborze odległej o parę kroków od Błoni niezmiennie rezydowały trzy krowy.

Po pogrzebie sadowiono się w mieszkaniu Pordenona w dużym pokoju przy stole. Do zdejmowanych okryć, które zaległy na kuchennej skrzyni, przywarły jeszcze resztki chłodu i obłoczków pary z nosów zaczerwienionych na mrozie. Odświętne czarne stroje nieco się rozprostowały po uwolnieniu spod ciężkich płaszczy, fryzury po zdjęciu kapeluszy nabrały trójwymiarowości. Żałobnicy wreszcie wyglądali jak u fotografa. Bo podczas powrotu z salwatorskiego cmentarza dotknęła ich mimowolna pląsawica. Wyginali się, bezładnie wymachiwali rękami, pokrzykiwali, z trudem utrzymywali się na nogach, raz po raz ratując się przed upadkiem. Z dala się wydawało, że ta czereda – licho wie czemu ubrana na czarno – wraca z imienin tuż po wypiciu paru strzemiennych i zaraz zaintonuje *Góralu, czy ci nie żal*. Dopiero z bliska było widać, że śnieg na salwatorskich kocich łbach posypano piaskiem byle zbyć, a zwierzyniecka smarkateria wyszlifowała na chodniku tuzin ślizgawek. Na ostatniej stromiźnie koło kaplicy św. Małgorzaty gruchnął na plecy Bazyli, wyrżnął głową o bruk i licho wie, czym by się skończyło, gdyby nie solidny skoczowski kapelusz.

W pozornie rozbrykanej gromadce nie było już starego Dmitruka, który zmarł wkrótce po klęsce Niemców pod Stalingradem (tę radosną nowinę przyniósł z obory, gdzie na górce pod sianem uparcie trzymał radio), zatem przy stole zabrakło mistrza ceremonii zarządzającego dysputami o wojnie i pokoju oraz mężczyznach i kobietach, a szkoda, bo stary Dmitruk umiał wąchać czas. Zabrakło też jego żony; przybrana babcina siostra umarła tuż przed wojną. A teraz zabrakło jeszcze Pordenona. Prócz Bazylego z Dmitruków pozostały tylko Zosia i Haneczka. Siedziały przy stole niepewne i nierozmowne. Chyba wolały pomagać w okolicznościowej krzątaninie, ale usadzono je honorowo, a domowe starania przypadły babci Joannie i jej córkom.

Na stół miał trafić żur z ziemniakami. Przede wszystkim należało jednak rozgrzać zmarzniętych żałobników i nalać po literatce, choćby dla zdrowia. Koniak z odświętnej rezerwy Pordenona trafił nawet do musztardówek, bo literatek nie starczyło dla wszystkich.

Garnitury z bielskiej wełny, białe poszetki, czarne woalki, tchnące chłodem pelisy i odkorkowana butelka martella podkreślały pożegnalną tonację. Do tego nie wiadomo było, jak sformułować toast. Pić za nieboszczyka? Bazyli przykładał kompres do głowy, wujenka Nuna raz po raz wychodziła na ganek po zimne opatrunki, mężczyźni *unisono* odprowadzali spojrzeniem jej elokwentne i zwinne pośladki. A literatki zbratane z musztardówkami czekały w uniesieniu.

Babcia, która mieszała żur, myślała o czym innym. Jak uznać, że ten dobry człowiek, którego znała, trafia na wieczność do piekła? Księża nie zostawiali wiele nadziei. Może między grzesznym postanowieniem a zgonem wuj solennie pożałował strasznego postępku, podsuwali, może chciał jeszcze odkupić fatalne rozstrzygnięcie, lecz tego się nie dowiemy. Na pewno lepiej, że go nie skusiła broń palna, pocieszali, bo wtedy między pociągnięciem za spust a rezultatem zostaje bardzo mało czasu na skruchę, a co dopiero na mocne postanowienie poprawy; w takich razach już lepszy jest skok do rzeki, łatwiej zdążyć z duchową odmianą; w sumie niewiele jednak można gwarantować przy tak jawnym naśladowaniu Judasza.

Księża księżmi, myślała babcia, lecz i bez dużej matury – miała małą – widać jak na dłoni, że wuj nie rzucił się w czeluść dla zabawy. Co przeskrobał? Albo w co go wrobiono? Tak czy inaczej, najważniejsze były dla niego rachunki z ludźmi. Twardo wybierał między światem a zaświatem. Do tego trzeba charakteru. A skoro Bóg daje charakter, to jak może za ten charakter winić?

Czekały uniesione literatki, poturbowany Bazyli szukał gorączkowo pierwszych słów toastu, prócz zapachu żuru unosiło się w powietrzu przekonanie, że tu nie ma i nie będzie zgody na piekło dla Pordenona. Pies Selim węszył pod drzwiami do sąsiedniego pokoju, powarkiwał, by po nagłym *crescendo* zanieść się ujadaniem, przyprawiającym o ciarki na plecach.

W tym momencie pomyślano o aparacie Zeiss Super Ikonta C z tessarem, dumie nieboszczyka. Przy bibliotece stał składany statyw. Bazyli odłożył kompres, wybrał ustawienia, przykręcił lampę, włożył magnezjową żarówkę, wcisnął samowyzwalacz, usiadł i przytknął kompres do głowy.

Oto nurkują w nieprzewidywalną przyszłość.

Syk-pfuuuf-błysk; obłoczek dymu.

Babcia Joanna z żeliwnym garem żuru i głową pełną wątpliwości.

Mama, która już się spodziewa drugiego dziecka, ale myśli o tym pięknym peugeocie z przerzutką, damce zrabowanej przez Niemców; czy kiedyś zacznie znowu przemierzać podkrakowskie okolice, od Mogilan po Alwernię, po Tyniec i Ojców; dzieci dziećmi, lecz sobą też trzeba się zająć.

Ojciec, który zerka ku wujence Nunie i nie umie tego ukryć.

Wuj Bazyli, który przykłada kompres do potłuczonej głowy i gorączkowo szuka słów toastu; jego nurtuje co innego, najświeższy pomysł: obwożenie po kraju ogromnej złocistej ramy, którą ustawi na wprost malowniczych miejsc i to będzie wszystko: rama skadruje krajobraz, chwyt prosty i awangardowy, może liczyć na przygarść recenzji, owszem, ale czy da się na tym zarobić?

Wujenka Nuna; ta nieprzerwanie boi się własnej kobiecości, bo owa kobiecość może zaatakuje znienacka, runie na Nunę jak wściekłe zwierzę, zagryzie w niej człowieka i nie wiadomo, co będzie dalej. Niby to frajda, że mężczyźni gapią się na jej tyłek, lecz skutki burzy zawsze spadną na kobietę.

Wit, najstarszy brat mamy, adwokat, najdalszy od uśmiechu, bo w każdej chwili doskwiera mu otwarta rana; rodzina, żona i syn wykluczają wolność niedostępną dla Wita za kawalerskich czasów, bo bieda, z kolei teraz... No właśnie.

Wuj Grzesio na tle okna; myśli, chciałby zamienić motocykl Zündapp, kardan, z wózkiem, na jakiś samochód, chociażby DKW; na razie wciąż ulepsza motor i zmniejsza spalanie, znajomi kpią, jak pójdzie tak dalej, motor sam będzie tryskał benzyną niczym szyb naftowy, ale wuj się nie gniewa, żarty go nie drażnią. Zresztą zawsze można machnąć ręką i postawić w domu akwarium...

Wszystkim się zdaje, że jego żona, wujenka Marta, zawsze gra i jest to właściwość nieodłączna, nie do przełamania; wujenka Marta gra, że się gniewa; gra, że się cieszy; gra, że je; gra, że idzie; właściwie gra, że jest, a nikt nie ma pojęcia, co pod spodem. Fakt, że pobożna.

Dalej wuj Janek, trzeci brat mamy, samotny konduktor kolejowy. Jego żywiołem jest podróż, sądzi, że tylko w ruchu może trzeźwo myśleć, podczas przemieszczania, o czym ludzie niepodróżujący nie mają pojęcia. Janek najbardziej przypomina pochowanego Pordenona, lubi filozofować i teraz zamyśla dogadać się w sprawie roczników lwowskiego „Przeglądu Orjentalistycznego", zbioru niewiele znaczącego dla innych.

Na brzegu krzesła przycupnęła mamina siostra, ciocia Agata, jej widok zawsze podpowiada to samo, zresztą sprośnie, że ów szubrawiec Bukowski, który ją rzucił, teraz pewnie posuwa jakąś młodą sikorkę. Dziwna sprawa, od tego wyobrażenia nie da się uciec.

Z boku speszone kuzynki. Haneczka, która nigdy nic nie gra, mówiąc, tylko mówi, ziewając, tylko ziewa, tańcząc, tylko tańczy, milcząc, milczy, żadnych podtekstów;

w sumie równie niepokojąca jak wujenka Marta, która tylko gra. I tu, i tam to samo pytanie: co pod spodem?

No i kuzynka Zosia, zawsze spłoszona, bo ma na lewej piersi spore włochate znamię i to jest problem, los, dola. Czy ktoś ją zechce z tym znamieniem? Nie sposób się o tym przekonać bez rozbierania, bo kto nie ściągnął z Zosi koszuli, ten nic nie wie, a Zosia nie każdemu na to ściąganie pozwoli. Trudna sprawa.

Wreszcie pies Selim, który na widok aparatu przestał ujadać pod zamkniętymi drzwiami i zakradł się na środek kadru.

Ludzie przed obiektywem to nie wojownicy, którzy runą na demony z nożem czy z pazurami. Nie. Ale gotowi są przedstawić sądom ostatecznym powściągliwy sąd własny. Jest w tym bunt cichy, lecz trudny do ugaszenia. Znali Pordenona, trudno i darmo, wiedzieli, kim był, i nie zmienią zdania, chociaż piekło zbliża się na wyciągnięcie ręki i nie odstępuje, wyziera zza rogu, spod podłogi, zza pajęczyn na strychu, iskrzy w elektrycznych korkach, na balkonie wsysa przez dziurę latryny. Trudno. Może dom słania się i chyboce nad żarłoczną czeluścią, jarzy się w poświacie czarcich ogni. Mimo to nie wyrzekają się zmarłego.

To wszystko w mieście z dwiema setkami kościołów, klasztorów i kaplic, dziesiątkiem tysięcy duchownych i tercjarzy; w mieście z tysiącami relikwii, setkami tysięcy poświęconych i okadzanych rzeźb, obmodlonych obrazów, oklęczanych ołtarzy, skarbców, strojów sakralnych, z armadą wiecznych lampek, które przecież powinny poskramiać napór czeluści; to wszystko w mieście, które wydało świętych, błogosławionych i sługi boże; w mieście, którego ulice przemierzają od wieków prześwietne procesje z chorągwiami, feretronami, baldachimami i monstrancją, w mieście, gdzie raz do roku bardzo starym szlakiem kroczy korowód wyekwipowany w kostury i trupie czaszki, z pątnikami w kapturach zakrywających twarze – miejscowe Arcybractwo Dobrej Śmierci.

Styczniowe mgiełki za oknem, resztki chłodu i obłoczków pary przyniesione na okryciach zamieniają się w płomienie.

Na tym widoczku można by skończyć, ale się nie da.

W jakieś dwadzieścia lat po pogrzebie wuja Pordenona rozeszły się po świecie nowiny.

Katoliccy księża mieli teraz odprawiać mszę w zwykłych słowach, jak nie przymierzając luteranie, bez żadnego tam *credo in unum Deum* czy *Dominus vobiscum*. Bez żadnego *et ne nos inducas in tentationem*. Rygory przystępowania do komunii aż tak zelżały, że najgorliwsi rychło zaczęli ją traktować jak przystawkę do obiadu. Przy okazji kapłani ponieśli nowinę samobójcom. Otóż ci, którzy odbierają sobie życie, mają teraz prawo do pochówku w poświęconej ziemi, kropionego wodą święconą i oprawnego w pobożne śpiewy. Samobójca to nieszczęśnik; może odcierpiał swoje za życia. Samobójcy najpewniej są chorzy, ich poczytalność nie zachwyca. Ale szurnięci czy nie, mają duszę jak wszyscy i w ostatnią podróż należy im się zniżka.

Krótko mówiąc, w Watykanie rada starszych panów wyłożyła, że od tej pory Bóg chce inaczej. W przypadku samobójców już nie ma żadnej tragicznej decyzji. Żadnego tragicznego wyboru między światem a zaświatem. Żadnego heroizmu. Jedynie lekkie i wybaczalne kuku na muniu.

Na świecie znacznie przybyło psychologów, a stare opowieści o Judaszu powędrowały na strych. Jakoś tak wyszło, że Bóg się zmienił. Na obraz i podobieństwo ludzi.

Pordenona, który od dawna nie żył, zapewne ktoś powiadomił w piekle o amnestii. Diabeł dyżurujący? Anioł z parlamentariuszowską białą chustą?

Pozostawała sprawa odszkodowania. Jeżeli teraz Pordenon trafi do czyśćca, lata spędzone w piekle powinny liczyć się podwójnie. Ale z kim to się załatwia?

Nie żyła już babcia Joanna i znaczna część jej drobiazgu, bo umierali wcześnie. Nie żył Bazyli ani wujenka Nuna, Zosia ani Haneczka. Wcześniej zszedł z tego świata pies Selim. Dobrosielscy i Dmitrukowie już się nie dowiedzieli, że nie są śmiałkami podważającymi boski ład; ich trwanie przy swoim na przekór wszystkiemu to już tylko nieścisłość. Tamta napinka teraz przestaje się liczyć.

Zmarli, widoczni na zdjęciu, zostali wystawieni do wiatru.

I nie mogą spytać, czego to jeszcze Bóg dowie się o sobie od starszych panów w sukniach. Co Mu objawią? Jak Nim zarządzą?

Cieszyć mógłby się za to pies Selim. Może kiedyś – skoro tak stoją sprawy – temu śmiałemu i szlachetnemu stworzeniu wysokie złociste zgromadzenie przyzna kiedyś duszę?

* * *

Co do krów, poszły do rzeźni.

Do domu przy Błoniach zawitali majstrowie. Rozebrano oborę, potem przez parę tygodni w każdym mieszkaniu wykuwano wodociąg, łazienkę i ustęp. Na koniec wywieziono nieczystości i rozebrano balkony z latrynami. Fetor wkrótce się rozwiał.

Za domem przycupnęło patio. W stylu śródziemnomorskim.

16

Na kursie samochodowym w Bochni nikt się nie patyczkował.

Prowadziła ten kurs Liga Obrony Kraju. Flota liczyła trzy warszawy M20 model 57, spalanie trzynaście na sto, przyśpieszenie do stu w czterdzieści pięć sekund. Instruktor Cabaj ostrzegał, że szarża tym wozem, dajmy na to na autobus, może się skończyć różnie, co nie znaczy, że osobówka jest bez szans. Cabaj poważał warszawy M20 za masywność i brak wydziwiania. Żadnych tam zbędnych przycisków, blacha jak się patrzy, żadnego mazgajstwa. Rozpoznawał w tych wozach własne odbicie.

Z rana uczył w bocheńskim liceum przysposobienia wojskowego. Na uczniowski dwuszereg uformowany na podwórku darł się tenorem:

– Baczność! – A potem, kiedy ucichło, dodawał *mezza voce*: – Otóż to. Baczność.

Teraz, zwyczajem wirtuozów, Cabaj bez pośpiechu zdążał od wstępnego *piano* ku szczytowemu *forte*, coraz bardziej rozciągając słowa:

– Bo na komendę „baczność" macie stać i macie patrzeć,

na dowódcę macie patrzeć, na prawo, a ślepia wytrzeszczać, mówię, wytrzeszczać ślepia, jakby jeden z drugim komarowi w pizdę brzdąkał!

Z zapałem darł się też na kursantów. Ci nie szydzili z kogucich wrzasków. Wystraszeni, włączali lewy kierunkowskaz zamiast prawego, wywijali na oślep lewarkiem pod kierownicą, szukając wstecznego, ruszali na ręcznym, co prowadziło do kolejnej awantury. A instruktor lubił się poznęcać. Dostrzegał w tym cel wyższy. Szczeniaków trzeba sponiewierać, lepiej wtedy zapamiętają. Poetyka pyskówki była wówczas popularna; mężczyźni mieli za sobą lub przed sobą wojsko, w wielu zawodach obowiązywał dryl koszarowy, a duch podoficerski unosił się nad głowami i spływał na szoferów, ekspedientki, szatniarzy, urzędników, rejestratorki w przychodniach i stróżów.

Tego dnia Cabaj wziął na popołudniową jazdę spłoszonego chudzielca. Było już pusto, więc łatwiej. O dwie przecznice od ośrodka chłopak zahamował na skrzyżowaniu, na którym łaciaty pies ani myślał udzielić pierwszeństwa warszawie M20. Rozjuszony instruktor rozdarł się, bo spłoszony chłopak zapomniał wcisnąć sprzęgło i silnik zgasł. Pofrunęły wyzwiska, chudzielec spurpurowiał, zgorszony pies oddalił się z godnością, a karą za zgaszenie silnika – w istocie karą za zmarnowanie okazji wytęsknionej przez instruktora, bo taki kundel nie co dzień się naprasza, żeby go rozmazać po bruku – otóż tą karą dla kursanta było zapalenie silnika na korbę.

Za czwartym razem zawarczało, roztrzęsiony chłopak zatrzasnął wreszcie korbę w bagażniku, usiadł za kierownicą, a Cabaj wysyczał:

– Jeszcze jeden taki numer i wylecisz!

Wydawało się, że trzepnie chłopaka po głowie, jednak wciąż trzymał ręce przy sobie.

– Na Krzeczów – zarządził. – Tylko się nie wlecz!

Po drodze trzeba było przeciąć linię kolejową, bez zapór. Z obawy przed instruktorem chudzielec postanowił pośpieszyć i żwawo przemknąć na drugą stronę, nie oglądając się na krzyże św. Andrzeja i parę innych znaków. Zirytowany Cabaj nadepnął instruktorski hamulec po swojej stronie, silnik znowu zgasł, a instruktor jeszcze raz się rozdarł. Szkolną warszawę spowiła łuna, trudno już było dociec, kto jest czerwieńszy na twarzy, wściekły instruktor czy przerażony kursant. Tym razem wyrok brzmiał:

– Pod górę. Teraz ruszysz pod górę. Chyba widać.

Rzeczywiście, dwadzieścia metrów przed torami droga nieco się wznosiła. Ruch był niewielki, nic, tylko się poznęcać. W warszawie M20 model 57 ręczny hamulec tkwił po lewej stronie kierowcy w głębokim zakątku, ruszanie pod górę naprawdę wymagało zręczności. Chudzielec sięgał po dźwignię hamulca i coraz bardziej trzęsącą się ręką szukał uwalniającej zapadki; kiedy ją znalazł, zbyt skąpiąc gazu, zgasił silnik. Sekwencja powtórzyła się. Instruktor kipiał.

– Skup się, bo znowu pójdziesz po korbę – zagroził, zanim nacisnął starter.

Zaraz potem przerażony chudzielec jakimś cudem płynnie dodał gazu, nareszcie z czuciem zwolnił hamulec, puścił sprzęgło i oto sprawnie, z werwą ruszył pod górę. Zachwycony, jeszcze dodał gazu, a instruktor westchnął:

– Nareszcie, baranie jeden!

Gdy wybrzmiewały te wiekopomne słowa, warszawa M20 żwawo wjechała na tory, a instruktor wrzasnął:

– Kruca zeks!

Małomówny kursant nic nie powiedział.

Obydwaj, uczeń z instruktorem, wpakowali się prosto pod pociąg Kraków–Przemyśl. W zderzeniu z parowozem nawet warszawa M20 model 57 nie miała szans. Trudno i darmo.

Surowość instruktora zapewne wpłynęła na wypadek, o którym w Bochni było głośno, bo chudzielec dobrze się zapowiadał, wygrywał jakieś olimpiady i mógł do czegoś dojść. Szkoda. Ale to były czasy dawne, hartu wymagano na każdym kroku, rozpieszczanie mogło tylko młodych zepsuć. Niuanse psychologów opisywane w książkach dowodziły jednego: próżniakom we łbach się przewraca. Nic nie wiedzą o życiu. Wtedy nie brakowało ludzi, którzy odsłużyli na froncie dwie wojny światowe. Jeżeli coś ich naszło, dusiło, naciskało, a chcieli się otrząsnąć, musiała starczyć herbata, w porywach ćwiartka, góra pół litra, jeżeli mieli zdrowie. Nad człowiekiem pastwią się zjawy i zwidy, na siłę pchają się przed oczy. Bywa. Ale gdyby w drzwiach tych ludzi stanął gość w białym kitlu, z notesem i angielskim skryptem o traumach bojowych, do tego z tabliczką „psychiatra" w klapie, to co? Z wrażenia mogli takiego lunąć w kufę albo – sprawa nastroju – posikać się ze śmiechu. Stres to był wynalazek późniejszy, nowoczesny, rozpowszechniany mozolnie przez psycholożki i psychologów wśród publiki czytającej „Przekrój".

Tymczasem ludzie wiedzieli swoje: ten cały stres i ci psychiatrzy to kit. Do życia trzeba chłopa, nie gacie. A chłop prędzej zginie pod parowozem, niż da się skołować. I honor większy.

Podczas pogrzebu instruktora dwuszereg licealistów

stał na baczność. Pomni słów zmarłego, chłopcy patrzyli na prawo i należycie wytrzeszczali oczy.

Trzeba coś dodać? Owszem.

Pośpieszne z Krakowa do Przemyśla stają w Rzeszowie. I właśnie tym pociągiem jechała mama.

Telefony między Rzeszowem i Krakowem rozdzwoniły się jeszcze przed wypadkiem.

Redakcja „Dziennika" nie chciała się pozbyć niedrogiej maszynistki, która bez sprzeciwu przepisuje repertuary kin, dyżury aptek, wyniki trzeciej ligi piłkarskiej, ba, nawet gminnych zawodów strażackich, i rzadko się myli.

Dla dziennikarzy nie było sztuką trafić po nitce do kłębka, i oto w drzwiach Ludki stanął redakcyjny posłaniec. Gospodyni, z krawieckim centymetrem na szyi, wbiła mu do głowy oczywisty fakt: skoro mamy nie ma w Krakowie, to jest w Rzeszowie, w domu, z mężem. Proste? Ludka od dawna przeczuwała, że tak się to skończy, gdyby ktoś pytał. Jeśli redaktor szuka kontaktu, proszę, Ludka służy adresem, ma też telefon do pracy do maminego męża.

Wtedy się okazało, że ojciec o niczym nie wie. W Rzeszowie mamy nikt nie widział. Nie wyglądało to na przelewki, zważywszy ciśnienie, udary i mamine wcześniejsze ucieczki.

W nieuniknionym zamieszaniu Ludka chciała zaprząc do pomocy Martę, bratową mamy, ale tu się okazało, że nie, nic z tego; w parafii Marty właśnie odprawiano nowennę pompejańską, co już po pierwszej dziewięciodniowej serii modlitw zapewni trzysta dni odpustu, więc lepiej odprawiania nowenny nie przerywać, nie marnować odmówionych różańców. Marta chce być na bieżąco, to jasne, ale nie może się włączyć, za to uczestniczy duchowo i w oktawę maminego zniknięcia wniesie intencję u samych franciszkanów. To nigdy nie zawodzi – zapewniła.

Kiedy ojciec oddzwonił do redakcji, że rozpoczyna poszukiwania, do gabinetu naczelnego wkroczył doktor Krimml. Groził złożeniem skargi, ponieważ redakcja – przez nieodpowiedzialne publikacje – poleciła stenotypistkę, która znika bez słowa, w połowie odpowiedzialnej pracy. Teraz nasuwa się pytanie, czy redakcja jest z uciekinierką w zmowie czy nie, czy cenne dzieło zostanie może przekazane wrogom doktora, w kraju lub za granicą, a zwłaszcza komuś z kleru, a może już to się stało, i w ogóle po czyjej stronie stoi redakcja? Wprawdzie stenograficzny czystopis wiekopomnej pracy doktor trzyma pod kluczem w domu, a chodzi w tym tekście o polską prakulturę i wyjawienie, dlaczego katolicyzm to fałsz, dlaczego zatarto celtyckie dziedzictwo, ale też wykazane jest przeznaczenie tego narodu, a teraz, kiedy stenotypistka zniknęła, z jej gryzmołów doktor nie może odczytać ani słowa. Że co? Że redakcja nie odpowiada za treść ogłoszeń? Doktor nie da się nabrać na bajki. A skargę sądową napisze najlepszy adwokat z Toledo. Tak, z Toledo w Kastylii, dobrze pan słyszał…

Zaraz potem dotarła wiadomość o katastrofie za Bochnią.

Wagon, którym mama wracała z Krakowa, niczym się nie różnił od tego, którym jechała do Krakowa; siedziała w takim samym przedziale, na takiej samej ławce, pod bliźniaczymi półkami pociągniętymi bladożółtą farbą. Nawet współpasażerka była podobna: babina z koszem i chustą służącą za ramiączka do niesienia go na plecach. Teraz był pusty; babinie udała się wyprawa na kleparski rynek, gdzie krakowianki – zatroskane o zdrowie własne i domowników – zaopatrują się w wiejski ser, jajka, kury, masło, maślankę, miód, zioła, nawet chleb, przekonane, że co „wiejskie", to dobre, ba, zdrowe, łącznie z brudem. Kiedy pociąg ruszył na Płaszów, zmęczona babina przeżegnała się, westchnęła, wyjęła z koszyka jajko na twardo i zaczęła obtłukiwać o ławkę. W ślad za babiną przeżegnała się mama, właściwie przez grzeczność. Na podłodze stały po sąsiedzku koszyk i underwood w monumentalnym futerale.

– Obudź mnie pani przed Brzeskiem – powiedziała umordowana babina.

– Tylko żebym wiedziała kiedy – zafrasowała się mama, nie do końca za pan brat z podkrakowskim interiorem.

– Wiadomo, za Rzezawą – odrzekła babina i zawinęła w papierek skorupkę po jajku. – Będzie dla kur, a jeśne są. – Westchnęła, otarła usta grzbietem dłoni, ukokosiła się na ławce i zasnęła.

Mimo zmęczenia mama nie chciała spać. W podróży czuła się wolna. Za oknem sunęły drzewa, domy, łąki, sunął krajobraz. Mama przyglądała się, odrębna, z boku. Była na przepustce, uwolniona od Krakowa, Rzeszowa, przygnębień. Nie chciała z tego zmarnować ani chwili.

Widok za oknem ocieplił się, wydłużyły się cienie, chociaż na zapalanie latarni i świateł w oknach czy nielicznych neonów był jeszcze czas. Kłaj. Wkrótce Bochnia. Nikt się nie dosiadł. Babina parę razy powtórzyła przez sen „o Matko Boska!", by potem głośno zachrapać.

Mama pomyślała zaś o doktorze Krimmlu i parsknęła na głos. To dopiero mędrek! Na początek, dla zachęty, scaliła i porządnie przepisała na nowo te jego postrzępione iluminacje; doktor dostał do ręki podwójny arkusz, gęsto pokryty zagadkowymi zawijasami. Miała wrażenie, że poczuł się wtedy jak prorok. Parsknęła jeszcze raz. Przecież w maminej torebce tkwił zeszycik, w którym te objawienia i głębie Krimmla zapisywała najpierw, pod dyktando, i z czasem ten zeszycik tylko drażnił mamę, jak wszystko, co związane z roztrzepanym, niesłownym i niepłacącym doktorem, z tą całą błazenadą.

I taki człowiek znał wuja Pordenona?

Kiedy podczas spaceru zaszła na Reformacką i odwiedziła kościół, w kruchcie natknęła się na pobożną loterię, ku wsparciu dusz w czyśćcu cierpiących. Pod krzyżem i instrukcją, podpisaną jeszcze przez kardynała Puzynę, tkwiły dwie skrzynki, w każdej tekturowe żetony, na żetonach widniały zaś numery. Loteria zadziwiała. Ze skrzynki po lewej należało wyjąć żeton, odczytać numer, odnaleźć pod tym numerem objaśnienie w instrukcji i dowiedzieć się w ten sposób, jakim to duszom, za jakie grzechy cierpiącym poświęca się modlitwę; na przykład – numer 119 – duszom ludzi pożartych przez dzikie zwierzęta. Już po modlitwie należało przełożyć żeton do skrzynki po prawej, żeby kolejne modły wsparły dusze czyśćcowe jakichś innych grzeszników, na przykład tych – numer 134 – którzy praktykowali wróżbiarstwo. Mama, która nie znała tej loterii, długo stała zdumiona, a potem – rzecz zaskakująca – ogarnęła ją chętka, by coś spsocić. Sięgnęła do torebki po ten notes stenotypistki, wetknęła go do skrzynki po prawej i zachichotała. Oto Bóg otrzymał stenogram z mądrościami, zza których też wyzierały – a jakże – Jego obraz i podobieństwo. Mama poczuła lekkość, jak wiosną w szkole, kiedy ukradkiem wetknęła nauczycielce za kołnierz chrabąszcza.

Wspominki długo nie trwały.

Kiedy na przejeździe za Bochnią parowóz miażdżył warszawę M20, przedział nadal wypełniało pochrapywanie babiny. Nie zbudziła się nawet podczas awaryjnego hamowania. Nie wyrwał jej ze snu łoskot buforów ani pisk blokowanych kół. Babinę obudziła dopiero cisza.

– To już Rzezawa? – spytała.

Mama podeszła do drzwi przedziału, otworzyła i wyjrzała.

– Chyba stoimy w polu – powiedziała.

– Matko jedyna – jęknęła kobieta. – Ile tak będziemy jeszcze stać?

Koło pociągu kręcili się podróżni, wypytywali konduktorów, szukali kierownika pociągu, rozpełzła się wiadomość, że wypadek; musi przyjechać karetka, milicja, trzeba ściągać z torów wrak. Ciekawscy podchodzili obejrzeć zdruzgotaną warszawę, ktoś odmawiał różaniec, powietrze zasnuł zapach sadzy, palonych drobin żelaza, w krzakach ktoś wymiotował. Załoga odpędzała ciekawskich. Czuć było też benzynę. Z baku ciekło paliwo, w każdej chwili mogło wybuchnąć, więc paru przestraszonych gapiów sięgnęło po papierosa, żeby się uspokoić.

Babina powtórzyła:

– Matko jedyna, ile tak jeszcze?

Mamę nagle ogarnęło podniecenie. W wymuszonym postoju dopatrzyła się nagle znaku. Miała wrażenie, że skacze jej ciśnienie, przestraszyła się, że kolejny wylew to sprawa minut, lecz jednocześnie czuła jasność myśli, pewność, przypływ sił, których tak często brakowało.

– Daleko do Brzeska? – wciąż wypytywała babina. – Im zawsze coś wypadnie. A ty, człowieku, rano wstawaj. Cholery jedne!

Mama tymczasem zdjęła z wieszaka letni płaszczyk, wyciągnęła z rękawa apaszkę.

– Całkiem ciepło – powiadomiła babinę. – Jak na wieczór, wcale wcale.

Z torebką i ciupażką przymierzała się do wyjścia. Szczęście dopisało, bo kolejny ciekawski, idący zobaczyć, co się dzieje, pomógł mamie zejść ze stopni i nawet pofatygował się po walizkę i underwooda.

– Ale wracajcie, zanim ruszy! – wykrzyknęła na pożegnanie babina.

Mama grzecznie podziękowała mężczyźnie za pomoc, ba, zapewniła, że z tą ciupażką wszędzie sobie poradzi, na poboczu pastwiska wypatrzyła ścieżynkę i wzięła ją za przewodnika.

Nie wiedziała, kogo spotka, co ją spotka, co zadziwi. Myśl o Rzeszowie nie wabiła, a Kraków z przyległościami raz po raz podpalała w wyobraźni i nie wzywała strażaków na pomoc. Lecz znowu poczuła ciekawość, przekonanie, że za tym czy innym oknem toczy się życie, ciekawe, nieznane, zagadkowe. Nie bardzo przejmowała się nadchodzącą nocą i chłodem. Później zrobi się przecież widno, może pojawią się jakieś wzgórza, za nimi nieznany i nieoczekiwany widok, a ziemia zakręci się to w jedną stronę, to w drugą, i stanie się nie wiadomo co.

17

Junaków Służby Polsce, którzy wspomagali rozbudowę lotniska w Jasionce, kwaterowano w Rzeszowie na Staromieściu w trzech barakach, byle jak pozbijanych z lichych desek, byle jak pokrytych papą, ze studzienną pompą na podwórku, za to podłączonych do prądu, a w zimie ogrzewanych blaszaną kozą, którego to komfortu brakowało jednak w podwórkowym szalecie, zdanym na humory przyrody, w upał czy mróz. Całość na zielono, w kolorze nadziei.

Kiedy po paru latach rozwiązano Służbę Polsce, a junacy – jak komu wypadło – ruszyli do domu lub w świat, spłonął pierwszy barak. Podobno zawiodły stopki, reperowane jakoby gwoździem. Elektryfikacja niosła pożytki, ale umiała też dopiec. Na wszelki wypadek rozebrano drugi barak, natomiast trzeci ocalał. W ostatniej chwili uratowała go przebudowa pobliskiej mleczarni. W baraku wydzielono pomieszczenia dla robotników, za przepierzeniem umościło się biuro, a parę metrów wygospodarowano na magazyn.

Z czasem mleczarnia odnowiona i powiększona, z własnym biurowcem, przygarnęła pracowników pod nowoczesny dach, do wnętrz centralnie ogrzewanych. Tymczasem samotny barak już się zasiedział, zakorzenił wraz z klonami, które go obrosły. I oto zamiast sprowadzić buldożer, wymieniono instalację elektryczną, bezpieczniki obudowano puszką zamkniętą na kłódkę, żeby byle kto nie pchał paluchów, w korytarzu pysznił się kran. Na dachu wysmołowano nową papę, poszło też parę wiader farby, trochę desek, przestawiono przepierzenia i jakoś to wszystko zalegalizowano. Słowem, mleczarnia wzbogaciła się o parę mieszkań służbowych, w teorii tymczasowych, chociaż, wiadomo, w życiu bywa i tak, i siak.

W ten sposób Marcysia, mleczarniana sprzątaczka, doczekała się kąta na starość.

Przypadła jej izdebka ogrzewana kozą plus mały kąt kuchenny z elektryczną płytką, zresztą nieużywaną, skoro na kozie tak samo woda się zagotuje. Marcysia bała się prądu, żarówkę tolerowała z trudem, a przy drzwiach powiesiła lampę naftową z wypucowanym kloszem. Poniżej duże łóżko żelazne ze sprężynami, obok szafa, dalej biurowy wieszak, stary kufer i nocny stolik nakryty serwetką. Stała tam poświęcona fotografia Anieli Salawy obok poświęconej i posrebrzonej pasyjki. Znad łóżka spoglądały dwie dorodne dziewczyny, swego czasu ozdoby pobliskiego Sokołowa; te siostrzenice ze zdjęcia wpiętego w sfatygowany kilimek przypominały samą Marcysię z siostrą z dawnych czasów.

Swoje sprawy Marcysia wnosiła głównie do Boga, drogą niepisemną. Do zagadnięcia świętych, błogosławionych czy sług bożych też nie trzeba było papieru. Ale tym trybem nie wszystko szło jak z płatka. Zabezpieczenie na starość trudno wymodlić. Chociaż? Wokół Marcysinej emerytury zakrzątnęła się mleczarnia, skutecznie. Może z dyskretną pomocą wyżyn? Wiele się nie uzbierało, ale w comiesięcznej wypłacie Marcysia dostrzegała to samo, co Żydzi widzieli na pustyni w mannie – znak z innego świata.

Było się z czego cieszyć.

Jako emerytka Marcysia nadal się krzątała. Nie umiała sprzeciwić się mojemu ojcu, on zaś namówił Marcysię, żeby u nas sprzątała, dorobi sobie, zapewnił, a wiedział, że pracowitość to Marcysina druga natura.

Nie było domowych zajęć, od których chciałaby się wymówić. Okopać w ogródku ziemniaki? Marcysia okopie. Obrać? Obierze. Ściągnąć pranie ze sznura? Dobrze, chociaż pod starą i tęgą Marcysią taboret chwiał się i tylko czekać, aż to ściąganie źle się skończy. Co jeszcze? Po sąsiedzku wyprowadzić wyżła panu Tolkowi, bo pan Tolek chory? Wyprowadzi, chociaż nie mogła pojąć, że taki duży pies wyleguje się na fotelu, zamiast ujadać na łańcuchu przed podwórkową budą i pilnować, jak na psa przystało. Kiedy zabrakło cukru czy mąki, wędrowała „do miasta" w wykrzywionych trzewikach, kaczym chodem, nieprzekonana do autobusu, ponieważ autobus jest dla chorych, kalek i matek z niemowlętami.

Porannym łzom mamy Marcysia przyglądała się podejrzliwie. Siały zwątpienie. Według Marcysi czaiła się w nich herezja. A przecież starczy ufny różaniec z samego rana.

Kiedy spróbowała podsunąć pod rozwagę to spostrzeżenie, mama odcięła się:

– Marcysia by mogła uczyć jak ksiądz na kazaniu.

– A bym mogła. – Marcysia nie przejęła się maminą ironią.

– No proszę! To Marcysia wybiera się na ambonę?

– Mogę i na ambonę. Swoje powiem.

– To jeszcze trochę, a Marcysia zostanie świętą…

– Już święta jestem – denerwowała się Marcysia. Zajęta ścieraniem podłogi na mokro, trzasnęła wiadrem i zakończyła dysputę.

Pobożność mamy nie budziła zaufania Marcysi. Zdaniem Marcysi mama należała do świata, który w sprawach bożych tylko się ślizga po wierzchu. Raz się idzie do tego kościoła, raz do innego, tu na rekolekcje, tam posłuchać chóru lub złotoustego kaznodziei; idzie się tutaj, bo ładnie, a w zimie tam, gdzie ciepło. I to ma być pobożność? Jeżeli komuś źle, to powinien gorąco dziękować Bogu, że go poddaje próbie, że go uczynił dzieckiem wybranym. Inaczej mówiąc, trzeba szczęście widzieć w Bogu, zamiast szukać zapomnienia w wypożyczalni książek.

Ale swoje myśli Marcysia zachowywała dla siebie. Przychodziła codziennie na ósmą z zakupami; z chlebem od Smyrskiego, płatkami górskimi, czasem z kawą Turek, z mlekiem do przegotowania czy na zsiadłe. Co rano pomagała przeistoczyć podwójne łoże w kompaktową kanapę. Z przerzucanych materaców sypały się resztki trawy morskiej, podłogę masakrowały metalowe kółka na piszczących łożyskach, klapa ruchomego pudła z pościelą czyhała jak rekin na nieostrożną dłoń. Taki mebel okryty huculsko-stryjeńskim kilimem z Ładu uchodził przed wojną za rzecz awangardową…

A potem mama wyjechała.

Dla Marcysi praca stanowiła gwarancję przyszłych radości; im cięższa, tym bardziej ponętnych; miały przekroczyć wszelkie przewidywania i miary. Stara kobieta nawet nie próbowała wyobrażać sobie tych radości. Po co? Ważne, że będą. Wspaniałe. Wszystko w swoim czasie.

Wyobrażenia mamy też się splatały z wyżynami, ale inaczej. Były podszyte pragnieniem ładu, ściślej, bożego ładu. Gdyby wszyscy przestrzegali bożego ładu, byłby już dostępny na ziemi. W każdym razie – ufała – już tu boży ład chroni każdego, kto z pokorą spełnia boże żądania.

Pokora pokorą, ale w istocie i mama, i Marcysia zawarły z Bogiem układy, każda po swojemu, o których to układach – niewykluczone – Bóg nie miał zielonego pojęcia.

Marcysia swoje wypłakała wcześniej i miała na twarzy więcej bruzd niż mama. Dochodziła siódmego krzyżyka.

Gdyby jakiś znany autor, zwłaszcza katolicki, opisał dzieje Marcysi, mama zgłębiałaby je w skupieniu przy stole, na którym z cukiernicą i kawą sąsiadowała książka z wypożyczalni. Lecz żadna sława nie natknęła się na Marcysię. Zatem chleb od Smyrskiego, niekiedy z kawą Turek, przynosiła mamie co rano żywa, niestety nienapisana i nieprzeczytana powieść.

Kiedy nikomu jeszcze się nie śniło o pierwszej wojnie

światowej, Marcysia przyjechała do Rzeszowa, żeby skończyć ze sobą. Dlaczego do Rzeszowa? Bo wszystko jedno gdzie, byle dalej od Sokołowa. Tam byłby dopiero wstyd. A Rzeszowa Marcysia jeszcze nigdy nie widziała. To przy okazji zobaczy.

Gospodarska córka na kilkunastu morgach straciła właśnie cały posag. W ślad za nim narzeczonego. W maleńkim Sokołowie już wytykano ją palcami. A w owych czasach zabijanie się należało do zachowań dość popularnych. Niby co miała zrobić?

Zabrała się cichcem z maziarzami; w końcu ci Bojkowie to ani Cyganie, ani Żydzi, zwyczajne smarowozy. Chcieli jeszcze zawadzić o Rzeszów, o jarmark, zanim wrócą do siebie, w doliny za Leskiem, w jesieni przymglone dymem z ziemniaczanych łętów palonych na polach. No to Marcysia się dosiadła.

Zapewne maziarze liczyli na niejedno, a właściwie na jedno, ale szesnastolatka była jak skamieniała, a sami mężczyźni zazdrośnie pilnowali się nawzajem. Więc nic; jechali, aż dojechali, w Rzeszowie wysadzili Marcysię na rogatce, jak chciała, i tyle. Bywa.

W obcym mieście niełatwo się powiesić, szczególnie dziewczynie, która przyjeżdża pierwszy raz, a nawet grosza nie ma na sznur. Marcysia wałęsała się po ulicach. O „wisieloku" – lasku, który ulubili zgnębieni cesarsko-królewscy rekruci – nie miała pojęcia. Most na Wisłoku na drodze lwowskiej nie dawał wielkich nadziei: most za niski, rzeka mało utopna. Dużo lepiej rokowała kolej Karola Ludwika, zwłaszcza kładka nad torami w stalowej kratownicy.

Z wysokości tej kładki Marcysia wpatrywała się w szyny, pociągi, zwrotnice, semafory, znów w szyny i pociągi, raz po raz tonąc w kłębach gryzących wyziewów parowozowych, które natarczywie nasuwały myśl o piekle, dokąd nieuchronnie trafiają samobójcy, najgorsi z grzeszników, skoro jak Judasz wyrzekli się nadziei. No cóż, taka przypadła jej dola, Marcysia już jest dziadówką, a zaraz uwięźnie na wieki w cuchnących obłokach i diabelskim łoskocie. I Marcysia wspięła się na barierę.

Posag wycyganił od niej Józek, rodzony brat, początkujący Amerykanin. Najpierw wyjechał z Sokołowa, lecz po trzech latach wrócił. Goły, za to tryskał optymizmem, pełen zamorskiej wiedzy, jak się wzbogacić. W Ameryce wszyscy się dorabiają, zapewniał, więc co za sztuka dorobić się w Sokołowie, gdzie jeszcze nikt specjalnie się nie dorobił. Na początek wystarczy trochę grosza i już. Optymizmem zaraził siostrę, pełną podziwu, i nie ją jedną. Spenetrował teren, ocenił potencjał, porównał z Ameryką, z ilustracjami w przywiezionych wycinkach gazetowych – i zainwestował w ropę.

Marcysia powierzyła mu posag w zamian za udział w zyskach przyszłego szybu. Resztę rodziny też pomysł znęcił. Rozsupłano węzełki, pootwierano woreczki. Marcysia z siostrą już się zastanawiały nad morską podróżą i odwiedzinami Nowego Jorku, przyobiecanymi przez brata.

Józek miał wiercić koło Hłomczy nad Sanem. Na działce podsuniętej przez pośrednika ustawił tanio kupioną, przechodzoną maszynę parową, do pomocy najął paru miejscowych, ściągnął do wsi wiertacza, majstra metody kanadyjskiej, i zaczął się wgryzać w podnóże Gór Czarnych. Wgryzał się coraz głębiej, chociaż raz czy drugi wypadło naprawiać maszynę, a wiertacza podmienić na mniej trunkowego.

Z szybu wreszcie pociekło. Baryłkę z mętną zawartością wtoczono na wieś przed cerkiew Soboru Matki Boskiej. Krzyczano w uniesieniu, wkrótce pop w ceremonialnej szacie pobłogosławił owoc odwiertu, jakiś gorliwiec dorwał się nawet do dzwonnicy, a po obrzędzie religijnym nastąpiła, siłą rzeczy, uroczystość świecka, długo potem wspominana w hłomczańskiej karczmie, pobitych bowiem doliczono się – w skromnej wsi – pół tuzina, a sprzątanie i naprawy potrwały pół tygodnia; tylko do pożaru jakimś cudem nie doszło. W owych czasach w tych stronach, nieopodal Sanoka, Krosna czy Gorlic, przytrafiały się takie niezapomniane chwile. A nadzieje, że los dopisze, że szczęście wreszcie zawita pod swojską strzechę, wzbierały jak rzeka na wiosnę. Więc radość była niezmierna.

Niezmierna, lecz krótka. Nadeszła wszak inna chwila, też niezapomniana, kiedy się okazało, że mętny płyn nie sprawdza się w lampie, nie sprawdza się też w aptece ani w silnikach, nie nadaje się nawet do picia. Co potwierdzili najwięksi profesorowie ze Lwowa. Kamfiny ani śladu. Żadnego oleju skalnego. Natomiast sterta rachunków do zapłacenia nie była przywidzeniem. Szkoda słów. Zawiedzeni hłomczanie zbroili się już w widły.

Na szczęście Józkowi starczyło jeszcze grosza na śpieszną podróż do Hamburga i nową szyfkartę, rzecz jasna, tylko jedną. Mimo braterskich obietnic Marcysi nie było dane przepłynąć oceanu i zejść na Ellis Island, gdzie druga szansa czekała ledwie o krok, na wyciągnięcie ręki. Gorzej, bo Marcysia przez jakiś czas paradowała po Sokołowie zupełnie nieświadoma, że naftowego przedsiębiorstwa już nie ma. Za to raz-dwa rozeznał się we wszystkim młodziutki narzeczony. Przyszli teściowie – też gospodarze na kilkunastu morgach jak rodzice Marcysi – zabronili synowi zadawać się ze świeżo upieczoną dziadówką, a dobry, pobożny i posłuszny chłopak z szacunkiem spełnił wolę ojca i matki.

Nic dziwnego, że po tym wszystkim Marcysia przysiadła się do maziarzy, by pojechać do Rzeszowa i tam skrócić sobie życie. Piekło, wiadomo, ale honor to honor.

Pogrążona w czarnych myślach, z których każda miała być ostatnią, stojąc już za barierką kładki nad torami, tonąca w kłębach parowozowych wyziewów Marcysia wyglądała tak żałośnie, że jej widok obezwładnił przechodniów. Ktoś chciał ściągać na kładkę dyżurnego ruchu, ktoś inny policjanta, zwanego tu blacharzem, dwóch młodych chłopaków czekało na dalszy ciąg, starannie ubrana dama przestrzegła córkę „dobrze się przyjrzyj takiej brzanie"; potrząsnęła wszystkimi dopiero energiczna kobieta około pięćdziesiątki, która bez namysłu pochwyciła nieszczęśnicę pod pachy. Tłumek ocknął się, chłopcy ruszyli na pomoc i przetaszczyli Marcysię nad barierą z powrotem na kładkę. Energiczna pięćdziesięciolatka pociągnęła za rękę płaczącą dziewczynę i zaprowadziła od razu do sławnego kościoła Bernardynów. Tam kazała się modlić przed lipową figurą Marii Panny cudami słynącą i co tchu, rach-ciach, wyspowiadać się z grzechu czarnych myśli, niewiary w Opatrzność i zwątpienia w Miłosierdzie. Jeszcze później kobieta wypytała, co i jak, wreszcie natarła Marcysi uszu. Jak można dobrowolnie skazywać się na wiekuiste potępienie? Na wieki ubabrać w siarce i smole własną duszę, która wcale nie jest taka własna, o nie, bo to powierzony nam, osobisty kawałek Najwyższego. Jak można gubić na zawsze siebie i – co gorsza – zasmucić Boga? W stanowczych słowach przypomniała, że jeśli Bóg doświadcza, to dlatego że kocha. Przecież to proste.

Trochę pomogło.

Potem życzliwa dusza, skądinąd księża siostra, tłumaczyła Marcysi jeszcze nie raz dobrodziejstwa niedoli. Brat-ksiądz dorzucał, że nieszczęście wyróżnia, spotyka tylko wybranych, jest osobistą podpowiedzią od Pana Boga, zachętą, żeby się wykazać, kierowaną tylko do lepszych; słowem, nieszczęście w istocie jest szczęściem, bożą szansą. A tak nawiasem: przecież utraty posagu – a niechby i narzeczonego – nie da się porównać z ukrzyżowaniem.

Jakoś to wszystko trafiło do Marcysi. Padło na żyzny grunt.

Nie czuła upokorzenia, kiedy u stóp cudownej figury została kościelną sprzątaczką, ani później, kiedy z rekomendacji księdza została pomocnicą od wszystkiego w szkole mleczarskiej, którą kierował księży kolega jeszcze ze szkolnej ławki. Coraz rzadziej czuła się dziadówką; przeciwnie, duma gospodarskiej córki sięgnęła wyższego pułapu. Wyróżnionej nieszczęściami Marcysi zamarzyła się świętość.

I oto miasto Rzeszów dorobiło się jeszcze jednej pobożnej duszy, której niestraszne są ciężka praca ani bieda z nędzą. Marcysi otworzyły się oczy na inne horyzonty, na inny wymiar.

O Marcysię stoczyli bitwę diabeł i Pan Bóg. A to już coś. Diabeł, Pan Bóg i kolej Karola Ludwika.

Kiedy po latach wylądowała w baraku po junakach Służby Polsce, z fotografiami dwóch siostrzenic na kilimku, wydawała się na ich tle karykaturą własnej młodości: tęga i niewielka, istna baryłka na patykach wykrzywionych na zewnątrz jak nawiasy, okrytych starymi pończochami pozwijanymi w obwarzanki, w ustach jeden jedyny ząb, niemyte, nieczesane siwe włosy chowane pod chustką praną od święta, brudnoczerwona cera, na której tle zaskakiwały czyste niebieskie oczy.

Ojciec przywiózł mamę w dwa tygodnie po wypadku na torach pod Bochnią i kolejnej maminej wyprawie w nieznane. Tym razem powędrowała z pielgrzymami.

Parafialna pąć z chorągwiami i feretronem przedstawiającym apostoła Bartłomieja obchodziła okoliczne kamienne figury świętych, by na koniec trafić do liczącego pół tysiąca lat z okładem kościoła w Porębie Spytkowskiej. Zapewne zagnieżdżone w feretronie moce apostoła męczennika, żywcem obdartego ze skóry pod słońcem Mezopotamii, miały przysłużyć się znużonym figurom na rozstajach, których energie były na wyczerpaniu, nadwątlane przez mrozy, upały, wichury, śnieżyce i słoty.

Mama dołączyła do niej, niemal zaraz po wyjściu z unieruchomionego pociągu. Przypadek sprzyjał, pielgrzymi chętnie przyjęli mamę i ruszyła z nimi do tej Poręby, nigdy niewidzianej. Rolę pielgrzymiego kija z powodzeniem pełniła ciupażka, pątniczkę zagrzewały ciekawość i gen przygody; uśpiony na co dzień, za to raz po raz podpytujący po przebudzeniu: a czemu nie? Młodsi zajęli się walizką i underwoodem, który w przedwojennym futerale powędrował na kiju przewleczonym pod rączką. Niesiony przez dwóch pątników jakoś tam przypominał Arkę Przymierza i tę pielgrzymkę zdobił.

Nazajutrz przypływ śmiałości, radość wędrówki, sycenie się chwilą skończyły się jak nożem uciął. Zawrót głowy i brak sił nie dziwiły pielgrzymów, ale co innego wymioty i bełkotliwa wymowa. Zaalarmowali księdza, ksiądz pogotowie.

W starym bocheńskim szpitalu, w dawnych austriackich koszarach lekarz zapewnił, że mogło być gorzej.

Owszem, mogło. Choroba mamy nie przypominała spadającej na głowę skały, tylko raniące ostre kamyki. Kiedy ojciec przywiózł mamę w dwa tygodnie po jej kolejnej wyprawie – i odwiedzeniu dwóch szpitali, wpierw w Bochni, potem w Rzeszowie – mama chodziła już lepiej, lepiej mówiła, ale kącik ust wciąż opadał mocniej i pojawiły się sensacje ze słuchem. Co mogło przejść albo i nie.

W podbocheńskim zamieszaniu zapomniano o underwoodzie. Pudło na kiju trafiło do parafii św. Bartłomieja w Porębie Spytkowskiej, gdzie maszynę do pisania uznano za dar dziękczynienia. W sześćsetletniej parafii nie takie się trafiały wota. Proboszcz umieścił stosowną płytkę w gablocie wotywnej, a maszynę zatrzymał. Od dawna zamyślał napisać rozprawę o życiu Świętego Bartłomieja. Wotum przybyło w samą porę, co proboszcz uznał za znak Opatrzności, któremu poświęci odrębny akapit.

* * *

Mama raz jeszcze wdrożyła się w codzienne obrządki, także te poranne. Powróciły śniadania nad książką, poprzedzane jak kiedyś łzami bądź rozmyślaniem nad pierwszym kęsem; lecz teraz książkowe strony mama przewracała rzadziej, a chętniej wdawała się w rozmowę. Mniej ciekawiły ją powieściowe fabuły, bardziej przypadki krzątającej się po domu starej kobiety.

– I co, brat Józek odzywał się, przysyłał listy? – wypytywała mama, bo w końcu Marcysia opowiedziała o szybie naftowym pod Hłomczą i przemianie gospodarskiej córki w dziadówkę.

– Zdjęcie przysłał. I paczkę przysłał. Wtedy robił przy zwierzętach, że niby w cyrku, największym na świecie. No bo w amerykańskim. Pisał, że z tymi zwierzętami najlepiej się dogadać po naszemu. Słoń nie słoń, lama czy pantera. Najlepiej rozumieją nie po amerykańsku, a po naszemu. Józek w paczce ząb przysłał – Marcysia odstawiła szczotkę i pokazała – taki. Tygrysi. Że trzeba w woreczku nosić, na choroby. W końcu gdzieś się ten ząb zapodział. Ostatnią kartkę Józek przysłał jeszcze przed wojną. To jak jest dziś, to nie wiem. Pisał, że taka ryba, delfin, też najlepiej rozumie po naszemu.

– A Klimek? – pytała mama. – Ten, co sprzedawał działkę?

– Pobili się z Józkiem jeszcze na statku. Bo Klimek też uciekał do Ameryki. Ale w cyrku, już potem, przy tych zwierzętach, znów byli razem.

– Nie żal Marcysi?

– Czego?

– No, Ameryki. Za młodu, kiedy jeszcze czas?

– Najważniejsze mieć Boga w sercu. Ja kiedyś chciałam, żeby ten Klimek wył przy skonaniu; żeby jak pies wył trzy dni, trzy noce i śmierci się doskomleć nie mógł. A teraz mówili w Sokołowie, że już dawno po wszystkim. Wojny nie przeżył. Jak skonał, nie wiadomo. Może go przy tym cyrku niedźwiedź zagryzł. Albo ten tygrys bez zęba. – Marcysia spojrzała na mamę. – Teraz i za Klimka mogę się pomodlić.

Mama westchnęła.

W dzień czy dwa później na śniadaniowym talerzyku pojawił się gruby płat szynki z białym obrzeżem tłuszczu. Mama zaczęła wpatrywać się w ten płatek, a Marcysia poczuła obawę, że znów coś się kroi. A powód do obaw był.

Pod mamy nieobecność wygrała koncepcja podhodowania Muni do dwustu kilogramów, co wymagało czasu. W końcu jednak zwierzę zarżnięto, a fiesta pod mamy nieobecność miała bardzo pogodny przebieg. No i trochę wędlin zostało.

– Co to takiego? – spytała mama.

– A bo ja wiem? – odpowiedziała Marcysia. – Szynka.

– Widzę, że szynka.

– Swojska. Pan przyniósł.

Zapadła cisza.

– Z Muni? – spytała mama.

– A jakby nawet, to co? Świnia od tego jest, żeby ją zjeść. Niejeden by chciał, a nie ma za co.

Znowu zrobiło się cicho. W Marcysię wstąpiła nadzieja, że jednak obejdzie się bez awantur; że coś się zmieniło. I rzeczywiście.

– Mnie się czasem ta Munia śni po nocy – niespodziewanie powiedziała mama. – W tym chlewie ciemno, brudno, ona tam wiecznie sama, rośnie, a potem za furtką tylko jedno: nóż. Przecież to boskie stworzenie.

– Pewnie, że boskie. A czyje? Świnia nie diabeł.

– Mnie się czasami śni, że ta Munia płacze. Że się skarży. Co wyście mi zrobili? Wywlekli. Na pośmiewisko. Krew się ze mnie leje, a wam do śmiechu. Mówi we śnie jak człowiek. I co jej odpowiedzieć?

– Jaka tam Munia? A bo to świnia ma imię? Może ją ksiądz ochrzcił? – Marcysia wyglądała na zgorszoną. – Może się jeszcze o rodziców chrzestnych dopytać?

Mama jakby nie usłyszała.

– Mnie się ta świnia naprawdę śni. Jak człowiek. Jakby miała duszę.

– Mnie się tam świnie nie śnią – zapewniła Marcysia. – Tylko ludzie. Czasem i anioł. – Ze złością trzasnęła wiadrem. – Żeby się świnia śniła? Jeszcze czego!

– Ja wiem, że to niedobrze, ale czasem mi się zdaje, że tu po nocy chodzi duch świni. Tędy. – Mama pokazała przejście do kuchni, a stamtąd na ganek. – I chrząka. Racicami tupie. Raz nawet wstałam zobaczyć, czy nie nabrudziła…

Marcysi, która już chciała wychodzić, rozzłoszczona dyskusją o świni, nagle złość przeszła. Z duchami nie ma żartów, nawet tak marnymi jak duch Muni.

– Najlepiej teraz iść w niedzielę na nieszpory i zmówić różaniec. Wszystko przejdzie. Każdy by tak zrobił.

Niespodziewanie mama pokiwała głową i uchwyciła Marcysię za rękę.

– Racja.

Tkwiły tak bez ruchu, dziwnie, bo mama przy stole i stojąca Marcysia, w drugiej ręce z wiadrem, obu niewygodnie, ale mama nie puszczała, uścisk trwał.

– Kiedy byłam mała – zaczęła mama – i miałam iść do komunii, powtarzałyśmy sobie przed naukami „jest jeden Bóg, który stworzył niebo i ziemię, który za dobre uczynki nagradza, a za złe karze".

– Teraz też tak mówią.

– Myśmy przede wszystkim myślały o tym sypaniu kwiatków, wiankach z mirtu, długiej sukience. Ale akurat to zapamiętałam od razu: „jest jeden Bóg, który stworzył niebo i ziemię, który za dobre uczynki nagradza, a za złe karze".

Po twarzy mamy spływały bruzdami łzy.

– Teraz też noszą wianki, kwiatki sypią, na nauki chodzą. Co się stało? – spytała Marcysia.

– Nic. – Mama puściła rękę Marcysi i sięgnęła po chusteczkę.

Oswobodzona Marcysia przypomniała swą radę:

– Na mszę to na mszę, a na nieszpory też trzeba.

– Prawda – zgodziła się mama.

Po sąsiedztwie rozpełzły się plotki, że mama nocami modli się do świni. Biedna Marcysia czuła się winna. Przekręcono jej zafrasowaną opowieść o maminych rozterkach. Tak to już bywa, chociaż nie powinno.

18

Przed dom przy Grunwaldzkiej podjechała ciężarówka. Jeżeli o mnie chodzi, nie mogła stanąć gorzej. Paka nakryta plandeką zasłaniała wejście i niewielki hall za oszklonymi drzwiami, zasłaniała też skrawki widoku na schody, na przeciwległą portiernię i wgląd w głąb korytarza. Zza plandeki frunęło tylko szczekanie. Suka Fela czuła, co się święci. Ja zaś kląłem pod nosem, bo na szyi wisiał mi ciężki aparat, który mimo sporego formatu, niezłej optyki, a nawet cudem załatwionych filmów Ilforda, nie mógł przecież przeniknąć ciężarówki; praktisix to nie rentgen.

W tę zabawę wrobił mnie dziekan.

– Wiesz, to się nie zdarza co dzień – oznajmił na schodach. – Zrób parę zdjęć, nigdy nie wiadomo, kiedy i do czego się przydadzą – napomknął jakoś mimochodem, w roztargnieniu pomijając sprawę kosztów. – Historyczna chwila – dodał. Zazwyczaj jednak płacił.

Kierowca takiego stara to już był ktoś, ucieleśniona godność człowieka pracy i tak dalej, czyli trudno było przewidzieć, co powie na prośbę, żeby wielkie auto przestawić o trzy metry. Chociażby dwa. Mógł mnie poczęstować wykładem o wydatku energii, siła razy przesunięcie, dżule lub kilogramometry, masa 450 kg, a wszystko na własnym grzbiecie i tymi rękami, tak jest, fortepian to prawie pół tony, a przesuniętą masę należy jeszcze przeliczyć na złote. Mógł – prościej – zaproponować pocałowanie w tyłek bądź jeszcze lepiej bluznąć. Ale mógł też za paczkę giewontów pójść na układ i jeszcze poczęstować. Okazało się jednak, że nic z tych rzeczy. Trzy metry? Nie ma sprawy. Do przodu? Do tyłu? Szczuplutki i chudziutki facet w okularach rad był przychylić nieba z fotela kierowcy. Ciekawił go obiektyw, szerokokątny flektogon. W drzwiach pojawili się tragarze i z wyrzutem spojrzeli na przestawione auto. Kierowca wskazał na mnie i na aparat:

– Pan was sfotografuje.

Woń ropy ze stara zwiastowała zmiany.

Alejka na tyłach szkoły biegła przez park, potem zamieniała się w ciasną, długą uliczkę, której czas nie pożałował nazw: niegdyś Linienstrasse, potem Parkstrasse, wreszcie 22 Lipca. Niewiele to miało ze sobą wspólnego, przy czym w nazwach niemieckich – Prosta i Parkowa – kryła się nutka balsamiczna na przekór ponurej sławie; podobno na parkowych ławeczkach spłukani klienci pobliskiego kasyna chętnie strzelali sobie w głowę. Z kolei za nazwą 22 Lipca stały rewolucja, Jałta, świat na opak; niemniej po wojnie – zamiast skrwawionych bankrutów – polegiwali na ławeczkach pijacy, też bez ruchu, ale bardziej podatni na zmartwychwstanie. Wiele się zmieniło. Surowe rygory ograniczały dostęp do broni, a kasyno, zbombardowane z końcem wojny, było już tylko wspomnieniem.

Budynek szkoły zwracał się frontem ku ruchliwej ulicy, a malowniczym tyłem ku parkowi, ewangelickiej kirsze, morzu i – jak cała przeszłość – budził rozliczne domysły. Tak to jest, kiedy mieszkańcy zwiną i zabiorą ze sobą magiczny dywan utkany z opowieści, wspominków, przesądów i legend, który szczelnie okrywa domy i zakątki, parki i lasy, każdą przystań czy pomost.

Wtedy nabiera mocy słowo „podobno". Więc i budynek stojący frontem do Grunwaldzkiej, a tyłem do 22 Lipca nie ustrzegł się pomówień. Podobno przed wojną to był hotel. Ale nad wejściem można by nocą zaświecić czerwoną latarnię i – podobno – nikt by się nie zdziwił. Podczas wojny hotel podobno zajęło wojsko dla rannych, których śpiesznie reperowano i na nowo słano pod kule. W byłym hotelu, czy też burdelu, ewentualnie szpitalu, przyczaił się po wojnie major spod Wilna, zawzięcie ścigany. Władzom wydała go – podobno – zazdrosna ruda, skądinąd oficer przeciwnego frontu; podobno nie przeżyli tego ani on, ani ona. Jak tu się dziwić, że potem w budynku po nocach coś jęczy, skrzypi, trudno powiedzieć: duchy czy niedomknięte okno. Z braku starych legend budynek oplotły opowieści zastępcze i nie zawsze umoralniające.

W parę lat po wojnie budynek przy Grunwaldzkiej (znów hotel) oddano szkole.

Wyższej.

Muzycznej.

Bach. Bartók. Monteverdi. Gesualdo da Venosa. Szymanowski.

Dla przyszłych artystów klimat jak znalazł.

A w paręnaście lat później szkoła wyjeżdżała z Sopotu. Nowa i większa budowla w Gdańsku – na dawnym rumowisku – była jak czysta kartka. Rzędy sal pod linijkę, woń farby olejnej, na ścianach hektar dziurkowanej dźwiękochłonnej tektury, kaloryfery i nawilżacze. I żadnych szpar, w których gnieżdżą się duchy.

To dlatego przed sopockie wejście zajechał star. Szła jesień i plandeka na pace miała chronić steinwaye oraz inne cacka.

Tragarze, którzy spojrzeli z wyrzutem na przestawiony samochód, otworzyli drugie skrzydło drzwi wejściowych, wywlekli z budynku stare chodniki, wcześniej wylegujące się na parterowym korytarzu, opuścili burtę i wrzucili je na pakę. Kiedy ruszali do budynku, zatrzymał ich okrzyk:

– Robicz dobrze, nie byle zbycz! – usłyszałem zza pleców. – Kajn kartoffelbeutel! Nieszeczeklawir! Czembalo!

Pokrzykiwała niemłoda kobieta o kredowej cerze i białych ufryzowanych włosach. Tragarze wyczuli, że tu nie będzie żartów. Starszy wdrapał się na tył ciężarówki i zaczął mościć leże dla instrumentu.

– Nie byle zbycz! – jeszcze raz pogroziła kobieta. Miała na sobie niebieską bluzkę z koronkami, za to spódnicę z prostego szarego koca godnego koszar, na nogach zaś grube skarpety dziergane z surowej wełny – i tenisówki.

Tragarze zniknęli w budynku, by za chwilę wynurzyć się z niesionym na pasach klawesynem. Odskoczyłem, wtłoczyłem w kadr instrument, tragarzy w tle, a pierwszy plan zajęła pomarszczona kobieca twarz, która mogła należeć do handlarki, kucharki, ba, chłopki, gdyby nie spojrzenie bladoniebieskich oczu spod ściągniętych brwi, za którym kryło się diabli wiedzą co, w każdym razie miało przenikliwość radaru.

Zazwyczaj pani Adelgunda, klawesynistka, finalizowała zajęcia po drugiej stronie ulicy. Po lekcjach – na których przybliżała sekrety francuskich *Ordres* i *Livres*, nie mówiąc o Bachu – udawała się do knajpy Turystyczna, gdzie nieodmiennie zamawiała schabowego z kapustą, popartego setkami czystej, po jednej na początek i na koniec. Teraz – kiedy po załadowaniu klawesynu niesiono jeszcze nogi i pedały – też zerknęła w stronę ulubionego szyldu.

– Dla mnie za daleko imer jeżdzicz do Dancyk – oświadczyła. – Szlus.

Stanowiła dla nas zagadkę, byli nią zresztą wszyscy gdańszczanie. Nieliczni, cudem pozostali na miejscu, mówili po polsku, niemiecku i kaszubsku, mieszali te języki, na Polaków patrzyli z rezerwą, o Niemcach mówili gniewnie, a w ogóle – poza tym, co niezbędne – mówili mało, chyba że między sobą. Niektórzy, jak mieszkający nad Turystyczną malarz, nie przyjmowali do wiadomości niczego, co nowe, a klęli też na stare. Budzili ciekawość, niezaspokojoną. Teraz leciwa klawesynistka oznajmiała, że się wyłącza, niech *Wariacje Goldbergowskie* z ich tysiącem ozdobników tłumaczy szczeniakom kto inny.

– Szkoda – grzecznie wydukałem. – Będzie pani brakowało.

– Wirklich? – Na bruku zamigotały grube skarpety i sfatygowane tenisówki; pani Adelgunda, która zmierzała już do Turystycznej, odwróciła się. – Dobra, dobra...

– I co, tak bez muzyczki? Bez dixielandu? – chodnikiem potoczył się biblijny bas. – Wszyscy się rozjechali na chałtury?

Ładowanie, jak to praca, wabiło gapiów. Okazało się, że w niewielkim półkolu tkwi Wojtek Szarama. Nie do poznania, gdyby nie ten bas godny proroka. Wojtek zapuścił brodę, szyję perkusisty zdobiły trzy rzędy koralików, głowę przepaska, w rozchyleniu koszuli z lnianej niebarwionej surówki pyszniła się, mimo chłodu, włochata pierś z drewnianym krzyżem; na nosie słoneczne okulary pilotów.

– Muzyka to nie pieniądze – pouczył. – Muzyka, bracie, to rozmowa.

Półkole oderwało wzrok od kryształowego lustra w złoconej oprawie, wynoszonego od śpiewaków. Wojtek umiał zaistnieć, miał ten dar.

– Muzyka, bracie, to rozmowa, ale i tajemnica. Zagrałeś kiedyś o śmierci?

Ostatnio opowiadano o nowej grupie. Gdzieś w Łebie ściągnęli ludzi na wydmy. Jakieś oszalałe solówki, czasem riff, jakieś melorecytacje, Biblia, Witkacy, rzucanie na stos starych skrzypiec, nut, pulpitów, trafił się nawet przechodzony fagot, nawet dziurawy kontrabas, znowu solówki na skraju skali, wreszcie podpalenie tego wszystkiego, w ogniu trzaskają struny, pudła rezonansowe, metafora, symbol, iskry, totalny zachwyt. Podobno Wojtek wszystko wymyślił.

– Muzyka, bracie, to wspólność. Telefon do Boga… Zaraz, panowie! – perkusista krzyknął znienacka na tragarzy taszczących lustro. – Chwileczkę! Zaczekajcie. Kolega ma aparat. – Zdumieni robotnicy znieruchomieli, a Wojtek ustawił się przy lustrze, i rzeczywiście, wyszła niezła kombinacja, portret plus odbicie. – Kolega zrobi piękne zdjęcie.

Nie miałem wyboru.

– Poczekaj, jeszcze jedno… – Wojtek obrócił się trochę, przesunął o krok i złapał światło na włosy; ten perkusista lepiej czuł kamerę niż swing czy *drive*. Dużo lepiej. Praktisix zagadał *tak-pak*, potem Wojtek skinął głową w przypływie łaskawości i na tle zwierciadła w złoconych ramach zapewnił zgromadzenie: – Muzyka, bracie, to nie nutki, żadne tam funty. Muzyka, bracie, to szczerość. Grałeś kiedyś wprost z duszy?

Tragarze ostrożnie podnieśli lustro na pakę.

– W świątyni nie są potrzebni kuglarze – oświadczył Wojtek i ruszył Grunwaldzką. Odprowadzili go wzrokiem nawet robotnicy.

Teraz w rękach tragarzy pojawiły się pudła z szarymi, kwadratowymi kopertami, na których środku widniała kolista dziura.

Przedmioty wyrywane jeden za drugim z otoczenia zaczęły się upodabniać do żywych istot; bezradne, nagle wyzbyte ważkości i rangi, przypominały nagich i niemłodych ludzi, wypchniętych siłą na plac parad. Lecz dzięki temu – dziwna sprawa! – te przedmioty odzyskiwały znaczenie w dwójnasób. Rozum jednak karcił i przypominał:

klawesyn obity tu i ówdzie to jednak nie skrzynia na marchew, a płyty, nawet stare, szybkoobrotowe szelaki, to co innego niż spodek w barze mlecznym; te płyty w pomiętych kopertach, poupychane w pudłach bez ładu i składu, kruche jak szkielet stulatka, wciąż i wciąż mogły śpiewać, w trop za palcami Sofronickiego czy smyczkiem Casalsa.

W rękach robotników stare płyty wyglądały malowniczo, wzruszała nie całkiem poradna ostrożność. Natomiast dziwił brak kustosza Raczyńskiego. Ten nie pozwoliłby ich tknąć. Nawet liczyłem na takie zdjęcie: niemłody Raczyński tuli stare płyty. Ale kustosza nie było, a biblioteczny asystent nie zawracał sobie głowy szelakowym rupieciem, za to dbał o najnowszą aparaturę stereo. Kustosz zaś – ktoś wyjaśnił – wyjechał.

Raczyński?

Matrioszka na biurku kustosza, popielniczka z błękitami Bajkału, pozłacany przycisk ze wzlatującą na orbitę rakietą Wostok – to wszystko były upominki. Kto wybierał się na wycieczkę do Leningradu lub Soczi, na koncert do Nowosybirska czy wymianę do Kijowa, wiedział, że przywieziony ze Związku Radzieckiego drobiazg zostanie przyjęty z wdzięcznością. Oschły zazwyczaj kustosz wdawał się wtedy w żywą i kompetentną rozmowę, szczerze ciekaw, co, gdzie i jak.

Nikogo nie dziwiło, że kustosz pachnie wodą Krasnaja Moskwa, czesze się do góry jak komisarze w filmach, nosi zegarek Zaria, ani to, że jest uczelnianym sekretarzem partii. Dziwiło co innego, że Raczyński – tak zafascynowany bratnim wówczas mocarstwem – poprzestaje na tęsknotach i wciąż tkwi w Sopocie. Przecież o bilet nietrudno. Na wschód frunęły antonowy, iliuszyny i tupolewy, sunęły ekspresy, biura turystyczne zapraszały nawet na rejs po Wołdze. A tu nic, biurko w czytelni, spacer po molo…

Trzeba było czasu i paru życzliwych przypadków, by z różnych nitek spleść jaki taki warkocz.

Rzekomo Raczyński wywodził się z historycznej rodziny, chociaż rodowe miano mogło wychynąć z pewnego czarodziejskiego kuferka, w którym nie brakowało nazwisk, a zwłaszcza papierów z pieczątkami. Przed wojną członek Komunistycznej Partii Polski, dzięki bystrości i zdumiewającej pamięci (w bibliotece, po latach, nucił *initia* dowolnych części dowolnych sonat Mozarta, z podaniem tonacji i katalogu Köchla) został zaangażowany w robotę Kominternu. A Międzynarodówka, przeszkoliwszy Raczyńskiego w ojczyźnie światowego proletariatu, skierowała Polaka do Brazylii, w którym to ciepłym kraju samby, kawy, futbolu i gitary – z towarzyszką grającą rolę żony – miał wspomagać leninowską Partido Comunista Brasileiro i na licznych rozstajach wskazywać jedynie słuszną drogę. Za pomoc i ochronę miał służyć czarodziejski kuferek.

Para Słowian wtopiła się w otoczenie, nawiązała kontakty i tak dalej. Niestety, przyuczanie brazylijskiego proletariatu do walki o lepsze jutro wkrótce zeszło na dalszy plan, aż z dwóch powodów.

Po roku 1930 trwały bolesne starcia Partido Comunista Brasileiro z Getúliem Vargasem, który nie kochał komunistów, przy czym najgorsze miało dopiero nadejść. Natomiast w grudniu roku 1934 na korytarzu leningradzkiego komitetu partyjnego pewien towarzysz bez skrępowania strzelił w plecy innemu towarzyszowi, trzeba trafu, przywódcy szykowanemu na szefa całej partii. Bum! I ruszyła lawina, która przez parę lat zmiatała wszystko z drogi. Rozproszonych po świecie działaczy Międzynarodówki wabiono do centrali, a tam wypróbowani towarzysze z zapałem mordowali przybyłych. Kul nie żałowano; w ojczyźnie światowego proletariatu, jak w westernie, preferowano broń palną. Mówiąc podniośle: pachniało prochem i Szekspirem.

A w ciepłym klimacie, przy sambie i kawie, kominternowska para z takim talentem odgrywała małżeństwo, że wkrótce zawitał na świat chłopczyk. Potem dziewczynka.

Młoda matka nie przejmowała się wezwaniami. Zapewne rewolucyjną żarliwość zastąpiły uczucia drobnomieszczańskie.

Ze świeżo upieczonym ojcem było inaczej. Wiedział, że w São Paulo czy w Manaus mogą się do nich dobrać ludzie Vargasa. Z drugiej strony, wiedział, że nawet ocean nie stanowi przeszkody dla wybrańców towarzysza Jagody.

Działacza Kominternu ogarniała furia. Jak to jest? Nawet planeta bywa za ciasna? Człowiek wierzy w światową rewolucję, w jej ojczyznę nad Wołgą, ma przed oczami lepsze jutro i nie wątpi w zbiorową mądrość partii, bywa, że niepojętą (ciekawe, katolicy podobnie wierzą w mądrość bożą, też niepojętą), tymczasem musi kombinować, jak jakiś geszefciarz, bo wszyscy chcą go sprzątnąć, i wrogowie, i przyjaciele.

Na razie wzięły górę ciepły klimat i samba. Europejczycy sięgnęli do czarodziejskiego kuferka z niejednym dnem, zza podszewki wyciągnęli nowe paszporty, odświeżyli nieużywane kwalifikacje i jeszcze głębiej wtopili się w tło. Teraz uczyli eleganckiej klasyki muzycznej, wprost ze Starego Kontynentu, który – tak się złożyło – właśnie spływał krwią.

Dziwne. Świat staje dęba, a działacz Kominternu tkwi przy Bachowskich inwencjach dwugłosowych i łatwiejszych sonatach Haydna, które przybliża dzieciom o kakaowej karnacji.

Raczyński chciał zbawiać światowy proletariat, podnosić z kolan odtrąconych, lecz – trudno – tłum go brzydził, a konkretni proletariusze jeszcze bardziej. Głęboko przejmował się biedą, lecz sam używał do obiadu od czterech do siedmiu sztućców, natomiast widok ludzi, którzy przedarli się z nędzy do pieniędzy, odpychał go, zamiast cieszyć. Proletariusz przy forsie? Jak to wygląda? Haydn z Bachem i Mozart z Schumannem coraz bardziej gasili rewolucyjnego ducha, podobnie jak ten klimat, kawa i samba. Im lepiej Raczyński czuł się w nowej roli, tym gorzej. Z koleżanką z Kominternu wychowują dzieci na Brazylijczyków i umacniają się towarzysko. Po prostu kpina…

Kiedy z końcem wojny nowy ład ogarnął nowe obszary, do wygnańców dotarły napomknienia. Potrzeba każdego uświadomionego klasowo zwoju kory mózgowej. Od nowa rozdano karty. Wielka czystka to przeszłość. Wracajcie.

No proszę.

Nie wiadomo, jakie przesłania wędrowały w jedną i w drugą stronę kanałem używanym tylko w ostateczności; nie wiadomo, co przełknięto, co przemilczano, ile trwały dyskusje, jeśli w ogóle dyskutowano. W każdym razie para znowu sięgnęła po czarodziejski kuferek, odkurzyła papiery, wskrzesiła reguły, na koniec zaś Tomasz Raczyński stawił się na nabrzeżu, z czterema biletami w kieszeni. Czekał. Niestety czas płynął, a przy trapie wciąż brakowało towarzyszki grającej rolę żony. I brakowało dzieci, które nie grały żadnych ról. Transatlantyk drżał, porykiwała syrena, woda kipiała za rufami holowników, a oficer przy trapie przestrzegł: kto nie wsiada, zostaje.

Trudno.

Ale dlaczego?

O co chodzi?

Niebo, ocean.

I tak dalej.

Szlak do ojczyzny światowego proletariatu prowadził przez Polskę, a tam zaczaiła się nowa niespodzianka. Przed dalszą podróżą to i owo należało uzgodnić, niekiedy na szczeblu ambasady. A nawet wyżej. Towarzysze radzili przeczekać, chociażby na Ziemiach Odzyskanych, powiedzmy w Sopocie, gdzie widok Zatoki Gdańskiej złagodzi rozstanie z Atlantykiem, nikt się nie będzie czepiał. Drzwi wyższej uczelni stoją otworem…

Tak więc kolejnym rocznikom studentów – którzy więcej wiedzieli o zmarłym przed dwustu laty Bachu niż o Kominternie – wydawał nuty, płyty i książki poliglota, agent i konspirator, który w barwnym życiu bywał za pan brat z Brunonem Jasieńskim, wielkim Oscarem Niemeyerem, Heitorem Villa-Lobosem, a nawet z Rafałem Malczewskim.

Uzgodnienia za wysoką bramą ambasady trwały jakieś ćwierć wieku, na pisma nie odpowiadano, w agencjach podróży – doprawdy pech – dla Raczyńskiego nigdy nie było miejsca, chociaż na taki Krym czy nad Bajkał podróżowały tłumy. Ojczyzna światowego proletariatu – z którą pan Tomasz tak chciał się dzielić spostrzeżeniami – ogłuchła. I kiedy Orbis po latach powiadomił znienacka o wolnym miejscu w pociągu przyjaźni, trudno się dziwić, że kustosz zaraz się spakował. Tak oto podczas przeprowadzki stare płyty trafiły w sękate obce dłonie.

Ostatni karton wynosił asystent kustosza. Zapatrzony w głośniki już leżące na pace, przeoczył stalowy prożek przy schodach służący do odczyszczania butów od spodu (psie kupy stanowiły w mieście część środowiska). Potknął się, zdenerwowana Fela zaszczekała na cały głos, karton uratował tygrysim susem tragarz. Asystent wylądował zaś na czworakach. *Tak-pak*. Miałem nadzieję, że zdjęcie jest ostre, chociaż zaimprowizowane, czyli nie wiadomo. Zdobyłem się na śmiałość i poprosiłem o powtórkę; asystent nie musi padać na czworaki, wystarczy mocne pochylenie w progu, a ostrość nastawię wcześniej. I ważne, żeby na płytach było widać etykiety. W sumie prosta sprawa, a pies, spokojnie, nie skrzywdzi muchy. Asystent zabijał mnie wzrokiem, za to tragarzowi pomysł się spodobał. Wziął karton płyt i tak przekonująco wychylił się w progu, *tak-pak*, że i on wylądował, *tak-pak*, na czworakach, ściślej: na łokciach, *tak-pak*, kartonu bowiem nie wypuścił, płyty ocalały i Sofronicki – za ich pośrednictwem – nadal mógł czarować zza grobu nieziemską interpretacją Skriabina. Niepokój budziły tylko łokcie tragarza, okazały się jednak twardsze od bruku. Zdumiona Fela rozdarła się jeszcze raz:

– Hau!

Tymczasem w progu stanął Bochenek z miotłą w ręku. Uniósł ją jak drzewce sztandaru, z tym że na szczyt kija nasadzony był damski kapelusz. I lekko się kołysał.

– A z tym co zrobić? – Bochenek rzucił pytanie w przestrzeń, nie wiadomo do kogo, do kierowcy, tragarzy czy gapiów.

– *Tak-pak* – odpowiedział praktisix.

Kierowca wzruszył ramionami.

– Weź pan ze sobą – poradził. – Tu go jeszcze co przygniecie. Dajmy na to klawesyn. Albo harfa. Na płask, i po kapeluszu.

– A jak tam oni mnie nie zechcą?

– Niby skąd ja mam wiedzieć? – zapytał kierowca i wcisnął starter.

Rondo kapelusza, wielkości koła hula-hoop, wzorowane na wstędze Möbiusa, kazało myśleć o bohaterkach filmów Michelangela Antonioniego, które – gardząc tuzinkowymi wyzwaniami – szukają swego prawdziwego „ja" w pięciogwiazdkowych labiryntach mediolańskiego bytu. Dochodziła jeszcze woalka, materiał zaś nie należał do pospolitych. Ilekroć kapelusz pojawiał się na wieszaku, portier – przy tym szatniarz i palacz – delegował do pilnowania Felę. Na wszelki wypadek.

Właścicielką była śpiewaczka, to jasne. Ale przy dalszych domysłach można się było naciąć. Nie należał do naczelnej maeştry ani do żadnej z dwóch innych wykładowczyń, których śpiewem chlubiła się nadmorska opera. Nie należał też do głośnej w całej Polsce baleriny, która czasem odwiedzała klasę śpiewu, towarzysko; jako osoba nowoczesna jeździła kabrioletem triumph spitfire, jedynym w całym mieście, natomiast nosiła się nieostentacyjnie. Dodajmy, tańczyła w *Cudownym mandarynie* Bartóka, w *Dafnisie i Chloe* Ravela, w *Ognistym ptaku* Strawińskiego, tymczasem kapelusz kojarzył się raczej z Puccinim, Verdim, może nawet z Berliozem. No i z Teatro alla Scala.

O jasność sprawy piorunem zadbały młode artystki. Wilczyca Fela też nie próżnowała; powarkiwała na gapiów, a dostęp do kapelusza przysługiwał tylko posiadaczce. Była nią – oczywiście – Jula Lisowska, Anita Ekberg gdańskiej Oruni. Na widok Juli ulica zamierała, mężczyźni wstrzymywali oddech, kobiety cicho syczały. A co dopiero, kiedy po chodniku płynęła w takim kapeluszu jak pod żaglami.

Wychowała się w podłej dzielnicy, w domu, w którym jeden zlew obsługiwał całe podwórko ubogacone królikami w klatkach, indykami w komórce, wrakiem łóżka, szczątkami motocykla, kępami trawy, pustą butlą acetylenową i cegłami, przemyślnie ułożonymi tak, żeby w słotę dobrnąć suchą nogą do domu. Tu Jula zdzierała buty i sukienki po starszych siostrach. Dla artystki wymarzony punkt startowy. Na Oruni nie brakowało motywacji. A teraz w szatni Jula zostawiała bajeczny kapelusz tylko dlatego, że surowa maestra nie pozwalała go wnosić do klasy. Sztuka wymaga skupienia. Przedmioty rozpraszają. Złocone lustro w sali śpiewu ma kontrolować postawę oraz aparat głosowy. I basta.

Jula należała do osób, o których się mówi. Miała głos, tupet i przekonanie o wyjątkowości pisanego jej losu. Szkoła umiała przypomnieć, co to wysokie progi, a jednak przed egzaminem wstępnym nie zastanawiano się, czy Jula zda, to było oczywiste, tylko czy potem zechce sobą uświetniać mury byłego hotelu o wielorakiej przeszłości. Fakt, Jula szybko zdobyła stypendium w Palermo, *engagement* w Niemczech, potem była jakaś Szwajcaria, Hiszpania i tak to poszło, krótkie powroty, już w futrze, zimą czy latem, do tego romans, dziecko, a kiedy niemowlaka próbował wykraść ojciec, skądinąd żonaty Sycylijczyk, afera na lotnisku; słowem, o Juli pisały nawet „Express Wieczorny" i „Przyjaciółka", żaden tam „Ruch Muzyczny".

Kapelusz został w szkole i był dowodem, że świat jest zdobywalny. Kiedy ktoś popadł w chandrę, bo koncert poszedł marnie, bo za dużo ćwiczenia, bo Paderewski już był, kapelusz w szatni pomagał się pozbierać. Bochenek dbał o niego; niby żaden z niego znawca muzyki, najwyżej palenia w piecu plus wódeczka z czerwoną kartką, a jednak wiedział swoje.

Stał teraz z kapeluszem nadzianym na miotłę, odprowadzał wzrokiem ciężarówkę, potem rozchodzący się tłumek, wreszcie zapytał:

– Masz pan dziś, panie Jarek, lekarstwo na ciemnotę?

Wydłubałem z torby gazetę.

– Hau – ucieszyła się Fela, najwyraźniej spragniona nowin, a Bochenek rzucił przez ramię:

– Chwila moment – i zniknął w drzwiach, by się wynurzyć z pomiętoszoną płachtą w ręku.

Kiedy demontował klasę śpiewu i ściągał kotary, znalazł nie tylko zapomnianą prezerwatywę, ale i wetknięty w kąt zmięty włoski magazyn ze wzmianką o Juli. Palermo, *Wesele Figara*, Barbarina: zdjęcie z przedstawienia, a obok wcale porządny portret. Widocznie Jula obdzieliła tym magazynem koleżanki, a te – w stosownym momencie – zemściły się przynajmniej na gazecie. Bochenek postukał palcem w portret Juli z sopockim molem w tle.

– To pan robiłeś, panie Jarek?

– O kurczę…

– No właśnie. To masz pan, na pamiątkę.

Wziąłem magazyn i zapytałem:

– A tak na serio, zabiera się pan ze szkołą do Gdańska?

– Nie wiem. – Chwilę pomilczał. – Trzeba by Felę komuś oddać. Albo sprzedać.

– Felę?

– A widzisz pan? Pies się na dworze wybrudzi, jak przyjdzie, to wyświni, a szkoła nowa. Tak to jest. Że niby przepisy.

– To co pan zrobi?

Bochenek wzruszył ramionami.

– Myślę – powiedział i obrócił się na pięcie.

Pies ciągle liczył na coś dobrego.

– Hau.

Pokazałem Feli dwie puste dłonie. Znała ten gest, podniosła się i podreptała za Bochenkiem.

Wieczorem do mieszkania, w którym wynajmowałem pokój, zastukał listonosz. Telegram, w nim nazwisko, numer telefonu, prośba o kontakt. Pilne. Potrzebny fotoreportaż z przeprowadzki uczelni. Do fotoreportażu dodać tekst, mały szkic albo rozbudowane podpisy. Wysłać razem ze zdjęciami przez agencję w Gdańsku. Magazyn „Polska".

Zbaraniałem.

Że co? Że jak?

Wreszcie coś mi zaświtało: może to sprawka Jacka Jaworczyna? Palnął kiedyś, że w razie wyjazdu na dłużej poleci mnie na zastępstwo, właśnie do „Polski". Że od dawna nie wyjeżdżał nigdzie na dłużej, a już go świerzbi. Siedzieliśmy w Żaku, chyba lało się wtedy soproni kékfrankos, w takich okolicznościach, różnie, zdarza się przeholować, szyć za grubymi nićmi. Na dobrą sprawę zapomniałem. A teraz taki telegram! Jacek? Nigdy za wiele wiary w ludzi...

No to do ciemni, jazda.

Dobrze po północy siedziałem otumaniony w oliwkowym półmroku, odbitki lada chwila miały trafić do płukania, co oznaczało jeszcze trzy kwadranse między kuwetami, powiększalnikiem, suszarką, termometrami i zlewem. Pomyślałem, że zdjęcia robię właściwie od niechcenia. I nic dziwnego, nieudane kadry i nieudane odbitki fruną do kosza, nikt o nich nie wie i się nie dowie. Co innego wyjść na estradę z sonatą Beethovena. Najmniejsza wpadka w opowieści, ślad zawahania, moment nierównowagi i czar pryska, a mag przy klawiaturze zaczyna budzić politowanie. Pomyślałem o wyobrażeniu tyle razy powracającym przed snem: ciemna sala, na estradzie steinway, wychodzę, siadam; wstęp do *Triany* rozciąga się, trwa i trwa ta wspaniała zapowiedź, a po *Trianie* będzie *Navarra*, ale przedtem *Rondeña*, zaklęty świat, podszyty tajemnicą, cudem, nie do wiary, że umiemy wyczarować ulotny dostęp do piątego wymiaru. Ale sala koncertowa wciąż jest odległa, o lata świetlne. A przynajmniej o lata. Tymczasem instrument, na którym udaje mi się coś zagrać, wygląda inaczej.

Tak-pak.

Rano zajrzałem do pustoszejącej szkoły, żeby podarować Bochenkowi odbitkę; szatniarz-palacz dumnie stoi przed wejściem, z bajecznym kapeluszem Juli nadzianym na miotłę; scena godna *Wilhelma Tella*. Podziękował, ale nie kwapił się do rozmowy.

– I na czym stanęło? – zagadnąłem

– Niby co?

– No z Gdańskiem...

Bochenek nie odpowiedział. Był nie w sosie. Postanowiłem nie drążyć.

Jak zwykle rankiem miałem bułki przekrojone w sklepie na rogu, przełożone boczkiem, więc było z czego wyłowić stosowny płatek.

– Fela! – zawołałem. Po chwili powtórzyłem: – Fela!

Cisza.

Zajrzałem na prawo. W opustoszałej szatni psa nie było. Nie zbiegał też po schodach, nie truchtał korytarzem.

– Co się pan drzesz, panie Jarek? – warknął Bochenek. Stał przed szatnią, z posiniałą twarzą. – Meble zabrane, chodniki zabrane, kotary zabrane. Tylko pogłos został.

Obrócił się na pięcie i z całej siły kopnął w ścianę.

– A od tego trzaskania dziobem głowa mi puchnie.

19

Zaczęło się od telegramu. Pod krótkim poleceniem MAMA = PRZYJEŻDŻAJ = ZARAZ podpisały się ciotki Irunia, Hela i Niusia. Komunikat był jasny, chociaż nie do końca. Kiedy po godzinach czekania w pocztowej rozmównicy udało mi się zamienić dwa słowa, zaaferowany ojciec, bo dzwoniłem do pracy, powiedział krótko:

– Chcesz, to przyjedź.

Więcej się nie dowiedziałem.

W każdym tkwi jego dawka szczęścia i jego dawka nieszczęścia. Pytanie, jak z proporcjami. Dzieciak przewraca się na podłogę, nabija sobie guza i płacze. A inny też się przewraca, też mu rośnie guz, ale wybucha śmiechem. Wiadomo, kiedy ktoś bęcnie, to tylko się śmiać, i właśnie tak mi się przydarzyło, a kuku! Guz na głowie? Mamo, sklęśnie. Tylko przyłóż coś zimnego, chociażby młotek.

Do Rzeszowa jechało się pociągiem pół doby, z przesiadką w Katowicach. Starczało czasu na myślenie. Za oknem zamieniały się miejscami stacje, pola, roztopy, drogi. Poza tym stukot i kolejowy smrodek…

Aż dziw, że tak mało wiemy o rodzicach; dużo, a po prawdzie tyle co nic. Jak to było, że mama wyszła za ojca? Dzieciom podsuwa się ckliwe obrazki. Spacer przy pełni księżyca w podwawelskim zakolu Wisły, piknik w Lasku Wolskim, tatrzańska wycieczka do Smokowca przez Rohatkę – i już, gotowe, miłość. Trudniej się czegoś dowiedzieć o kalkulacjach; o nadziejach, pieniądzach, gorączkowym przeliczaniu lat. A motywy? Poryw serca, pewnie. A może chęć dorównania przyjaciółce, wreszcie paradującej z wózkiem tego lata? A zapatrzenie w tryskający hormonami żeński klub wioślarski, gdzie każda atletka z osady wydaje się przedsionkiem nieba? Tego się zwykle nie dowiadujemy. Najpierw na to za wcześnie, potem za późno, a zawsze wstyd. Kto śmie, na przykład, zapytać o własne poczęcie? Jak wtedy było?

Zapiszczały hamulce, stacja; na peronie w Aleksandrowie Kujawskim czekała spora grupa z krzyżem i chorągwią, wokół uwijał się spocony ksiądz. Bądź co bądź, na trasie Częstochowa.

Stłoczeni na korytarzach, po części w przedziałach, pątnicy nie próżnowali. Ksiądz dyrygował, więc wpierw różaniec, potem pokutne pieśni. Ton nadawały dwie niemłode kobiety o silnych głosach, dyktowały tempo i tonację. Reszta dołączała, jak kto umiał, ale niepewnie, jedni mrukliwie, drudzy na krzyk. W sumie czysto śpiewający duet został opleciony łaciatym kontrapunktem, to za niskim, to za wysokim. I zawsze nierówno.

Ciekawe, pomyślałem, czy Pan Bóg ma za złe tym biedakom, że tak fałszują? Śpiew płynie z serca, kto śpiewa, dwa razy się modli. Pięknie, lecz czy wypada Doskonałego czcić niedoskonałością? Nie przyłożywszy się? Kiedy nadeszła kolej na posępną pieśń wielkopostną *Ludu mój, ludu, cóżem ci uczynił*, efekt był, trudno i darmo, tragikomiczny, jakby Chrystus upadający w drodze na Golgotę skarżył się, że na domiar złego musi wysłuchiwać kociej muzyki.

Nie rezygnowali, a repertuar mieli rozległy. Ksiądz dodawał energii, dyrygował, wciąż spocony. Chwila namysłu nad sensem ich śpiewów czy pielgrzymki podpowiadała, że dla tych ludzi Bóg jest szafarzem dóbr, pomyślności, jest dawcą, oni zaś mizernymi suplikantami zdanymi na Pańskie łaski i niełaski. Wędrują po prośbie. Wyśpiewują, żeby się przypodobać. Do głowy zaś im nie przyjdzie jakieś – po swojsku – zawołanie *Dieu et mon droit*, złączenie w czterech słowach Boga i własnych zamiarów. No tak. To pasowałoby do mamy. Do niej owszem. Skromność skromnością, szacunek szacunkiem, ale żądała partnerstwa. Nie mieściła się w tym chórze. Zresztą mama śpiewała czysto.

Wymiana pól, drzew i stacji za oknem zaczęła nużyć. Śpiewy nieco przycichły, być może zapał księdza przygasł, zaczęły mi się śnić dziwy, jazda po niebie białym rowerem, potem rozległy las i bieg wielkimi susami po koronach sosen, wreszcie logicznie i płynnie przeniosłem się do lunaparku, w którym stał ogromny, kilkupiętrowej wysokości stelaż; na nim modna huśtawka w kształcie łódki, którą tak rozkołysałem, że obróciła się w końcu o 360 stopni, a ja przez moment wisiałem głową na dół; tego numeru zawsze zazdrościłem lunaparkowym gwiazdorom. Huśtawka ogromniała, już nie podtrzymywał jej stelaż, lecz kratownicowy słup, łódka obracała się wokół drutów wysokiego napięcia, zataczała kręgi pod niebem, a później się obudziłem. Może dlatego, że zrobiło się ciszej. Pociąg minął Częstochowę, dojeżdżał już do Zawiercia, a pielgrzymi zapewne dobijali na piechotę do Jasnej Góry, wciąż ze śpiewem na ustach. Miałem za sobą dobrze ponad pół drogi.

Na stacji w Rzeszowie nikt nie czekał, co poczytałem za dobry znak; widocznie nic ważnego się nie dzieje. Ulga, lecz wciąż niepewność, potem na odwrót – i tak to trwało aż do wyjścia przez bramkę, przy której dyżurny kolejarz odbierał bilety. A za bramką czekały trzy ciotki, Hela, Irunia i Niusia.

Szybko uświadomiłem sobie, że zjawiały się w pojedynkę, każda w nadziei, że przedstawi sprawę po swojemu, w cztery oczy, że opowie tę najprawdziwszą prawdę. Teraz nie wyglądały na zachwycone sobą, nie kwapiły się do wynurzeń. Po chwili wahania komendę objęła Hela.

– Skoro już jesteś, to pogadajmy.

Między dworcem a kolejową przychodnią rozciągał się trawniczek ze świerkiem i lipą, przy nim stały dwie ławki pod lipową koroną, i to tam Hela poprowadziła towarzystwo. Widocznie uznała kawiarnię za miejsce zbyt beztroskie, a pobliska Tatarska podejmująca gości końskim mięsem uchodziła za mordownię.

– Musisz się teraz skupić. Usłyszysz coś ważnego – zaczęła Hela. – Bo widzisz, mama…

– Ja od początku mówiłam, że to nie jest sprawa dla lekarzy, dla żadnych konowałów – przerwała bez ceregieli

Irunia. – Tylko ciągną pieniądze, i nic nie umieją A teraz jest w Jarosławiu, tylko nie śmiejcie się, człowiek wykształcony, inżynier...

– Sanitarny – przerwała Hela. – Od kanalizacji i klozetów. Powiedz po prostu, że były inżynier, a teraz znachor. Jeszcze jeden! Chryste Panie!

– Tłumy do niego jeżdżą, całymi pociągami... – broniła się Irunia.

– Ja na pewno nie pojadę. Posłuchaj, Jarek, chodzi o to, że w związku z mamą twój ojciec...

– Może nie powinnam przerywać, ale muszę powiedzieć, po prostu muszę. Bo jeśli będziecie wyśmiewać takiego człowieka jak Kaczmar, powtórzę: inżynier, i co z tego, że sanitarny, to takich rzeczy jak z Tosią będzie coraz więcej. Ludzie już nie wiedzą, co ważne, a gdzie tylko puste gadanie...

– Irka, zamknij się wreszcie! – wykrzyknęła zniecierpliwiona Niusia. – Dla Olka to tylko dobrze, zawsze mówiłam, że z roztkliwiania się nad Tosią będą same kłopoty i...

Nieoczekiwanie wyrósł nad ławkami stryj Tomek.

– Widzisz, chłopcze, jaki temperament mają ciotki? Dość gadania, zbieramy się, nie mieszkamy na ulicy. Ludzie słuchają. Idziemy, synu. Życie to nie lody z truskawkami.

Głos stryja brzmiał kategorycznie, władczo, oburzone ciotki zamilkły, ani myślały ruszać z nami, a Hela na odchodnym poczęstowała stryja spostrzeżeniem:

– Przy okazji oczyść spodnie. Od dwóch tygodni masz z boku na nogawce rybią łuskę, ciągle w tym samym miejscu.

* * *

Szliśmy w stronę domu. Stryj zbywał nagabywania, maszerowaliśmy bez słowa. Zaczął dopiero na kładce nad torami:

– Musisz wiedzieć, że z mamą nie jest tak, jak było. A ciotkom nie miej za złe. Chcą dobrze, tylko że „dobrze" to dla każdej co innego. – Wziął głęboki oddech, jakby mu przyszło uświadamiać dziesięciolatkę. – Najpierw to wyglądało na afazję.

– Na co?

– Lekarz jak ksiądz, wszystko nazwie po swojemu. Po prostu Tosia przestała mówić.

– Wylew?

– Podobno nie.

Stryj zamilkł. Zeszliśmy z kładki i skręcili w Marszałkowską.

– Coś innego – powiedział wreszcie. – Mówiąc wprost, nic nie wiedzą. Tak wyszło z badań. A Tosia jakby miała ciche dni z całym światem. Gówno, nie afazja. Przecież odzywa się. Rzadko, ale mówi. Tylko że jak automat. Dzień dobry. Tak. Nie. A lekarz? Jeden powie „afazja", drugi się uprze, że co innego. A dla mnie to jest jeszcze inaczej, chociaż ze mnie żaden neurolog czy psycholog, żaden psychiatra.

– I co mówi ten drugi lekarz? Ten, co się uparł?

– Wiesz, synu, nie ma dobrego lekarstwa na nieszczęście. Bo nieszczęście jest poza nami, to fakt, przychodzi ze świata, ale nieszczęście siedzi też w nas. I to jest taki przypadek. Z tym się mama urodziła. – Stryj przerwał, by odezwać się po chwili: – Ten drugi się uparł, że cyklofrenia. Rzekomo są na to pigułki.

– W zakładzie?

– Nawet zastrzyki. Pomogą, nie pomogą, ale uspokoją, a tymczasem nauka idzie do przodu.

– I co?

– No właśnie…

Kiedy na skrzyżowaniu ze Zwierzyniecką widać już było dom, stryj Tomek powiedział z nutką nieśmiałości:

– Bądź dla niej dobry.

Mama uśmiechnęła się. Potem przyjrzała mi się ciekawie, jak jakiejś nowości, jakby sprawdzała, czy jeszcze urosłem, a może już zmalałem, czy nie zmieniłem przypadkiem koloru oczu, a może skóry, wiadomo, co teraz dzieci wyprawiają. Trwało to chwilę. Uśmiech i ciekawość ściągnęły na maminą twarz strużki słońca. Jak zwykle siedziała przy swoim skrawku stołu – zresztą w domu nigdy nie było foteli, co to, to nie – w kubku stygła resztka kawy, o cukiernicę oparta była otwarta książka, o stronach przekreślonych na ukos strużką zza okna. O cukiernicę opierał się tom epopei Gołubiewa o Bolesławie Chrobrym, może ten sam, który widziałem w tym samym miejscu przed paroma miesiącami.

Pogłaskałem mamę po głowie, co chyba sprawiło jej przyjemność, duże ciemne oczy też się jakoś rozświetliły. Ale to nie trwało długo. Mama potoczyła wzrokiem po ścianach, niewiele poświęcając uwagi kopii Madonny z Dzieciątkiem, młodej kobiecie zaszkicowanej przez Jaxę na kremowym papierze ani zwisającemu spod sufitu lepowi na muchy. Potoczyła wzrokiem po podłodze, a potem całe to pojaśnienie twarzy przepadło, chociaż słońce nadal wpadało do pokoju przez firankę. Uśmiech zniknął, na płacz też się nie zanosiło. Mama jakby zakrzepła, a to, co przed chwilą wydawało się na jej twarzy samym życiem, zapadło się, umknęło w zakamarki niedostępne dla nikogo.

Od Marcysi i Ignaca wyciągnąłem to i owo. Ojciec zamyślał sklecić z nimi jakąś straż nocną. Mama przeważnie milczała, zamknęła się w sobie, lecz już raz – po staremu – wykradła się z domu. Do tego nocą. Ojciec, chociaż twardo sypiał, jakoś się jednak zorientował, coś wyczuł. Pod figurą błogosławionego Jana z Dukli mama skręciła w prawo i powędrowała w stronę torów kolejowych; o ile można mówić o wędrowaniu z tą śmieszną ciupażką i przystawaniem co parędziesiąt metrów, w ciemności, kiedy łatwo się potknąć. Ojciec w piżamie i kapciach, nie zawsze omijając kałuże, rychło dogonił mamę, która poddała się bez słowa. Stali przez chwilę na skraju latarnianego światła, ojciec w kapciach i tej piżamie, średnio dopiętej, mama ubrana jak do miasta, a potem dała się prowadzić do domu, gdzie w milczeniu posłusznie rozebrała się, położyła i szybko zasnęła; bez łez, dygotów, westchnień, jak opancerzona.

To wtedy ciotki wysłały po mnie depeszę, kiedy ojciec postanowił prosić o pomoc Ignaca i Marcysię. Coś się zmieniło. Marcysia, która co niedzielę eskortowała mamę do kościoła i z powrotem, skarżyła się, że nawet na mszy mama wygląda, jakby się zacięła, zawzięła, spędza całe nabożeństwo bez słowa i może to nawet lepiej, bo gdyby już, to pewnie by nie zaczęła od „Ojcze nasz" ani „bądź wola Twoja", tylko aż strach myśleć, tak to teraz wygląda, mówiła Marcysia, już lepiej, że mama w kościele milczy.

Ostatecznie ojciec nie obgadał dokładnego planu, jakiejś listy dyżurów Ignaca i Marcysi i jego własnych, szczegóły odkładał na później, „na czarną godzinę", bo jako urodzony optymista wierzył, że czarna godzina to byt baśniowy, bez przesady, prawdziwe katastrofy to rzadkość, w przeciwieństwie do paniki z byle powodu. Niemniej już nie sypiał tak jak dawniej, kamiennym snem oplecionym w chrapanie, które Lot, wyżeł sąsiadów, usiłował uciszyć powarkiwaniem zza ściany.

Po dwóch dniach w domu wyrwałem się do miasta, przedpołudniem. Mamę, już ubraną i po śniadaniu, zostawiłem przy stole przy jej skrawku obrusa i książce. Wcześniej zagadałem, ująłem za rękę i zapowiedziałem, że za godzinę Marcysia zjawi się z zakupami, więc na razie nie ma się co namyślać, można się zdać na Marcysię także z obiadem; w razie czego, kiedy wrócę, pomogę. Mama nawet nie skinęła, może tkwiła myślami gdzie indziej, ale uważałem, że trzeba mówić. Powiedzmy, trochę grzeczności przed samym sobą. Poza tym trochę udawania, też przed sobą, że wszystko gra, jest jak należy, inaczej, ale w porządku. Wreszcie strzęp magii: może mówieniem do milczącej mamy zdołam zaczarować rzeczywistość i będzie taka, jak powinna, a nie jaka jest.

Do domu wróciłem po pierwszej. Przed domem stał Ignac. W kuchni leżały na podłodze warzywa, które wypadły z Marcysinej siatki, na stole leżała teczka ojca. W pokoju nie było mamy, nieopodal stołu Marcysia w uniesionych rękach trzymała różaniec, a głową skinęła na prawo, więc zrozumiałem, że coś się dzieje w łazience.

Nad wanną stał ojciec. Zaciskał haftowaną serwetę na maminej ręce. Wciąż przydawały się doświadczenia z wojska, tym razem opaska uciskowa. Mama w wannie wydawała się nieprzytomna, łazienkę wypełniały para i ciepło wody sięgającej po górny odpływ – i poznaczonej czerwienią. Ojciec zaciskał serwetę powyżej przegubu lewej ręki mamy; z kciuka i wskazującego palca ściekała krew.

Ojciec obrócił się.

– Wzięła brzytwę – powiedział i wskazał koszyk na mydło. – Wyjęła brzytwę z mojej kasetki.

– A druga ręka? – zapytałem.

Mama nagle zakrztusiła się, rozkaszlała, potem zaczęła oddychać głośno, świszcząc, pojękując. W tej wannie tęga, niezgrabna, zakrwawiona, pewnie nie przypominała ojcu młodej atletki z krakowskiej ósemki Towarzystwa Wioślarskiego.

– Zaraz przyjadą – odpowiedział.

Wstydziłem się patrzeć, wstydziłem się wyjść. Nagle poczułem zapach wódki.

Na drewnianej kratce przed wanną walała się butelka z grubego szkła, po słodkiej honey cherry brandy, z nalepką stylizowaną na plaster miodu. Mama – stuprocentowa abstynentka, cierpiąca z powodu każdego kieliszka, który wypił ojciec – sama była teraz pijana i może dlatego nieprzytomna. Zapach wiśniówki mieszał się z łazienkową wilgocią i nutą stęchlizny, nieuniknioną w przerobionym pomieszczeniu.

– Przytrzymaj – powiedział ojciec i dwiema rękami zacisnął mocniej serwetę.

Za drzwiami rozległy się kroki. Otworzyli sanitariusze i przepuścili lekarza. Przez chwilę rozglądał się bez słowa, potem powiedział:

– Proszę wyjść.

W kuchni stał furman Ignac; chrząknął, co oznaczało, że nie pogardzi kromką i czymś ją popije. Bobrowałem w kredensie, kroiłem chleb, włączyłem kuchenkę i nasłuchiwałem gadania czajnika. Nagle zrobiło się zwyczajnie. Przez uchylone okno dobiegało skrzeczenie sroki. Kamienny Jan z Dukli opalał się w swojej kapliczce. Uliczką dreptała dziewczynka w pończochach w obwarzanki i zmyślnie wygiętym drutem popychała żeliwną fajerkę.

Krótko to trwało.

Nie zdążyłem jeszcze postawić przed Ignacem talerza ani kubka, kiedy z łazienki wyszedł sanitariusz, a doktor przywołał ojca. Po ciszy wszczął się ruch. Ojciec przetrząsał szafę i bieliźniarkę, w pokoju wyrosła jak spod ziemi Hela, bo taksówką przyjechały ciotki i Hela pomagała teraz ojcu. Sanitariusz wrócił z kierowcą; taszczyli nosze. Marcysia usunęła się na bok, ale ani na moment nie przestawała odmawiać różańca. Zza uchylonych drzwi łazienki dobiegło bulgotanie; widocznie ktoś wyjął korek i z wanny spływała teraz woda zmieszana z krwią. Ojciec i sanitariusz wydobyli mamę z wanny, ojciec otulił ją ręcznikami, podtrzymywał, wycierał, potem z sanitariuszem narzucili mamie przez głowę nocną koszulę, ostrożnie upychając w rękaw świeżo opatrzoną rękę.

Hela czekała w drzwiach z parą skarpetek i kapci,

w kuchni Irunia odszukała wielką torbę na zakupy, pomknęła do sypialni i napełniała tę torbę potrzebnymi drobiazgami, przy czym doktor doglądał pakowania jak strażnik więzienny, i rzeczywiście, nożyczki i pilnik wyrzucił. Hela zgarnęła jeszcze zapomniany szlafrok z oparcia krzesła, a potem z pokoju ruszyły nosze. Marcysia na widok mamy z mokrymi, postrzępionymi włosami, ciężko dyszącej, przytroczonej do noszy, zaczęła różaniec odmawiać na głos.

Przed gankiem zebrał się niewielki tłumek, sąsiedzi i paru ludzi z warsztatu samochodowego. Kierowca z sanitariuszem postawili nosze na ziemi, unieśli klapę karetki, a podczas tych manewrów pojawiła się na ganku Marcysia i kolebiąc się na boki, zeszła, by wetknąć różaniec pod maminą poduszkę. Potem zakaszlała, może dlatego, że mamę wciąż spowijał zapach wiśniówki.

Nosze wstawiono do auta, do kabiny wsiedli kierowca z doktorem, sanitariusz przy noszach, kierowca wcisnął starter i sanitarka ruszyła.

Niusia stojąca obok ojca spytała:

– Olek, gdzie oni ją zabrali?

– Gdzie? – fuknął ojciec. – A jak ty myślisz?

20

Cholera jasna, żebym coś wiedziała o sobie na pewno! Żebym się sobie tyle nie dziwiła! Ale nie, nic, same niespodzianki. Od lat uciekam od ojca, byle dalej, byle mieć jak najmniej wspólnego, nie być jak on. A potem, bach, wyrzuty, bach, wątpliwości, diabli wiedzą co jeszcze. Kiedy ja się nauczę siebie?

Czepialscy wytykali Dominice, że skacze z kwiatka na kwiatek. Nie w sensie mężczyzn czy kobiet. Nie. Chodziło o zaczynane i porzucane wątki. Trochę się uzbierało.

Wpierw fortepian, ładnych parę lat przy klawiaturze, dziesiątki etiud, sonatin i sonat, fug, partit, suit, fantazji i nie wiadomo czego, wbitych w palce i do głowy, chociaż w tym czasie można przeczytać *Krytykę czystego rozumu* w oryginale, zgłębiać zagadki mechaniki kwantowej i jeszcze zostanie nadwyżka na partię pokera, siatkówki lub poćwiczenie wspinaczki na Mnichu. Nie mówiąc o kolejnym języku. Ale Dominika była ponad takie rachuby. Muzyka to muzyka.

Lecz oto pewnego dnia Dominika zatrzasnęła klawiaturę i z tym swoim nieusuwalnym uśmiechem Buddy jęła studiować maklerstwo morskie, spedycję i fracht. W istocie pochłaniały ją wtedy praktyki teatralne, z amatorami, zawodowcami, różnie, filmowe też. A kiedy już się zdawało, że utalentowana osóbka wie, czego chce, znowu obsiadły ją pomysły.

Tak to przynajmniej wyglądało z wierzchu. A pod spodem?

Dzień w dzień, rok za rokiem Dominika rozkoszowała się dezercją z Podpromia w Rzeszowie. Ta radość nie powszedniała, nie gasła, przeciwnie, była oparciem. Zmieniane zajęcia? Ależ one tym bardziej dowodzą wolności, rozgłaszają, że Dominika może być, kim zechce, kim zdoła, jeszcze nie wiadomo, jeszcze się okaże, ale to ona decyduje. I dobrze. Niech to trwa. Przecież Dominika nie zatrzaskuje drzwi, nie pali mostów.

Teraz, licho wie czemu, do listów Dominiki wkradał się jej ojciec.

Normalnie uciekam przed nim, wyrodna córka, wypisz, wymaluj. Stary mnie wkurza, zgoda. Dlaczego? Bo sama go przypominam?

Jego teraz zajmują jakieś przechodzone wiedźmy, koniaczek w kawiarni przy deptaku, i tak dzień w dzień, jak nie w Połczynie, to w Szczawnicy. Jego sprawa? Przecież po to w Kanadzie haruje Kaśka. Wrobił własne dziecko, które mu funduje te wiedźmy i koniaczek. A tatusiowi wciąż mało. Gdybym jeszcze ja zasuwała za morzem, miałby na młodsze wiedźmy i starszy koniaczek, już nie w Szczawnicy, tylko w Karlsbadzie.

W porządku. Ja też się trzymam swoich mrzonek, swoich urojeń. Więc niby czemu szlag mnie trafia? Właściwie powinnam Kaśce otworzyć oczy, niech wreszcie wie, ale z tego nic nie wyniknie poza kacem. Pewnie Kaśka uważa ojca za męczennika i upija się tą wiarą. A ojciec w duchu rechocze.

Próbowałem sobie wyobrazić Dominikę, która pisze ten list. Co jakiś czas zdmuchuje sprzed oczu kosmyk włosów, wtedy jej zaziemski uśmiech Buddy ma chwilę wolnego, a na zastępstwo zgłasza się cierpki grymas. Pochłonięta pisaniem Dominika głośno oddycha przez nos, co oznacza skupienie. Pisze piórem; na środkowym palcu prawej ręki wzbiera plama atramentu. Raz bierze górę skupienie, raz troska, żeby nie powalać sukienki, mankietu, niczego. Gdzie ślęczy nad tym listem? Na zajęciach? Udaje, że notuje? Na próbie, pod żaróweczką w kulisach, a ciekawski inspicjent podgląda? U siebie, na Woli, z kocem narzuconym na gołe plecy, przy czym zza pleców dobiega – niestety – cudze pochrapywanie?

Czegoś tu brakowało.

Dominika się oburza? Nie szuka uniesień? Ona, dla której dzień bez ekstaz to katastrofa? Gdzie wiara, że każdy dzień to święto?

Pod koniec lata wpadła znienacka na dwa dni, zaniosło nas aż za Wydmę Łącką za Łebą, pięknie, chociaż nie było mowy o takiej iluminacji, że oto my i bezkres, kosmos i coś więcej. Kończyła się niedziela, ludzie zjechali pożegnać letnią labę, dzieciarnia na dwa dni przed wznowieniem szkolnej niewoli harcowała co sił. Na niebo z wolna zakradał się róż, horyzontem pełznął frachtowiec, przy brzegu niekończące się pieniste tam-i-z-powrotem fal, psy w pogoni za patykami, w uszach przyjazny wiatr; śmiechy, krzyki i nawoływania jako radosny ozdobnik.

W późnym słońcu coraz mocniej jarzyły się ukośne jarzębinowe pasy na bluzce Dominiki.

– Kiedyś chodził mi po łbie pomysł – siedziała na wytrawionym przez pogody i niepogody popielatym konarze, który zapewne spędzał w wodzie lata parzyste, a nieparzyste na piasku – żeby z tego, co morze wyrzuca, sklecić opowiadanie. Może sztukę. Drewniane łóżko, korkowy hełm, ogon od szybowca, klapa fortepianu, na której ktoś usiłował kiedyś dopłynąć do lepszej przyszłości. Kondomy. Martwe drzewo, które przydryfowało po upadku z klifu. Stary kufer. Stary szkielet. Pióra. – Dodała po chwili: – Kiedyś bardzo wierzyłam w pomysł.

– A teraz?

– W treść. Po pierwsze i po drugie. Co innego zdechły wieloryb, co innego sprawa do opowiedzenia. Zdechły wieloryb zawsze zagra, ale niewiele opowie.

Przyglądałem się twarzy Dominiki. Przepływały po niej różne uśmiechy. Królował uśmiech samych ust, ów majestatyczny uśmiech Buddy. Niekiedy ustępował miejsca uśmiechowi ust wraz z kącikami oczu, jaskółce czystej radości. Z rzadka pojawiał się jeszcze inny: śmiały się same kąciki oczu, tylko one, za to w tęczówkach wzbierał szafir, razem: uśmiech kota na widok myszy.

– Jeszcze przed świętami zagrają *Batyra* – oznajmiła. – Nic nie mówiłam, bo nikomu nie mówię. Ale już jest po pierwszych próbach.

Wiatr nie słabł, dzieci i psy harcowały, w dali na plaży pojawił się patrol. Tych stron pilnowano. Wopiści maszerowali ze wschodu wprost ku słońcu, które szykowało się do wieczornych arii.

– Rzecz idzie tak: Żmudź, Jan Witkiewicz, urodzony tysiąc osiemset osiem. – Postanowiła streścić historię i nabierała rozpędu. – Gimnazjalne knucie i carski wyrok, czapa, po złagodzeniu służba w Azji, żadnej rangi, szlachectwa, nic, degradacja i jazda, kraniec imperium. Mimo to gość po niewielu latach jest już oficerem, zaufanym Rosjan, Azjatów, pupilem Humboldta, który tam podróżuje. Dalej, facet mówi tuzinem miejscowych języków, szpieguje dla Rosjan w Bucharze, podgryza Anglików w Kandaharze. Turban na łbie, kindżał na szyi, przezwisko „Batyr", carski James Bond. I co?

Wydawało się, że ten pomysł właśnie teraz wpada Dominice do głowy, piorun z jasnego nieba, a ona nie dowierza, że oto tu, teraz...

– Niezłe – pochwaliłem.

Dominika na moment zawiesiła głos.

– A po tych misjach? Samobójstwo. W Petersburgu – dokończyła.

– Szachrował z kobietami? – spytałem.

– Akurat – prychnęła. – Coś przeżonglował. Bo samobójstwo mocno szemrane.

Przy brzegu młoda kobieta gołą ręką prała pociechę, bo za plecami matki malec szurnął do wody, upadł i zaciągnął się odrobiną Bałtyku. Matka traktowała lanie jako środek zarazem wykrztuśny i wychowawczy. Tymczasem zbliżał się patrol; na tle letnich sukienek, mokrych majtek, dmuchanych łabędzi i żywych mew egzotycznie wyglądały skórzane buty za kostki, mundury i kałasznikowy.

Założyłbym się, że pogrążona w opowieści Dominika też obserwuje i widzi to samo. Lecz nie gubiła tropu.

– Nie pytasz, po co mi ten Witkiewicz? Dla Rosjan gość jest agentem, dla Anglików Słowianinem, może na drzewie siedzi o gałąź niżej od Rosjan, ale tak samo nieobliczalny. Dla Azjatów to figura z innego wymiaru, którą można tylko pokochać albo zadźgać; albo jedno i drugie. Dla Humboldta to talent, więc dziecko świata, talentowi należą się przywileje. A kim jest ten facet dla Polaków? Jemu się coś udało, więc bohater narodowy, nie ma to-tamto. Jako ruski szpieg? Nie szkodzi. Widocznie Wallenrod. Dowodów nie ma, najwyżej dziurawe domysły, ale wątpliwości są niedozwolone, podłe, człowieka należy raz-dwa i na ołtarz; tu nic nie wytłumaczysz, łbem w ścianę. – Dominika rozłożyła ręce. – Wiesz, po co mi ten Witkiewicz? Ten żongler, awanturnik, żołnierz, który ma tuzin twarzy? Wiesz, po co?

– No?

– Bo u mnie to jest aktor. Jądro polskości. Nie szuka siebie, nie szuka rzeczywistości. Szuka tylko gestów i ról do zagrania. To umie. To mu wychodzi. A kto wybiera gest zamiast dokonań? Aktor. Lub ten, z kogo zrobiono aktora.

Patrol minął spranego malca, który już nie kaszlał, na żołnierzy patrzył załzawionymi oczami, a jeszcze nie nabrał sił, by zbroić coś na nowo. Wyręczyła go dziewczynka, która od tyłu podbiegła do żołnierzy z wiaderkiem nasypać piasku w wojskowe buty. W ten skecz wdał się jednak ojciec, odciągnął dziecko, a wopiści postanowili niczego nie zauważyć; ani myśleli wystawiać na szwank godność patrolu.

– Pilnują w ten sposób kajakarzy – powiedziałem.

– Co? – spytała Dominika.

– Stąd jest najbliżej na Bornholm.

– I ktoś dopłynął?

– Podobno.

Dominika westchnęła. Chociaż zbliżał się zmierzch, wciąż było ciepło, wciąż pokrzykiwali młodzi i starsi, wciąż wiał życzliwy wiatr, rytmicznie załamywały się fale. Żołnierze kroczyli na zachód, ich sylwetki wyglądały coraz bardziej podniośle na tle czerwieniejącego nieba. Ludzie nie zwracali na nich uwagi, jakby plażą szły duchy z pistoletami maszynowymi i lornetką wschodnioniemieckiego Zeissa do wypatrywania kajakarzy.

– Pora na nas? – spytała Dominika.

Podnieśliśmy się, otrzepali z piasku i ruszyli w stronę Łeby.

– Wiesz, co mnie martwi? – spytała Dominika. – Że z tym Witkiewiczem to tylko lokalna historia. Bardzo lokalna. Może jakiś cymbał, jeden z drugim strażnik świętego ognia poczuje ugryzienie w tyłek, ale poza tym?

Już w Sopocie próbowałem namówić Dominikę na późnowieczorne odwiedziny, ale uparła się, że nie, wraca do Warszawy.

Miałem szczęście. Pod domem czekała pewna Ola, która czuła się całkowicie uprawniona do takich wizyt, chociaż, prawdę mówiąc, powinna być akurat o dwieście kilometrów dalej.

– Świetnie, że jesteś – zapewniłem. – Graliśmy koncert na Helu.

List odbierałem na poczcie późną jesienią, zacinał deszcz ze śniegiem, szaruga, okropność. Z koperty wyzierały promyczki.

Na próbie w teatrze był Steve, reżyser z Bloomington. Jemu się Batyr *podoba, gość łapie w lot, o co chodzi, mówi tylko, że na Stany trzeba to poskładać inaczej, i on wie jak.*

Kanciarz? Raczej nie wygląda.

Podrywa na Stany? Nie wiem, przyjechał z żoną, zresztą scenografką, i to głównie ona ma pomysły. Teraz prowadzą teatr akademicki przy Indiana University, na swojej półce dość znany, ale tekst może się przebije na lepszą scenę, kto wie, od czegoś trzeba zacząć. W każdym razie rozmawia się ze Steve'em normalnie, o wszystkim normalnie, bez podtekstów. No i jest szansa na stypendium. Chyba śnię.

Zapytasz, czego tam szukać? Odpowiedź: nie wiem.

Wszystkiego.

Teraz paszport, wiza, żadnej pewności, może z teatru ktoś coś popchnie, z uczelni, gdzieś znajdzie jakieś plecy, mnóstwo latania, a czym to się skończy?

Wolę nie myśleć, co będzie, kiedy to nie wypali. Więc jak, niepotrzebnie się w to pcham? Że pisane palcem po wodzie? No dobrze. To powiedzmy, że spasuję. I co? Wpadnę w zachwyt?

Gdyby Steve widział, co ja tu bazgrzę! Dla niego keeps miling *i już. Jazda!* Go ahead. *Tak jest w Ameryce. Zostaw wahania Hamletom. Steve ma żyłkę pedagogiczną. W sumie fajny gość. Ta jego żona rzeczywiście sypie pomysłami, ubiera się po amerykańsku, kolory z odpustu, na ulicy wszyscy się oglądają.*

No nic.

Jest inna sprawa. Pojęcia nie mam, jak to wyniuchał mój ojciec. Już chce się dorwać, skubany. Już mu zapachniały droższe kurwy i Rémy Martin! A ja ani myślę być drugą Kaśką. Już zaczął mi tam szukać pracy, przez jakichś znajomych. Masz pojęcie? Może przy taśmie od konserw? Zanosi się na sęki. Pierze poleci.

Co fakt, to fakt; Kachu Wrona, ojciec Dominiki, widział w dzieciach lokatę na starość. Ale nie zawsze tak było.

Jeszcze przed wojną miał warsztat instrumentarski, i już wtedy czapkowali Wronie muzycy z połowy Polski, czciciele akordeonów, bajanów, concertin, bandoneonów, fisharmonii, czasem klarnetów, obojów, a nawet harmonijek ustnych, ba, jako fortepianmistrz i stroiciel znał utytułowanych artystów. W tych przedwojennych czasach szczęśliwie się ożenił, dbał o dom, a jeśli od pani Meli czmychał na panienki, to dyskretnie, żeby broń Boże nikogo nie urazić.

Przewegetował przy instrumentach okupację. W Generalnym Gubernatorstwie – zresztą nie tylko tam – Niemcy ujawnili szczerą pasję łowiecką; przy lada okazji prażyli do miejscowych, zwłaszcza do Żydów, jak z ambony do saren, lecz nieodmiennie pozostawali muzykalni. Niewykluczone, że muzykalność służyła im nawet za usprawiedliwienie. Czy ktoś, kogo wzrusza chorał *Jesus bleibet meine Freude*, może być zły? Może sądzili, że w gronie ludzi muzykalnych (bo Żydzi też byli muzykalni) pewne rzeczy uchodzą? W każdym razie w trudniejszych sytuacjach Kachu potrafił ten czy ów instrument sprzedać po bardzo okazyjnej cenie. Muzykalni nabywcy z Zachodu byli uradowani. Ktoś nawet obdarował kwiatami panią Melę, niańczącą trzecie dziecko.

Kiedy muzykalnych Niemców uzbrojonych w szmajsery przepędzili nie mniej muzykalni Rosjanie z pepeszami, nastały nowe czasy i posiadaczy fabryczek bądź warsztatów uznano za wyzyskiwaczy; nie tyle za trędowatych, co za trąd. Kierowano do nich, umoralniająco, bezlik wezwań podatkowych, aż nabiorą rozumu, obudzą sumienie i wyrzekną się wyzysku. I nikt nie zamierzał robić wyjątku dla odnowiciela bandoneonów czy nawet fortepianów. Rodacy nie byli tacy muzykalni.

Nie zamierzano robić wyjątków, lecz tych wyjątków – jednak! – nie brakowało. Zagadka pierwszej klasy. Bo niejeden umoralniająco opodatkowany właściciel warsztatu się powiesił. Ale niejeden z powodzeniem kombinował. Kachu wciąż łamał głowę, do kogo zapukać, kogo obłaskawić, z kim wypić, z kim wytrzeźwieć, kiedy się ugryźć w język, kiedy zaryzykować, gdzie być i gdzie broń Boże nie chodzić. I na Podpromie wciąż zjeżdżali pianiści i bandeoniści, oboiści i organiści. Kacha Wrony nie pociągała rezygnacja.

Happy end? Może *happy*, ale nic nie trwa wiecznie.

Dzięki ojcowskim znajomościom najstarsza córka, dyplomowana farmaceutka, pracowała już w Kanadzie przy taśmie przetwórni rybnej, co powszechnie uchodziło wówczas za uśmiech losu. Syn Piotrek wcześnie włożył sutannę. Najmłodsza Dominika wędrowała swoimi ścieżkami. W tuzin lat po wojnie powiało w domu pustką. Pani Mela już nie cieszyła się zdrowiem. Wreszcie wszystko zmienił pogrzeb.

Drewienko do rozpalania, drzazga, sepsa. I oto czwórka karych zdobna w siwe pióropusze pociągnęła na pobitniański cmentarz karawan z dębową trumną odgrodzoną od doczesności kryształowymi szybami. Ludzi nie brakowało. Melę lubiano, sklepiki i poczekalnie żyły uroczystością przez parę dni, a zakład fotograficzny przy Grunwaldzkiej wystawił zdjęcia w witrynie. Potem, zwykłą koleją rzeczy, czas zrobił swoje.

To wtedy objawił się nowy Kachu, o którym z furią pisała Dominika.

On nam chce pokazać, że głupota jest mądrzejsza niż mądrość. Że tak to działa. I się opłaca. Że nikt go nie wykiwa, za to on wszystkich. I jeszcze ten mój durny brat, nawet on się łapie na przynętę, jak ta biedna Kaśka. We łbie się Piotrkowi pokręciło, odkąd po Ziemi Ognistej chodzi do góry nogami, bo tam, pod Antarktydę, posłali go rzymscy ojcaszkowie, zresztą słusznie, żeby otrzeźwiał. Gdyby nie jego morały, wszystko by wyglądało inaczej.

Musiała być nieźle wkurzona, skoro wspomniała brata. U Dominiki był na indeksie. Duchownym został nieprzypadkowo, umiał zewsząd wydłubać skazę, wyłowić występek, wielbił obraz, na którym dobro od zła dzieli drut kolczasty, i miewał napady moralizowania, które mógł ostudzić tylko lodowiec. Zdolny, po krótkim epizodzie w sudeckiej parafii i rzymskich szkołach, nieoczekiwanie trafił aż za Cieśninę Magellana, gdzie w krajobrazach głoszących zarazem kres i bezkres wpatrywał się czasem bez słowa w swój prymicyjny obrazek, na którym sam wpisał motto *Panie, każ mi przyjść do Ciebie po wodzie.*

Niby się we mnie gotuje, ale patrzę na to z daleka, pisała dalej Dominika. *Patrzę na siebie jak na obcą, którą lubię, chociaż za mądra nie jest. Ale ja sama – ta „ja" najbardziej „ja" – jestem jeszcze gdzie indziej, między tą, co patrzy, i tą, na którą tamta patrzy.*

Wybacz, już pod sufitem kicają mi króliki.

Więc mimo całej furii Dominika była Dominiką. Wpadła w furię, ale przyglądała się tej furii z rozbawieniem, próbowała ją jakoś ogarnąć i nazwać.

A sprawy z przemianą ojca przedstawiały się tak: w rok po śmierci pani Meli Kachu odpruł z rękawów czarne opaski, zamówił mszę, w kwiaciarni bukiet, o którym długo opowiadano, i pojechał na pobitniański cmentarz. Tymczasem w domu czekała spakowana walizka.

Podobno w parę godzin później, nocą, zdołał bezkarnie zanieczyścić modernistyczne i zadbane wejście do wydziału skarbowego, przy czym nieczystości układały się w czytelny napis: DOMIAR. To dzieło Kacha zyskało jeszcze większy rozgłos niż bukiet, zwłaszcza że wykonał je starszy pan, poniekąd dbały o elegancję, a na dodatek nie dał się złapać – za rękę ani nic innego – słowem, oprócz zapachu czuło się klasę. Nie darmo abdykujący instrumentarz zadawał się ze środowiskiem wirtuozów.

Potem Kachu ruszył na wielkie wakacje i właśnie na to sarkała Dominika.

Owszem, gustował w uzdrowiskach słynących wodami. Owszem, przesyłki od dzieci czyniły go królem życia w strefie walut socjalistycznych, pozwalały błyszczeć w Iwoniczu, Ciechocinku, Połczynie i Busku, zapewniając Kachowi – w wieku lat sześćdziesięciu z okładem – dostatek pogodnych romansów, regulowanych długością turnusu. Wstęp na deptak usłany różami zapewniały zielone banknoty z deklaracją *In God We Trust*, zgoda. Lecz za tym wszystkim stała – gdyby poskrobać – chętka odegrania się. Na twórcach nowego ładu, bo chcieli z Kacha zrobić dziada. Na zasadniczym Piotrku, bo miewał za złe ojcu szwindle, nie zawsze bezpieczne, które przez lata chroniły warsztat i dom. Na rówieśnikach, bo już myśleli, że tak skapcaniał jak oni. Na Dominice, bo zadzierała nosa.

I co tu gadać, ojciec Dominiki – który teraz porzucił pudła rezonansowe dla innych pudeł, lakiery lutnicze dla budafoku i araratu, który postawił krzyżyk na warsztacie obrosłym mchem oraz sławą i ruszył w beztroską podróż o jednej walizce – ten ojciec jakoś urósł. Dominika nie wiedziała, co teraz strzeli mu do łba w rodzinnej rywalizacji. Była jego najmłodszą córką, a jednocześnie jego prawdziwym, pierworodnym synem.

Pogodne romanse skropione destylatem były w istocie demonstracją, wobec której Dominika nie czuła się pewnie. Ojciec zagroził jej wyobrażeniu, że przerosła Podpromie, że ma Podpromie za sobą. Wkurzał – i budził respekt. Co jeszcze wykręci? Zapragnie kosztem Dominiki szlifować parkiety nie w Krynicy czy Kołobrzegu, ale w Karlsbadzie i zamiast butelki araratu zamówi hennessy XO?

Po moich pierwszych randkach wystawał pod domem z lagą z wiśniowego drewna. A teraz dorzucać mu na kurwy? Jeszcze czego. Ojciec mawia, że odziedziczyłam po nim krzepę parowozu.

W parę miesięcy później pojechałem do Rzeszowa. Wczesna wiosna nadlatywała na południe nawet przed bocianami, wcześniej niż nad zatokę, gdzie o tej porze roku trwało jeszcze dziwne ni to, ni tamto, bez przebiśniegów ani nawet gorliwych krokusów ogrodowych.

Siedziałem na ławce w alei Pod Kasztanami, przed cieszącym się ponurą sławą zamkiem Lubomirskich, za wyschniętą fosą i barokowym murem fortecznym. Jeszcze za austriackich czasów ten zamek – nieustannie zdobywany, odzyskiwany, palony, przerabiany – zamieniono na sąd plus kryminał; w tej roli sprawdził się najtrwalej. Patrzyłem, jak na skarpę przed fosą wylega paręnaście osób w różnym wieku, przeważnie kobiety. Przemawiały na migi do okien. Za zakratowanymi szybami też majaczył raz po raz teatr rąk, ledwie widoczny z oddali. Kobiety pomagały sobie mimiką, czasem przesadnie wyrazistym wymawianiem jakichś słów-kodów. Co słały w ten sposób? Podpowiedzi procesowe? Wyznania miłosne? Banalne wieści z domu? Im mniej rozumiałem, tym ciekawsze wydawało się tajemnicze widowisko.

Pomyślałem o Dominice. Garnęła się do takich historii i do takich sytuacji. A jeśli się zastanowić, sama też stawała się już historią godną uwagi. Siedziałem na tej ławce, ale jeszcze przed chwilą oglądałem jej dom z warsztatem na pobliskim Podpromiu. Zamknięty, zakratowany, o zakurzonych szybach, krył tajemnice, które dla mnie akurat nie były zatrzaśniętą skrzynią ze zwojami zapełnionymi dziwnym pismem, powiedzmy dewanagari, co to, to nie. Mogłem pociągnąć opowieść, jak to było z Piotrkiem, który z tego domu trafił pod sutannę, wreszcie na Ziemię Ognistą, jak było z panią Melą, która ostatecznie zacumowała na pobitniańskim wzgórzu, o Kachu też by się niejedno dopowiedziało. A z drugiej strony, ów niepozorny dom, który stanowił żywą część Podpromia, znalazł się teraz w cieniu dziesięciopiętrowych wież świeżo wzniesionych na końcu ulicy – przez co sprawiały wrażenie, jakby z ludzkiej szczęki ze sfatygowanym rządkiem zębów wyrosły nagle słoniowe ciosy – a mieszkańcy tych wież nie mieli pojęcia o Dominice ani Kachu, przede wszystkim zaś nie mieli głowy do minionych historii, przejęci pierwszymi w życiu łazienkami, parkietem, windą, ciepłą wodą w kranie i widokiem z górnych pięter jak z samolotu. Jeszcze trochę, pomyślałem, a stare Podpromie zagłębi się w grunt, porośnie mchem, klonami, przycupnie pod ziemią jak stary kot pod łóżkiem.

Coś zamierało, coś powstawało, lecz jedno i drugie odwrócone do siebie plecami. Jakby nie chciały mieć ze sobą nic wspólnego; jakby jedno nie chciało być poprzedniością tego drugiego, a to drugie żadnym dalszym ciągiem pierwszego.

Pośrodku miasta tkwiły jeszcze ruiny; tynki pokaleczone wybuchami, dziury po seriach kaemów, nieużywane przejścia, zakątki zamienione w śmietniki, jakieś bramy donikąd. Przedwojenną lodówkę – zdarzały się takie – czekał rozpad z braku części, wprawionych rąk, ale przede wszystkim z braku wiary w tę lodówkę. Coraz bliższe zużycia przedwojenne aparaty fotograficzne z coraz mniejszym powodzeniem sztukowano u coraz mniej licznych precyzyjnych mechaników. Żółto-niebieski napis na emaliowanej blasze „Radion sam pierze" stawał się coraz bardziej abstrakcyjny, z braku owego cudownego specyfiku. Podobnie wydawał się abstrakcją malunek, wysoki na trzy piętra postrzelanej szczytowej ściany, zachęcający do picia wódki Baczewskiego.

I w końcu były te dzielnice, o których bardzo chętnie milczano, niechętnie mówiono i mało o nich wiedziano, ulice pożydowskie, niszczejące jak inne, przy czym porzucone mieszkania często dzielono, wbrew funkcji, między dwie, trzy, cztery rodziny, co oznaczało jakieś prowizoryczne kuchnie, westfalki, kozy, jakieś przepierzenia, powrót do stawiania pod łóżkiem nocnika i nieuniknione kłótnie o rachunek za światło w przedpokoju, o mycie wspólnej wanny bądź wpuszczenie do niej nieuprawnionych karpi.

Powiedzmy, że plecami do siebie odwrócą się przeszłość i przyszłość. To może sprawdzi się na miastach. Ale na ludziach?

Jeszcze raz rzuciłem okiem na teatr rąk pod zamkowo-więziennym murem; wiosenne ożywienie udzieliło się nawet tańczącym dłoniom kobiet. Treść tej choreografii wciąż pozostawała zagadką, trudno.

Podniosłem się z ławki. Obiecałem stryjowi Tomkowi, że go odwiedzę.

Podobno stryjowskie mieszkanie wciąż wyglądało na zaniedbane, rzekomo w przedpokoju wciąż dyndały na ścianie wodery dekorowane rybią łuską, a kuchnię zaścielały szkielety dawno zjedzonych pstrągów, mało tego, tłuste rybie odciski widniały nawet na kuchennym linoleum i nawet – o zgrozo – na nowym numerze „Fisch und Fang". Ciotki nie szczędziły stryjowi wyrzutów, szydziły z jego wędrówek nad Sanem i Osławą, szydziły zwłaszcza z pasji uczenia miejscowych pstrągów sportowej, dżentelmeńskiej walki z wędkarzem i jego muchą, w myśl *fair play*, zasady importowanej nie wiadomo skąd i po co.

Jednak to nie stryj był adresatem szyderstw, a w istocie stryjenka, o której taktowne ciotki mówiły szeptem. Rzekomo coraz mniej starań poświęcała domowi, słabnące siły skupiała na tropieniu wszechobecnych Ukraińców przebranych, przefarbowanych, na lewych papierach, pod zmienionymi nazwiskami, kto wie, czy nie pomieszkujących w wierzbowych pniach pod Lisią Górą. Podobno sam stryj musiał się opędzać od tych podejrzeń, mimo rozgałęzionej rodziny, znanej w Rzeszowie od pokoleń.

Mijałem wylot Podpromia i w myśli wróciłem do Dominiki. Parę dni wcześniej znów odebrałem list.

Pisała najpierw o przedstawieniu. Nie wyszło źle. *Batyra* wystawił teatr trochę poboczny, zagnieżdżony przy domu kultury, ale w Warszawie, z dobrymi aktorami i ambitnym reżyserem, którego autorka zdołała w porę spacyfikować.

U niego trzeba tylko przetrzymać pierwszy rozbryzg, te fontanny pomysłów, potem już idzie. Wymyślił, mądrala, że rozpisze bohatera na cztery postaci! Idiotyzm, ale wybi-

łam mu z głowy; pomarudził, pozbierał się i w sumie fajnie. Teraz już myślę o czym innym.

Tym czym innym była historia dziewiętnastowiecznego chirurga z Dubiecka.

Streszczę Ci przy okazji. Idzie tak. Zdolny chłopski dzieciak, jakimś cudem zdał maturę aż w Wiedniu, a potem, po medycynie, surowo wezwano go pod Przemyśl, do tego Dubiecka, bo umarł mu ojciec i po ojcu spadły na tego medyka wysokie obowiązki wołu, świni i osła, czyli chłopa pańszczyźnianego. Właściciel z Krasiczyna i proboszcz z Dubiecka, obaj nieubłagani. A kiedy się to dzieje? Otóż dokładnie w roku Szeli.

Prawdę mówiąc, myślę o tym doktorze, żeby nie myśleć o Bloomington, gdzie chłopski doktor z Krakowa z dziewiętnastego wieku to Marsjanin.

Nie wiem, co będzie. Wciąż coś od nowa, od początku, jakbym powstrzymywała czas. Tylko się boję, że przyjdzie taki moment, kiedy ten powstrzymywany czas nagle się wleje w człowieka jak świeżuteńki kwas solny i wszystko zeżre.

Zawędrowałem pod drzwi stryja w kamieniczce przy Chodkiewicza. Dzwonek nie działał. Zapukałem.

Postałem chwilę. Być może coś się ruszyło po drugiej stronie. Ale zamek nie szczęknął. Uznałem, że mi się zdawało. Nie zapukałem drugi raz.

Nie wiedzieć czemu, poczułem ulgę.

21

Na liście maminych lektur jakimś cudem nie było Rosjan, zatem nie było *Martwych dusz*, *Opowiadań krymskich*, *Bohatera naszych czasów*, może trafiła się jakimś cudem *Anna Karenina*, ale i to nic pewnego. Wśród Rosjan trudno zresztą o katolickiego autora. Może dlatego mama nie znała zdania „Jeżeli Boga nie ma, to cóż ze mnie za kapitan?". Nie znała wersji, w której Bóg to ten, kto ma najwięcej gwiazdek.

Dla mamy Bóg był sędzią. Więcej, był prawidłem, wzorcem wszechrzeczy jak zapomniana już sztanga z Sèvres. Tym budził szacunek. Wszechmoc Boga nie podlegała dyskusji, a zarazem był partnerem obliczalnym, bo część Jego boskości stanowiły niewzruszone miary, do których sam się stosuje, bez uszczerbku dla swej wszechmocy.

Trudno powiedzieć, kiedy po raz pierwszy mama usłyszała „Jest jeden Bóg, który stworzył niebo i ziemię, który za dobre uczynki nagradza, a za złe karze". Na pewno jeszcze przed pierwszą komunią, przed pamiątkowym zdjęciem ze świecą, w mirtowym wianku i wstążką we włosach, w białych podkolanówkach i długiej sukience. Mama długo trzymała się tej mądrości. Nie wyrosła z niej, jak z tych mirtów i podkolanówek. Po swojemu tłumaczyła różne wyjątki od reguły, bo obrębem sprawiedliwości bożej jest życie, a nie incydenty. Bez paniki.

Ale z czasem Bóg zaczął mamę zadziwiać. Trudno powiedzieć, od kiedy – w jej oczach – stał się nieprzewidywalny. Czy zaważyło postawienie na głowie maminego świata? Któryś wylew? Któreś rozczarowanie? Tak czy inaczej, mama zaczęła uważać, że Bóg niczym się nie przejmuje i ani myśli za cokolwiek odpowiadać. A przecież według maminych wyobrażeń miał być Ładem.

Jaki człowiek, taki Bóg.

Po szyciu ran, badaniach – i wytrzeźwieniu – odratowana mama trafiła do Jarosławia; dosadniej, do wojewódzkiego domu wariatów. Niby nie przymus, ledwie zalecenie. Ale zamach na własne życie dowodzi nierównowagi, może i gorzej. Więc obok stanu ciała lekarze winni też zgłębić stan ducha.

Trudno powiedzieć, czy przewlekłe poczucie nieszczęścia to choroba. Wyklucza ze społeczności czy nie? Lekarze wypatrzą swoje, owszem, ale przypadek mamy można by zgłębiać i bez białego fartucha. Mama odrzucała okoliczności, w których przyszło jej żyć; znała inne, ba, pokochała. Z wiekiem próbowała je odzyskać, gorączkowo odnaleźć, może doczekać, aż wrócą. A tymczasem stąpała na co dzień po rozżarzonych węglach.

Nie ona jedna? Tego samego zaznają tysiące? I powiadają, że trudno, szkoda gadać, bywa? Może. Ale mamie dostał się inny charakter.

Maminą historię z wanną, wiśniówką i brzytwą lekarze uznali pewnie za krzyk, wołanie o pomoc. Tylko do kogo, do ojca? Mama mogła mieć za złe ludziom to czy owo, ale prawdziwe wyrzuty kierowała gdzie indziej.

Podejrzewała pewnie, że beztroski Bóg przemienia ją w roślinę, i to stopniowo, krok po kroku, żeby dobrze poczuła w kościach ten Jego kaprys. Uznała zatem, że trzeba się postawić. Cena? Trudno. Stawianie się kosztuje.

Może podobnie było z wujem o przezwisku Pordenon. Postawił się, kosztownie, za to nikt nad nim nie zyskał władzy.

Do dziennej sali jarosławskiego zakładu zaprowadziła mnie pielęgniarka. Tęga, niewysoka, ruchliwa; młoda i o ładnej twarzy. Pewnie czas to kiedyś zmyje, pomyślałem, ale na razie nie śmie tknąć dziewczyny, mowy nie ma. Aż mnie korciło, żeby spytać, jak pielęgniarka znosi swoje zajęcie. Czuło się w niej tę wyższość, która mówi: widziałam więcej niż ty. I więcej niż sobie wyobrażasz. Ciekawe, czym by odpaliła na moje pytanie? Potem skarciłem się; dziewczyna mi się spodobała, do głowy pchają mi się pomysły, jak zagaić. Nie po to przyjechałem.

W tej dziennej sali mama siedziała pod wielkim kaflowym piecem. Budynek pamiętał czasy habsburskie, kwaterowali tu landwerzyści. Po kątach wciąż tkwiła koszarowa nieprzytulność, odpychające poczucie górowania nad ludźmi, górowania ścian, okien, lamp, nawet olejnej farby, trwalszych niż kruche życie żołnierzy i trwalszych niż życie pacjentów.

Na szpitalną koszulę ktoś nałożył mamie szlafrok; może uporała się z nim sama. Siedziała na sfatygowanym krześle, które lada chwila mogło trzasnąć, i wpatrywała się to we własne kolana, to w stopy, poza tym nieobecna, nietknięta dookolnym rozgardiaszem.

Sala szpitalna, chcąc nie chcąc, bywa wspólnotą; ale nie taka.

Po sporym pomieszczeniu krążyło kilka kobiet, w długich koszulach z grubego materiału, któraś w szlafroku bez paska, inna w dwuczęściowej męskiej piżamie, jeszcze inna pod ścianą, jak mama pod piecem, chociaż przy stole nakrytym ceratą nie brakowało miejsc.

Kobiety były pochłonięte tylko sobą. Roztrzęsione, lecz bez przesady, fenactil robił swoje, monotonnie złorzeczyły jakimś wrogom, wytykały, przekonywały, tryumfowały, wzywały na świadków. Jedna z nich liczyła chrapliwym altem wszystko, co popadnie, co tylko przyjdzie do głowy, szesnaście kromek chleba, po schodach dwadzieścia stopni w górę, ale już dwieście w dół, na niebie chmury, trzydzieści trzy, chociaż nie pofatygowała się do okna, za którym niebo pokrył równy szary strop; wyimaginowane wyniki kobieta podawała do wiadomości radośnie, w natchnieniu, jakby dzieliła się objawieniami. Salę wypełniała sina poświata, papierosowy dym, bo jedną z nielicznych dozwolonych tu przyjemności był tytoń: zresztą w tych czasach wszędzie śmierdziało papierosami.

Mama, jak inne pacjentki, na twarzy nie miała ani śladu pudru, kredki, żadnego tuszu do rzęs, niczego, przez co na tę twarz wyległa nieoczekiwana nagość, do tego nieumyte włosy; w domu, w najgorszym stanie ducha, mama dbała o uczesanie, paznokcie, o kroplę czegoś pachnącego...

Schyliłem się, objąłem ją i powiedziałem:

– To ja.

Nic innego nie przyszło mi do głowy.

Mama podniosła oczy, jak zawsze czyste, ciemne, usadowione pod zrośniętymi brwiami, ale się nie odezwała. Nie wiedziałem, czy mnie poznaje. Może spojrzała wyżej dlatego, że zasłoniłem światło.

Przemogłem się i powtórzyłem:

– To ja, mamo.

– Teraz panu nie odpowie – odezwała się pielęgniarka. – Może później.

Ktoś z tyłu mocno ujął mnie za ramię. Obejrzałem się; pacjentka chyba po pięćdziesiątce, z trzęsącą się głową, drżącymi rękami, poprosiła gestem o coś do palenia. Pielęgniarka skinęła, wyciągnąłem paczkę waweli, kobieta wzięła spłaszczonego papierosa, potem zawahała się i nagle znowu sięgnęła, tym razem po wszystko w paczce, i szybko odeszła.

Przez moment przemknęła mi przez głowę myśl o reportażu. Z tej sali można wynieść zestaw fotografii, który wbija w fotel. Takie twarze, w nagromadzeniu, te smugi dymu, dzień i świecące żarówki; skarciłem się natychmiast, zwymyślałem od ostatnich, może nie do końca szczerze, potem znowu spojrzałem na mamę. Jakby spadł mi z serca kamyk, że mama nic nie mówi; jakby to było lepiej, niż kłócić się z wyimaginowanym przeciwnikiem albo obwieszczać, że na klonie za oknem kołysze się cztery tysiące dwieście jedenaście liści.

– Jest nieprzytomna? – spytałem.

Pielęgniarka wzruszyła ramionami.

– To nie tak...

Wrzawę tej dziennej sali usłyszałem teraz od nowa, jakby ktoś podkręcił wzmacniacz: wywody, olśnienia, lamenty kierowane diabli wiedzą do kogo. Pomyślałem, że tutaj już po dwóch dobach można dostać szmergla.

Pielęgniarka trąciła mnie w ramię.

– Pokażę panu jej salę.

Wychodząc, zauważyłem kątem oka spluwaczki na podłodze, w dwóch narożnikach pomieszczenia. Kto wie, może tych emaliowanych naczyń używali jeszcze landwerzyści? Może zabawiali się pluciem do celu? Znów pomyślałem o fotoreportażu. I znów było mi wstyd.

W maminej sali stały trzy łóżka. Na jednym leżała na wznak młoda blada kobieta, patrzyła na nas bez ruchu, wodząc tylko oczami. Dwa pozostałe były puste. Mamina sala? Na ścianie nie było reprodukcji Rafaelowej *Madonny* ani frywolnego rysunku Jaxy, z lampy nie zwisał lep na muchy, a przede wszystkim brakowało stołu, na którym mogłyby się znaleźć mamina serweta, cukiernica, kawa i powieść. Zza okna nie strzegł mamy błogosławiony kamienny Jan z Dukli. Cóż jeszcze?

Pielęgniarka znów mnie trąciła.

– Skoro chce pan porozmawiać z doktorem, to chodźmy.

Na wiosnę mocniej korciły podróże.

Marcysia cieszyła się na przyjazd siostrzenic z Sokołowa, Zochy i Magdy. Wpadały wkrótce po bocianach. Wtedy Marcysine pieniądze przyoszczędzane na uświetnienie pogrzebu – bo to i muzyka, i trzech księży, a przecież znany w Rzeszowie karawan z kryształowymi szybami i czarną koroną na dachu może pofatygować się do Sokołowa; pogrzebowe fantazje Marcysia snuła z rozmachem – otóż te Marcysine pieniądze, wycyganione od niej przez Zochę z Magdą na rzecz gospodarskich wyzwań, lądowały ostatecznie w galluksie przy „paniadze", głównej ulicy Rzeszowa, gdzie dziewczęta lubiły wpaść po coś fajnego.

Marcysin sejf stanowiła biała chusta, haftowana na brzegach, to zwijana, to rozwijana, zależnie od potrzeby. O ile Marcysia tę chustę rozwijała bez żalu przed siostrzenicami, to z samą siostrą sprawy inaczej wyglądały. Marcysia nie zapomniała, jak to obie przechadzały się w myślach a to po Wałach Hetmańskich we Lwowie, a to po Nowym Jorku, uskrzydlone pieniędzmi z kopalni ropy pod Hłomczą. Bo wtedy fantazjowały obie, ale tylko Marcysia wyłożyła posag na przedsięwzięcie zakończone klapą, co uczyniło Marcysię dziadówką. I to Marcysia nigdy się nie wyrzekła paru morgów należnych po ojcu i lekkomyślnym Józku. Owszem, dawno temu pozwoliła siostrze uprawiać ten spłacheć, ale nic więcej.

Siostra, a zwłaszcza jej mąż, wierzyli, że Marcysia w końcu zmięknie, a sprawa przyschnie. W każdym razie byli cierpliwi. Z czasem jednak, mimo tej cierpliwości, stosownej w sprawie działów, doszło do awantury, i to takiej, że w pobliskiej kapliczce kamienne uszy więdły nawet błogosławionemu Janowi z Dukli.

Marcysia czuła słabość do siostrzenic, więc z czasem Zocha z Magdą uznały, że ciotkę dawno owinęły wokół palca. Ale przelało się, kiedy starsza Zocha wyszła za mąż. Łukasz, ów młody mąż, popędzał żonę, liczył, że się porządnie, ale sprawiedliwie obłowią, tylko że głupia Zocha wciąż się krępuje pogadać z Marcysią.

Zamiast się z Zochą użerać, postanowił ją zastąpić, wybrał się do Marcysi i nagadał. Wkurzała go szczególnie Marcysina emerytura, w której dopatrywał się jakiegoś grzechu, oszustwa; skoro ktoś nic nie robi, a pieniądze bierze, to już uczciwe nie jest, prawda? Ale on nic do tego nie ma, więcej, nic miał nie będzie, jeśli Marcysia zachowa się jak człowiek, zapisze tę ziemię u rejenta, może być na Zochę, może być na nich razem, a najlepiej to na niego, bo Zocha jak Zocha, nie wiadomo, co jej strzeli do głowy, a uparta jak kozioł. I tu się Marcysi przelało, za wszystko, za kopalnię ropy pod Hłomczą, za przymiarkę do skoku z kładki na tory kolejowe, za przepłakane noce, bo żadna przyjemność zostać dziadówką, a jeszcze ta Ameryka, ten Józek, co też naobiecywał, a skończył w cyrku między małpami, dość na tym, że w Marcysi coś pękło. Zaczęła Łukaszowi złorzeczyć. Nie bacząc na piękne imię, po ewangeliście, a jakże, życzyła mu konania w mękach, wywlekania duszy przez diabła, trwających wieki boleści w piekle, wreszcie sięgnęła po rondel z bigosem czekającym na gości, wyrżnęła nim Łukasza w głowę, a potem pożałowała nawet ścierki i kazała jeść to, co oblepiało głowę młodego małżonka Zochy. Bigos był przecież dla rodziny.

Zocha porwała męża i uciekła, rozjuszona Marcysia rzuciła młodym na drogę jeszcze kilka wymysłów, potem wysapała się, przeżegnała, ubrała odświętniej i ruszyła do kościoła na Staromieściu, by poszukać spowiednika.

Po modlitwie, spowiedzi, rozmowie w zakrystii, potem znowu modlitwie aż do zamknięcia kościoła, wracała do domu odmieniona i pełna postanowień. W parę dni później jedno z nich przedłożyła mojemu ojcu, który przystał, może bez entuzjazmu, ale dobrze, czemu nie, zgoda. Doczepił tylko Marcysi opiekuna.

Czekała teraz Marcysię podróż do miasta pełnego starych kościołów, klasztorów, między mury pamiętające bezlik pobożnych wydarzeń. Ksiądz spowiednik podsunął myśl o pielgrzymce pokutnej do Przemyśla, o który tylekroć ocierali się święci, błogosławieni oraz kandydaci na ołtarze i gdzie raz po raz mszę odprawia biskup. Zamachu rondlem pełnym bigosu nie można pominąć, nawet gdyby oberwał tym rondlem szubrawiec, a nie rodzina. Wiosenna podróż do Przemyśla wydaje się pokutą w sam raz, Marcysia może po drodze rozmyślać o służebnicy bożej Anieli Salawie, skoro pragnie ją naśladować, a w przemyskim zakładzie dla ciężko chorych odwiedzi mamę, by w zgodzie z listą uczynków miłosiernych wesprzeć ją i podnieść na duchu.

Towarzyszyć Marcysi miał Ignac.

Podróż wydała się Marcysi jedną z piękniejszych chwil życia. Szli z Ignacem kładką nad torami i Marcysia wspominała swoje rozpacze sprzed ponad pół wieku; wspominała teraz z uśmiechem, tamte dramaty wydawały się już podrzędne, ważniejsze było to, co wciąż wokół. Nawet w przykolejowych zieleniach od strony Staromieścia pęczniały kiście bzów jasnych i ciemnych, frunęły obłoczki woni, w kępach mniszka i wśród kwitnących czereśni uwijały się pszczoły, zawzięcie awanturowały się po krzakach wróble; wszelki kolejowy swąd cofał się i niknął, zarządzał odwrót ku parowozowni, obrotnicy i całej reszcie, a wraz z nim kryły się po kątach dawne nieszczęścia, przemienione w podszyte słońcem i łezką wspominki.

Ignac podążał za Marcysią krokiem niepewnym.

Jak rok długi chadzał w gumofilcach, ale tym razem, by uczcić okazję, wygrzebał spod ławki w kuchni trzewiki, a oswajał się z nimi powoli. Miał służyć za przewodnika, opiekuna, bo bywał już w Przemyślu, wprawdzie przed wojną, w koszarach, przy wojsku, ale zawsze. Wetknął w kieszeń kartkę z adresem, ale to i wszystko; nie miał żadnych planów i cały dzień przed sobą, co wprawiło go w dobry humor. Na kolejowej kładce nucił Tramerkę:

A jo sobie podrygom, podrygom, podrygom
Z kowalową Jadwigom, z Jadwigom podrygom.

Melodia kojarzyła mu się z bzami i powiewem ciepła.

Żeby jakoś przetrzymać dwugodzinną podróż, poprosił Marcysię, by przez chwilę poczekała przed dworcem, a sam wyskoczył do Tatarskiej na piwo wzmocnione pięćdziesiątką. Wrócił na czas, pomógł Marcysi wdrapać się do przedziału, razem przeżegnali się w chwili ruszenia pociągu, potem Ignac przyzwyczajony do gumofilców ściągnął trzewiki i – ku zadowoleniu Marcysi – zasnął.

Mama trafiła do przemyskiego zakładu prosto z jarosławskiego szpitala. Tamtejszy lekarz wypatrzył ślady kolejnego wylewu. Tak w każdym razie tłumaczył maminą niezdolność mówienia, a może tylko niechęć, kto wie, wyobcowanie, bo mama pewnie słyszy, co się do niej mówi, ale nie daje znać, czy ją to w ogóle obchodzi; sprawia wrażenie obecnej w innym wymiarze, jakby teraz postrzegała świat w nieznanych kategoriach.

Lekarz rekomendował przeniesienie do Przemyśla. Ryzyko powtórzenia tylko rośnie. Ryzyko powtórzenia wiadomo czego.

– Wylew to jedno – tłumaczył ojcu. – Żadną miarą nie kasuje zespołu depresyjnego.

Przed zakładem w Przemyślu rozciągał się od południa niewielki park, cztery alejki tworzyły prostokąt, w środku trawnik z rabatami i ławkami przy pomniejszych ścieżkach. Szerszą alejkę pod rzędem klonów ograniczał kamienny murek pamiętający kobiety w długich sukniach, z parasolkami przeciwsłonecznymi i mężczyzn, którzy, bywało, pod mundur wkładali gorset. O dziwo, park wciąż był zadbany, chociaż zmienili się bywalcy. Po alejkach kręciło się w dniach odwiedzin sporo przybyszów, witali się, rozmawiali jak na deptaku czy przed kinem. Ale na ławkach tkwiły postaci odmienne, w piżamach i szlafrokach, rzadziej w ubraniach, nie zawsze kompletnych; na ogół bledsze od gości i rzadko tymi gośćmi zainteresowane. Konwersacje nad głowami pensjonariuszy toczyły się płynnie, z nimi samymi szły jak po grudzie.

Bo w tych rozmowach była chęć uczenia, prostowania, uleczenia. Jeżeli pensjonariusz twierdził, że słyszy ruską syrenę kolejową, jego goście tłumaczyli, że żadnej syreny nie słychać, że z parku daleko do kolei, że trudno poznać po dźwięku, która syrena jest ruska, a która nie. Oczywiście pacjent wiedział swoje, bo słyszał swoje; w sprawie buczącej syreny trudno dogadać się z głuchymi. Kiedy ktoś skarżył się, że śledzi ich – gości i jego – luterańska lorneta, też musiał słuchać tłumaczeń, że żadnej lornety nie ma. Zakłopotani krewni rozglądali się po alejkach, oknach zakładu, klonach i klombach, przekonywali słowem i gestem, a kiedy to nie pomagało, zbici z pantałyku nie wiedzieli, co mówić. Zresztą, co to takiego lorneta luterańska? Skutek był taki, że goście mimowolnie zaczynali widzieć w pacjencie łgarza, a pacjent w swoich gościach kłamców, do tego w zmowie z jego prześladowcami. Jakoś te rozmowy przypominały dialog dwóch stron ni w ząb nieznających nawzajem swoich języków. Zdarza się wtedy, że poirytowani uczestnicy uparcie mówią każdy po swojemu, ale nienaturalnie głośno i wolno, do tego parokrotnie powtarzając frazy, a kiedy i to nie pomaga, rozkładają ręce; koniec, trafili na głuchych.

W te dni odwiedzin towarzystwo parkowe dzieliło się na dwie strefy; wyrazistych, kolorowych przybyszów, skorych do rozmów i przechadzek, a także do rychłych pożegnań – i miejscowych, nierozmownych, nieruchomo przycupniętych na ławkach, jakby wyjętych z nieostrej, szaro-szarej fotografii.

Marcysia najpierw zmierzyła się z portiernią, z wypytywaniem i parokrotnym czytaniem upoważnienia od ojca, wpatrywaniem się to w dowód, to w oczy; tymczasem o parę metrów dalej Ignac grał z talentem rolę kogoś, kto się nie zniża do drobiazgów. W końcu, po trudnym dla Marcysi kwadransie, zaterkotała elektryczna blokada i oboje, w ślad za pielęgniarką, ruszyli do salki.

Mama wydawała się wystraszona.

Milczała podczas przywitania. A Marcysia, niezrażona maminym milczeniem, zabrała się do krzepienia. Wygłosiła dłuższą naukę, że cierpienie to dar boży, ziemski świat to ułuda, prawdziwe życie wybrani zaczynają po śmierci, samą Marcysię myśl o śmierci raduje, byle pogrzeb był piękny, bo to taka największa okazja od pierwszej komunii. Marcysia ma już swoje lata i wie, co mówi. Ksiądz spowiednik jasno określił intencję pokutnej pielgrzymki: naśladowanie służebnicy bożej Anieli Salawy i szybsze wyniesienie na ołtarze błogosławionego Jana z Dukli. Chodziło o sprawy poważne i Marcysia niemal dorównywała wymową kaznodziei prowadzącemu rekolekcje. Była dobrze przygotowana i zadziwiająco wymowna.

Mama uporczywie wpatrywała się w Ignaca. No dobrze, Marcysia, ale on? Ignac raz jeszcze ściągnął czapkę i szurnął podeszwą. Mama nadal się w niego wpatrywała, ani zdziwiona, ani wzruszona, ani rozbawiona. Tymczasem Marcysia przeszła do myśli finalnej. Wszystkie te dobra, które czekają mamę, począwszy od pogrzebu jeszcze piękniejszego niż pierwsza komunia, będą dostępne, ale najlepiej za pośrednictwem Matki Boskiej, czyli poprzez różaniec.

W tym momencie Marcysia gestem nieledwie liturgicznym sięgnęła do ceratowej torby, wyciągnęła starannie poskładaną białą wyprasowaną chusteczkę, rozwinęła i na tej chusteczce podała mamie nowiuteńki różaniec.

– Już poświęcony – zapewniła.

Mama ani drgnęła.

– U bernardynów – zachęcała Marcysia.

Pielęgniarka nie chciała przeciągać sytuacji, zabrała różaniec i wraz z tą czystą, wyprasowaną serwetką położyła na maminym stoliku. W tym momencie ocknął się Ignac, sięgnął do kieszeni i wyjął inny prezent spowity w papier pergaminowy.

– To kotlety od pana Aleksandra – powiedział i położył paczuszkę obok różańca. – Cielęce. Żeby nie zaległy na żołądku.

Marcysia spiorunowała go wzrokiem.

Pielęgniarka z wprawą łagodziła sytuację.

– Dzisiaj jest piękny dzień i posiedzimy w parku. – Podała mamie rękę i podsunęła kapcie. – No, śmiało, niech Tosia pokaże, co potrafi. W parku kwitną rododendrony.

Potem przełożyła kotlety na półeczkę szpitalnej szafki, ale zawahała się, zastygła, wreszcie sięgnęła do szafki jeszcze raz. Wpierw jednak zasłoniła ją sobą. Była taktowna. Dzięki temu, kiedy wysunęła szufladkę, by schować różaniec, ani Marcysia, ani Ignac nie zobaczyli pół tuzina nowiuteńkich, czystych, nieużywanych różańców, które już leżały w środku. Widocznie tutaj był to popularny podarunek.

Pod wieczór zrobiło się chłodniej. Nad dzielnicę, więc i nad park nadciągała mgiełka. Między drzewami przemykały wiewiórki.

Mama utknęła na ławce. Ignac zwiedzał obejście, pielęgniarka wróciła do budynku. Przy mamie siedziała tylko Marcysia. Teraz i ona milczała, zmęczona długim dniem, odwiedzaniem przemyskich kościołów, wdrapywaniem się na wzgórze aż do karmelitów, potem jeszcze w bok, do katedry. Podnoszenie na duchu wciąż milczącej mamy też mogło zmęczyć.

Gości ubyło, ławki okupowali głównie pacjenci. W ciepły wiosenny wieczór mało kogo ciągnęło do zakładowej salki.

Marcysia jeszcze raz zebrała się w sobie. Wszystko będzie dobrze, wywodziła cicho, tonem podobnym do modlitewnego zaśpiewu, bo już jest dobrze, choroba to dowód łaski, jeżeli Pan Bóg kocha, to doświadcza, a jeśli Mu za to podziękować, na pewno o nas nie zapomni; dzień rozstania to dzień powitania, szczęścia, jakiego oko ludzkie nie widziało, a ucho ludzkie... Muzyka gra, człowiek leży w kościele odświętnie ubrany, to prawdziwy początek...

Czy to za sprawą mgiełki, czy nadchodzącego zmierzchu, mamy rysy złagodniały. Odezwała się nagle:

– Nigdy nie byłam w Przemyślu. A teraz, proszę. Kto by powiedział?

– Wszystko jedno, skąd idzie się do Boga.

– Zimno mi – poskarżyła się mama. Roześmiała się nagle. – Spalić Przemyśl. Spalić do gołej ziemi. Spalić.

Potem zaczęła się trząść. Marcysia nie wiedziała, co począć. Z nieodległej ławki dobiegało mamrotanie. Pacjentka wciąż przypominała sobie ludzi, których znała, a co jakiś czas między nazwiska znajomych wplatała jakieś zapamiętane z gazet czy radia:

– Jagienka Bożkowa, Władek Bożka, synowie Mietek Bożka, Jagienka Bożkowa, to już mówiłam, jeszcze jedna była, Magda, ich córka, ta, co się utopiła, a byli też Głodowie, Wacek Głód i jego matka, rany boskie, pomóżcie, na miłość boską, nie mogę dalej, Wacek Głód i stara Głodowa, Marcela, Wacek miał żonę, jak tam jej było, żonę, Tekla jej było, a ile jeszcze zostało, Matko Boska, nie dam rady, chcę spać, spać, Wacek Głód i jego matka... – Kobieta kiwała się, mówiła już ciszej, z chrypką. Na skraju parku darły się żaby w stawku, w oddali przejeżdżał samochód, mieszało się to wszystko...

Zza drzew wynurzył się Ignac. Po oględzinach zakładu już ustalił, jak naprawdę powinny tu wyglądać porządki. Ignac zawsze wiedział takie rzeczy, szczycił się głową nie od parady, pozostawało tylko zagadką, dlaczego wciąż jest furmanem zamiast – na przykład – dyrektorem fabryki lotniczej.

Za nim szła pielęgniarka. Przypomniała gościom, że odjazd pociągu tuż-tuż, więc w końcu Ignac z Marcysią ruszyli do bramy. Może z ulgą, kto wie. Marcysi dzień bardzo się udał, chociaż nie była przyzwyczajona do tylu wrażeń naraz. Ignac podkręcał tempo, licząc, że przed podróżą zdoła gdzieś w tym Przemyślu znów wypić piwo wzmocnione setką.

Mamą zajęła się pielęgniarka.

Zmierzch gęstniał, mgiełka opadła niżej, na ciemnym niebie siały zamęt bezgłośne nietoperze. Zza klonu dobiegało mamrotanie człowieka, który zaraz zemdleje ze zmęczenia:

– ...Witek Olcha, ale on nie miał dzieci, bo go żona zaraz zostawiła, a jak było tej żonie, jak jej było, ludzie, spać, ja zwariuję, jak było żonie? Witek Olcha... I jeszcze taka Hana Hegerova...

Mgiełka opadła niżej i nagle wydało się, że na park opadł popiół.

Wieczorem zadzwonił do ojca lekarz dyżurny.

– Muszę pana powiadomić, nie, nic dramatycznego, ale muszę…

Wieczorem mama zniknęła z sali. Wygramoliła się z łóżka, włożyła szlafrok, zdjęła z oparcia ciupażkę i wymknęła się cichcem. Na szczęście wystarczyły poszukiwania w zakładzie. Może liczyła na jakieś zapasowe, zapomniane wyjście, w każdym razie pobłądziła w piwnicy i znaleziono ją w ślepym korytarzu przy kotłowni.

– Była przytomna? – zapytał ojciec.

– Nie. I nadal nie jest. Wcześniej mówiła podobno o spaleniu Przemyśla, i to wszystko. Nie szkodzi. Bądźmy dobrej myśli – pokrzepił lekarz. Zdawało się, że odłoży słuchawkę, lecz nagle się rozmyślił. – Wie pan, że ma szufladę po brzegi wypełnioną nowymi różańcami? Mania religijna?

– Nie przypuszczam – powiedział ojciec.

– No nic. Nie szkodzi. Bądźmy dobrej myśli – powtórzył lekarz.

Pożegnał się grzecznie, a ojciec odwzajemnił pożegnanie.

22

Jesień. Pierwszy skurcz w gardle już pod koniec sierpnia, a cóż dopiero w październiku i potem? W korony drzew wkrada się najpierw szarość, wstęp do zagłady liści, co z tego, że na chwilę pozłacanej. Stało się, ledwie się zaczęło.

W kilka miesięcy po pogrzebie mamy w okienku poste restante czekał list od Dominiki. Próbowała okiełznać wyjazd.

Z pokładu pelengowego widać najwięcej. No i mamy Brooklyn, przy burcie magazyn, raczej superbarak niż budynek, zza rogu wychodzi Murzyn, może metr dziewięćdziesiąt, w białych szmatach, Bóg wie czemu z kapturem, chyba to kombinezon, wyciąga fujarę i leje pod ścianą, wiadrami. Ameryka! Obracasz się na tym pokładzie, patrzysz w przeciwną stronę, a tam Manhattan. Nie filmowy, tylko prawdziwy. Nie że się przyśnił, tylko jest. Na stole w mesie „Przyjaciółka", pismo jak znalazł dla marynarzy, a gęba z okładki – jakaś artystka-manikiurzystka, która popiera świdnickie współzawodnictwo pracy – wpatruje się teraz w most Brookliński, też prawdziwy. Potem ten Murzyn, sto dziewięćdziesiąt wzrostu, włazi na statek, cała ekipa, wszyscy na biało, i szukają licznikiem Geigera bomby atomowej. Nie zmyślam.

W głowie korkociąg i nagle pytanie: jaka do tego muzyka? Pytanie idiotyczne, ale nie daje się odpędzić. Więc co, Take Five*? W życiu. Prędzej* So What *Davisa. A przede wszystkim* Blue Train*, dla mnie ta nuta pasuje do wszystkiego. Takie tonacje na wejście. Możesz się śmiać.*

Oni tu niby używają różnych kosmetyków, i dużo, ale na podobnym podkładzie, więc powiem Ci, że dla mnie Ameryka to na początek tonacja zapachów, jedna i konkretna. I tam w Nowym Jorku, i tu, w tym Midweście, czy na tym Midweście, nie wiem, jak pisać, bo „Środkowy Zachód" to jakieś dęte, jak z telewizji.

Od początku semestru miałam coś robić – i zrobić! – na wątkach Batyra*, pewnie widzieli w tym jakąś ruską egzotykę, która tu chodzi, w Polsce nonsens, chyba że na jakiejś warszawskiej prywatce, pół litra na głowę, to się zaraz znajdzie jakiś pieprzony balladzista z gitarą i zaraz się robi Wertyński łamany przez Dostojewskiego. Tutaj niektórzy też tak mają, wprost nie do wiary, poznałam parę Amerykanów, filolodzy rosyjscy, z parą psów, wabią się Natasza i Andrej; są co roku na wycieczce jak nie w Moskwie, to nad Bajkałem, na szczęście bez psów.*

No dobrze, myślę, w Batyrze *nie o to chodzi, nie o takie klimaty, ale nie spieram się na zapas, zrobię swoje, OK. Aż tu zjeżdżają studenci i oczęta robią mi się większe niż frisbee. Brazylijka, nadzwyczaj kręci tyłkiem, ale ładna, Meksykanin, chyba w prostej linii Aztek, kanadyjska córka pastora, mieszczaństwo do kwadratu, podobnie elegancki Murzyn, i Żydzi, dwaj bracia, jeden pobożny, drugi nie, rodzina zza Stanisławowa, a może zza Żytomierza, nie wiedzą, myślą, że spod Odessy, bo czytali Babla. Dalej Japończyk. I jacyś amerykańscy Amerykanie, mniej więcej Nowa Anglia, o ile to coś znaczy. I widzę, wiem z góry, że dla nich wszystkich ten* Batyr *to bajda o siedmiu zbójach. Klapa. Nic innego nie wyjdzie z taką obsadą, trudno i darmo. Pełna panika.*

Nawiasem, nie masz pojęcia, skąd oni wracają z tych wakacji. Ten z Peru, tamten z Alaski, większa paczka z San Gimignano, a na miejscu Yellowstone albo Tombstone, wciąż rozdziawiam gębę ze zdumienia. Połowa zajeżdża przed college autem.

Wyobraź sobie, sala na tysiąc dwieście luda, windy, klimatyzacja, oświetlenie jak marzenie i dwadzieścia osiem prób, plan nie do ruszenia. Rzecz musi chwycić, a na stoliku masz przepis na katastrofę, bo oni się tu nie przejmą kłótniami ani mordobiciem zza siedmiu mórz, trudno. Można się spietrać.

Tymczasem obiadki, gadki, aha, komunizm, jedni patrzą, jakbym uciekła z obozu, drudzy, jakbym go zakładała. Tym bardziej czujesz, że musisz im pokazać. Więc myślę, myślę i wiem już jedno, że ta zbieranina to przecież plus do rozegrania. Jak? Jeszcze nie wiem. Ale w dwadzieścia osiem prób.

Mamę pochowano w Krakowie. Jej ostatnia ucieczka, w podziemie koło kotłowni i dalej w ślepy korytarz, skończyła się nie tylko kolejnym wylewem; wkrótce doszło –

mimo lata – do zapalenia płuc, komplikacji i wreszcie do nieuniknionego.

Stary grobowiec Dobrosielskich i Dmitruków wciąż stał na Salwatorze. Mógł się wręcz wydać przybudówką tej kamienicy, w której spowinowacone rodziny mieszkały drzwi w drzwi przez całe dziesięciolecia. Dopisali stryjowie, wujowie i ciotki, ale tym razem po pogrzebie było cicho, obyło się bez zdjęć, bez komicznych obrazków na stromej ulicy w powrotnej drodze, bez niemej furii, którą czuło się kiedyś podczas pogrzebu Pordenona. Był żur, na drugie sznycle. Może dwie półlitrówki na wszystkich. Mama wróciła do Krakowa. I tyle.

Od tamtej pory nie byłem na południu. Doba stawała się za krótka. Podczas ćwiczeń raz po raz zachłystywałem się biegłościami, które wcześniej uważałem za niedostępne, a o niektórych nigdy wcześniej nie słyszałem. A teraz, proszę, potrafię, klękajcie, to ja! Raz lirycznie, raz na błysk, raz – tak jest – medytacyjnie. Gotów byłem bić brawo sam sobie, wołać „bis" i w zastępstwie publiczności ocierać sobie zawilgłe ze wzruszenia oczy. Te doskonałości udawało się nawet sprawdzać na ludziach, raz z powodzeniem, raz nie, co oznaczało zimny prysznic, nie szkodzi, hazard wciąga. Lecz spoza hazardowej zabawy wyzierało też co innego: im bliżej zagrania *Triany* w markowej sali na tysiąc miejsc, tym dalej. Postęp przybliża, przyprawia o zawrót głowy, a cel, jak horyzont, przez cały czas ucieka. Jakim cudem?

Tymczasem wciąż przybywało zleceń dla praktisixa i ciemni. Wymagały czasu i jeszcze raz czasu, nadchodziły następne, więc jedno z drugim zamieniało się w karuzelę, która kręci się coraz prędzej, zatrzymać ją może tylko decyzja, w tę lub we w tę, nieunikniona, owszem, ale jeszcze nie dziś, nie jutro, nie w tym tygodniu, nie teraz…

Ktoś mi powiedział, że trzeba przepłynąć ocean, żeby zostać artystką. Powiedzieć łatwo, filozofowała Dominika. List pisała na raty, z przerwami na tydzień lub więcej. *Wykombinowałam, że ta zbieranina ludzi, od Azteka do Japonki, od Murzynki do Żyda, nieźle wypadnie w historii o guru. Oni coraz częściej fascynują się tu głupotami, zodiak, Tybet, horoskopy, Ahura Mazda, taki bigos, chociaż o rzut kamieniem mają noblistów z fizyki. Wyobrażasz sobie? No dobrze. Więc teraz stawiam na improwizację. Dostają ramy, pomysł, a dalej każdy główkuje po swojemu. Tekst z Szekspira, z Chandlera, z sufitu, ich sprawa. Zachwyceni. Europa, XVII wiek. Zaraza. Trwoga. Czarna fiesta. Jasne. Ale nadchodzi podobno uzdrowiciel; w każdym razie ten gość wierzy w swoją misję. Tylko że ciągną za nim szarlatani, awanturnicy, wydrwigrosze, czarni, biali, w takim opakowaniu, siakim opakowaniu, mężczyźni i kobiety – i ludzie na to się łapią, lecą na pozory. Podobno gdzieś jest ratunek, tylko trzeba go wyłowić zza przebieranek, zza masek, a czasu brak. Zamęt. I w tym zamęcie z rozpędu palą na stosie rzekomego uzdrowiciela, a obok palą oszusta. W kostiumach swoboda. Ahistoryczne. Co rano przegląd pomysłów, na koniec dnia weryfikacja. I dalej, jazda. Studenci przekonani, że to rewolucja w teatrze. Może chwyci.*

Żona Steve'a, w ciąży, on na nią jakoś dziwnie patrzy, ale nic, oboje przyszli pogapić się na próbę, słucham, że nowość, że jakby off, ale nie off i że dobrze, bo świeżo. Z rana myślę: co za piękna katastrofa, a wieczór, że im jeszcze portki z tyłka pospadają, jeszcze im pokażę, w sumie umieram ze strachu, ale już inaczej niż na początku.

Mam głupie sny. Jestem kokotą w jakimś austro-węgierskim Drohobyczu, może we Lwowie, uwodzę wszystko, co się rusza, aż tu objawia się Pan Bóg i mówi:

– Będziesz Ireną Solską.

I ja się wtedy zamartwiam, bo ile się ta kobieta nacierpiała na starość, a wcześniej też. Padam na pysk, pieprzę od rzeczy. A budzi mnie telefon, babka z kompanii telewizyjnej, szuka kierownika produkcji z nosem do widowisk, myślę, że Steve ją podpuścił, nie chcę żadnej telewizji, potem myślę, że już nigdy nikt nie zadzwoni. Naprawdę padam.

Kończę.

Niedługo wyślę Ci adres. Ale jeśli się dorwie do niego mój ojciec, to oskalpuję. Serio.

Na razie Bloomington IN, 47401, General Delivery. Pamiętaj, tu nie ma poste restante. General Delivery. Tak tu jest.

Pisz i przyjeżdżaj. Przyjeżdżaj i pisz.

To tyle.

PS

1

Często po to wiążemy się z nową kobietą, żeby siebie opowiedzieć na nowo.

To opowiastka dla Dominiki.

Przyklasnęłaby temu i owemu. To i owo przyjęła do wiadomości. A niejeden okruch zabłądził tu dlatego, żeby Dominikę wkurzyć, zagrać jej na nerwach. Niech sobie nie myśli.

Można to skroić inaczej, z innego materiału, zszyć innym ściegiem. Wtedy wychynie inna historia, do opowiedzenia komu innemu, przy innej okazji.

Wtedy trzeba wymyślić inną Dominikę.

2

I jeszcze o pamięci.

To Stanisław Hebanowski wyreżyserował w sopockim Teatrze Kameralnym *Czekając na Godota*, kiedy indziej, niż wskazuje akcja, później i zupełnie inaczej. Z kolei Jerzy Goliński rzeczywiście wyreżyserował *Zabawę jak nigdy*, ale trochę wcześniej, niż wskazuje akcja. W obu przypadkach obyło się bez skandalu. Za to na koniec pożegnalnej premiery Golińskiego – była to sztuka Różewicza *Wyszedł z domu* – reżyser, w tym wypadku też aktor, przekonująco odegrał wymioty, mierząc w fotele zajmowane przez ówczesne grube ryby. Akurat o tym w książce nie ma mowy.

W Stali Rzeszów naprawdę grali Ludwik Poświat, bracia Skibowie, Zbigniew Gnida i Kazimierz Krzyszczuk, jedni wcześniej, drudzy później, różnie, niemniej, chwała bohaterom!

Kto liczył na wiarygodne wspominki, pominął niefrasobliwość autora.

REBIS

polecamy

Wojsław Brydak

Za siódmym jeziorem. Kaszuby

Kaszubszczyznę, po trosze wyjętą z biegu czasu, autor przedstawia słowem i obrazem. Zbiór krótkich szkiców i kolekcja pejzaży pozwalają postrzegać Kaszuby inaczej i zauważyć niepowtarzalne tonacje pogranicza. Z okazji wystawy z wyborem kaszubskich krajobrazów Brydaka czytamy: „Fotografie nie są prostym zapisem obrazu, ale przekazaniem doznanego wrażenia, przeżytych emocji oraz indywidualnego widzenia [...] znamienne, że autor unika architektury i obecności człowieka, jakby chciał pokazać naturę swobodną i pierwotną". Album może też posłużyć za alternatywny przewodnik po regionie.